U0943148

New York Intellectuals

纽约知识分子丛书

Irving Howe

欧文·豪

叶红 秦海花 著

译林出版社

图书在版编目(CIP)数据

欧文·豪 / 叶红，秦海花著. —南京：译林出版社，2013.6
（纽约知识分子丛书）
ISBN 978-7-5447-3889-7

Ⅰ. ①欧… Ⅱ. ①叶… ②秦… Ⅲ. ①豪，I.（1920~1993）-文学思想-思想评论 Ⅳ. ①I712.065

中国版本图书馆CIP数据核字（2013）第111867号

书　　名　欧文·豪
作　　者　叶　红　秦海花
责任编辑　沈　挺
出版发行　凤凰出版传媒股份有限公司
　　　　　译林出版社
出版社地址　南京市湖南路1号A楼，邮编：210009
电子邮箱　yilin@yilin.com
出版社网址　http://www.yilin.com
经　　销　凤凰出版传媒股份有限公司
印　　刷　江苏凤凰新华印务有限公司
开　　本　880毫米×1230毫米　1/32
印　　张　7.25
版　　次　2013年7月第1版　2013年7月第1次印刷
书　　号　ISBN 978-7-5447-3889-7
定　　价　29.8元
　　　　　译林版图书若有印装错误可向出版社调换
　　　　　（电话：025-83658316）

总　序

钱满素

“纽约知识分子”指的是20世纪30年代起活跃在美国文坛的几十位知识分子，他们中不少是东欧犹太移民后裔，生活在纽约地区。他们关心社会，热衷政治，钻研文学，从事认真严肃的社会文化批评。欧文·豪在1968年的文章《纽约知识分子：实录与评判》中首次使用了这个称号。

他们早年信仰马克思主义，亲近美国共产党，憧憬伟大无产阶级文学的出现，激进政治与高雅文学的结合可以说是他们最初的理想。然而随着20世纪30年代国际时势的急遽变化，他们开始表现出独立的姿态。作为一个群体，他们是在1937年底复刊的《党派评论》杂志抵制斯大林主义的旗帜下联合起来的。他们声称这是一份开放的文学月刊，不跟从任何意识形态，不规定任何创作技巧，以赞成民主争论的马克思主义作为文化分析和评价的工具，立志为被扭曲的激进主义提供一种新的方向。《党派评论》的高格调开风气之先，影响了美国其他刊物，成为当时赫赫有名的思想类杂志，吸引着世界一流的作者。

纽约知识分子大致可分为两代几个年龄层次：第一代有威尔逊、悉尼·胡克、特里林、威廉·菲利普斯、拉夫等。比他们年轻的有卡津、索尔·贝娄、理查德·霍夫斯塔特、查·赖特·米尔斯和小阿瑟·施莱辛格等。第二代有丹尼尔·贝尔、豪、欧文·克里斯托等，较年轻的还有苏珊·桑塔格等。显然，少了这群出类拔萃之辈，20世纪的美国文化将是另外一种面貌。

本丛书由于专业等原因，仅选择了在文学批评领域成就卓著的五位作为代表。其中威尔逊生于19世纪末，是资格最老的，现在仍然可能是他们中最重要的一位，五人中唯有他不是犹太人，而是有浓厚的新英格兰清教背景。在《党派评论》创刊前他已经颇有权威，是刊物首选的撰稿人之一。特里林和拉夫都生于20世纪初，年龄相仿，但两人经历和性格却很不同。特里林生于美国，家庭虽为犹太移民，但已步入中产阶级，因此能在当时一般犹太移民青年很难进入的哥伦比亚大学接受良好教育，日后还成了哥大英语系的第一位犹太教授。他不那么政治化，主要成就在文学评论方面。相比之下，拉夫经历坎坷，自学成才，思想激进。他生于俄国，14岁才移民美国，正是他和菲利普斯两人创办了《党派评论》，并且以顽强的意志和敏锐的才智顶住各方压力，将它办成一份特立独行的左派刊物。卡津和豪又比他们年轻十来岁，卡津在美国文学上贡献很大，而豪是这群人中坚持左派政治最久的一位，后来自己还办了刊物《异议》。20世纪90年代末，这些人都已陆续告别这个世界，2003年《党派评论》的停刊无疑标志着曾经左右美国文坛的纽约知识分子群体已成历史。

纽约知识分子个个博学多才，自成一家，可谓各有特点。但只要略为深入，便能发现他们信念上风格上的很多共同之处，正是这些相对持久的共性使这个群体对内具有凝聚力，对外具有吸引力。

首先是他们的世界主义。他们虽然多为犹太人，但犹太性或种族性并不是他们关注的中心，他们的立场是世界主义的，也许这正是国际主义的马克思主义吸引他们的原因。他们思想开放，反对教条，主张文化的多元，力图从人类的大视角来思考问题，而不囿于彰显本族的文化。

其次是他们公共知识分子的特点。他们关注社会问题，富于政治激情，敢于发表自己的观点，虽然不可能一贯正确，但从不媚俗或盲从权威。由于他们始终保持批判性思维，故常能发挥社会良心的作用。在近半个世纪的时间里，他们的社会文化评论总是及时地出现在各种杂志刊物上，拥有大量读者，影响社会舆论。

第三是他们对人类优秀文化的继承。他们大都文学造诣很高，谙熟西方文学文化，尊重并维护西方文明的优秀传统，特别是人文主义精神这一光辉遗产。同时，他们又善于创新，在对美国文明和美国文学的梳理总结上尤为突出。现如今有人会说他们的文学批评缺乏理论和体系，但他们本来就不追求这些形式。他们的文章清晰典雅，形成特定的品位和风度，本身就给读者一种文学的审美享受。这样的评论无公式理论可套，凭的是深厚的积淀和睿智，非平庸之辈拾人牙慧便能写就。

以纽约知识分子在当代美国文化的重要性而言，国内对他们的了解尚待深入。南京师范大学外语学院的青年才俊们有志于此，在充分掌握资料后以十年磨一剑的严谨态度，几番增删修润，终于完成了这套研究丛书，奉献给有兴趣的读者。

目 录

前 言

欧文·豪（1920—1993）是20世纪美国社会文化批评家中杰出的一员，是“纽约知识分子”群体的重要代表。他的一生是追求真理、追求希望的一生。作为一个执著的社会主义者，东欧犹太移民后裔和敏锐、坦率的社会文化批评家，欧文·豪不论是在政治理想、民族情感还是学术思想上都具有超乎常人的热情和智慧。欧文·豪的社会主义信念经历了从托洛茨基主义到民主社会主义、从政治抱负到道德理想的提升，民族情感经历了从挣脱、游离到逐渐回归并认同的曲折，而这两方面的变化和追求又都凝聚和体现在了他对文学的感悟中，从早期的意识形态批评，到后来逐渐转为对文学进行社会批评，欧文·豪既关注文学的艺术性和文学的本质问题，又不割裂文学的社会功能，在文学和政治之间找到一个平衡的支点，形成了独特的批评视角。

20世纪以来，受各种新的哲学思潮的影响，在欧美文学批评领域新理论和新流派层出不穷，有瓦莱里的象征主义诗论、克罗齐的表现主义、柏格森的直觉主义文论、萨特的存在主义文论、法兰克福学派的马克思主义文论、俄国的形式主义、布拉格学派、英美新批评以及法国结构主义文论等等。纷繁复杂的众多流派现象下主要呈现两大趋势，即人文主义批评观和科学主义批评观。这两大方向的根本分歧在于，文学批评的重点应当是作品所反映的内在思想还是作品的外在形式。研究作品的内在思想主要关注作家的思想背景、人格特征以及作品反映的社会历史问题；而研究作品的外在形式则主要针对作品的结构、语言和语义等文本因素。由于结构主义诗学在20世纪上半叶的风靡一时，科学主义和形式主义文论占据主流地位。在美国，强调文本分析的新批评派几乎主宰了大学文学课的讲坛，他们的著作和批评观点在世界包括中国的文论界都产生了相当大的影响，以至于批评界甚至将20世纪的美国文论几乎等同于新批评派。然而当时在美国还存在着一支实力雄厚的以社会文化批评为主导思想的人文主义批评流派，也就是“纽约知识分子”。虽然在理论界他们与风靡一时的新批评派比起来相对受到冷落，也没有形成独立的理论体系，但是这并不意味着他们的批评思想缺乏研究的价值。事实上，在理论纷争渐趋平缓的20世纪下半叶，人文主义批评潮流又有所上扬。西方文学批评界提倡重回经典，对过去二十多年的理论热进行反思，而在我国，文论研究也已经到了十字路口（盛宁，“理论热的消退与文学理论研究的出路”，《南京大学学报》，2007，第1期，pp. 57—71）。在当下的语境重新审视这个批评家群体的批评成果、分析他们的批评理念，对于理解20世纪美国乃至世界文论界所发生的转向及其根本原因，把握文学批评的根本宗旨和精神具有特殊的意义。然而，“纽约知识分子”这一群体的批评观在中国文艺学界还没有引起足够的重视。虽然近年来已有一些学者开始对这个群体及其重要代表人物进行研究，但是总体来说研究缺乏深度和系统性，对他们的思想和影响还缺乏公正、客观的评价。

“纽约知识分子”①原指聚集在美国纽约的一批作家和批评家，他们自20世纪30年代开始为《党派评论》杂志撰稿，后来转向《评论》。文学评论方面的主要代表有埃德蒙·威尔逊、莱昂内尔·特里林和他的夫人黛安娜·特里林、菲利普·拉夫、戴尔默·施瓦茨、诺尔曼·波德霍雷兹、艾尔弗雷德·卡津和欧文·豪等。他们中有不少人是犹太人后裔，年轻时思想激进，信仰共产主义。这批知识分子的最大特点在于他们既是学术精英又热衷于社会关怀。他们重视文学的社会意义和思想内容，倡

① 该团体虽然早已存在，但被称作“纽约知识分子”则是在欧文·豪1969年撰写的文章《纽约知识分子》中。

导一种社会文化批评，他们的文学批评也大多从社会文化和思想观念的角度出发，将“文学想象”与“社会现实”紧密联系起来，在批评中融进美学、社会学、精神分析、文体学、现象学观点，努力将批评扩展到社会生活领域。

在这个批评家群体中，出生于1920年的欧文·豪显然属于后生力量，但他的成就并不逊色于像特里林那样的前辈。约翰·罗登在2005年出版的《欧文·豪和批评家们》一书的前言中对欧文·豪予以高度的评价：“欧文·豪对复兴意第绪语文学的贡献、他创办的《异议》杂志及其文学和政治批评的所有作品，都使得他将来有可能比老一代的纽约知识分子如莱昂内尔·特里林、悉尼·胡克、哈罗德·罗森堡和汉娜·阿伦特等更具影响力。”[1]罗登在2008年的一篇文章中更是将欧文·豪与埃德蒙·威尔逊、莱昂内尔·特里林以及艾尔弗雷德·卡津并称为战后美国四大文学政治知识分子（Rodden, John. *Society*, Jul 2008, Vol. 45 Issue 4, pp.354—362）。

欧文·豪的坎坷身世、政治激情和从不随波逐流的个性使得他的文学批评有的放矢，有血有肉，风格独特。他认为一个好的批评家不光要有良好的文学品位，更重要的是必须有政治激情和对社会、文化的洞察力，这样才能挖掘出文学作品中的深刻内涵，才能使文学批评具有真正的感染力和影响力。欧文·豪的一生跨越了大半个20世纪，这期间美国经历了经济大萧条、第二次世界大战等重大历史事件，意识形态、文化艺术等方面面都发生了巨大的变化，文艺理论界也是不断推陈出新。出身富裕、地位优越的学院派文学批评家们爱钻牛角尖，对结构主义、解构主义等纯理论感兴趣，他们的文章缺乏文采，理论过于深奥，因此只能在理论界产生一时的影响，很难引起广大读者和创作界的兴趣。欧文·豪的文学批评虽然在当时的社会背景下显得老套，但他的批评建立在自己对社会历史的深刻理解和丰厚的个人阅历的基础上，目的是为了抒发自己在阅读文学作品时产生的真情实感和对社会文化的关注，因此能为广大的普通读者所接受和喜爱。

在“纽约知识分子”当中，欧文·豪是一个特别多产的作者。他一生写了十八部著作，编写了二十五部作品，在《异议》杂志任编辑长达四十年。欧文·豪在文学批评方面的专著有：《舍伍德·安德森评传》（1951）、《威廉·福克纳批评研究》（1952）和《托马斯·哈代批评研究》（1967）。批评文集有《政治与小说》（1957）、《一个更诱人的世界：关于现代文学与政治》（1963）、《新之衰败》（1970）、《批评点：关于文学与文化》（1973）、《颂扬与攻击：三十年的文学与文化批评》（1979）、《美国之新：爱默生时代的文化和政治》（1986）以及《批评家笔记》（1994）等。另外，欧文·豪还著有记录犹太移民历史的《父辈的世界》（1976），并获得当年美国全国图书奖，传记《莱昂·托洛茨基》（1978），以及《美国共产党：批判的研究》（1957）和《社会主义与美国》（1985）等政治性著作。另外欧文·豪还在《新共和》、《党派评论》、《异议》、《纽约书评》、《纽约时报杂志》、《评论》、《中流》、《调和》和《哈泼斯》等报刊杂志上发表过数十篇文章。欧文·豪对社会、政治、文化等多方面的评论是美国20世纪知识界所不容忽视的声音。

虽然在美国，欧文·豪的影响力自20世纪70年代末至90年代期间有所消退，但是他的著作以其思想性和语言魅力一直颇受重视和好评。从20世纪90年代末开始，在包括亚历山大、索林和罗登等在内的一批学者的努力下，美国知识界开始对欧文·豪的政治、文化批评思想进行重新认识。现在美国对欧文·豪研究较全面的代表专著主要有三部。其中两部是欧文·豪的传记，分别是1998年爱德华·亚历山大的《欧文·豪：社会主义者、批评家和犹太人》，以及2002年杰拉尔德·索林的《欧文·豪：一个充满激情的异见者》，该书获当年美国国家犹太书籍历史奖。另外，在2005年约翰·罗登编写了一部关于欧文·豪的重要批评文集，题为《欧文·豪和批评家们：颂扬与攻击》。

爱德华·亚历山大的著作可以说是对20世纪美国知识分子的第一部

研究专著，他追溯了欧文·豪作为一个社会主义者、文学批评家和犹太人所经历的人生轨迹，系统地记录了欧文·豪在种族、政治和文化领域个人的思想历程。在这本书出版之前，美国的广大读者所熟悉的欧文·豪是用《父辈的世界》将他们带入东欧犹太移民世界的那个获奖作家，而爱德华·亚历山大的书从欧文·豪一生中所经历的争斗和争议中更好地了解了他的思想立场、性格特点和个人追求，让读者第一次对欧文·豪这个人物有了全面的了解。《欧文·豪：社会主义者、批评家和犹太人》一书对美国知识界欧文·豪研究所做出的主要贡献在于，第一次以对手兼朋友的视角、以客观的眼光全面地评价了欧文·豪。爱德华·亚历山大和欧文·豪是多年的朋友，虽然他们政见不同（亚历山大是个保守主义者），但彼此欣赏，爱德华·亚历山大称欧文·豪拥有“超越政见分歧的生命智慧”，而欧文·豪则称爱德华·亚历山大为他“最喜欢的反动分子”。爱德华·亚历山大是马修·阿诺德的学生，当他撰写这部传记时，遵循的是阿诺德式的无偏见批评原则，尽量为读者提供了解欧文·豪人生轨迹的必要的背景知识。然而令人遗憾的是，他在搜集资料时，却受到欧文·豪家人的很多限制，欧文·豪的儿子尼古拉斯坚决不与他合作，拒绝向他提供任何帮助，并禁止他引用私人信件中的任何内容，这为爱德华·亚历山大的研究造成了很大的障碍。但是爱德华·亚历山大还是克服这些障碍，收集了大量关于欧文·豪的生平和事迹。不过，也正因为如此，这部传记中的私人因素不多，而更注重欧文·豪充满纷争的职业生涯，详细地记录欧文·豪一生各个阶段所持的政治、文化立场，揭示其背后的历史原因，为读者呈现出一部关于“欧文·豪思想历程”的经典传记作品。另外这部传记也是对欧文·豪在1973年出版的自传的一个延续和补充，第一次总结了他的后半生，尤其是20世纪70年代至90年代的思想变化，而且比欧文·豪自己更直接地向读者展示了他一生中在书名所指的三个方面（即社会主义者、批评家和犹太人）所经历的意识形态上的对抗：关于社会主义、种族问题、屠杀犹太人、以色列、多元文化等问题的对抗，以及关于埃兹拉·庞德、T. S.艾略特、汉娜·阿伦特、拉尔夫·埃利森和菲利普·罗思等作家的争议。

如果说爱德华·亚历山大是站在对手的立场上相对公正地评价了欧文·豪的一生，那么杰拉尔德·索林2002年出版的《欧文·豪：一个充满激情的异见者》则似乎是走进了欧文·豪的内心世界，捕捉着他一生的激情。杰拉尔德·索林指出欧文·豪在社会主义政治、文学和犹太文化三个领域里的追求多少都有些不合时宜，都是“失败的事业”[2]。但是，也正因为如此，欧文·豪才特别值得敬重，因为他具有超乎常人的坚定信念、锲而不舍的精神以及经得起历史考验的真知灼见。同时，杰拉尔德·索林也描述了欧文·豪在坚持他“失败的事业”的过程中所发生的变化，欧文·豪是一个执著的人，但他并不偏执，为了实现他心目中的“一线希望”，他也不断修正着目标，探索着真理。索林将欧文·豪的一生概括为“在行动和退却之间苦恼”[3]，即在“将智慧和人生价值在社会上留下印记”和“对人生意义的思考”之间徘徊，前者指的是欧文·豪的政治抱负，后者是指他从事的文学批评。随着时世的变迁，他“对对手越来越宽容，在政治立场和文学批评的问题上变得越来越开放，越来越倾向于自省”[4]。

2002年，除了杰拉尔德·索林的《欧文·豪：一个充满激情的异见者》的出版，欧文·豪的代表作《政治与小说》一书在美国再版，学术界再次燃起对欧文·豪生平和思想遗产的研究兴趣。《政治与小说》的再版也可以被看作一个信号，那就是西方批评界对文学与政治关系的重新认识。2004年，欧文·豪所创办的《异议》为创刊五十周年举行了庆祝活动。2005年，约翰·罗登的《欧文·豪与批评家们》面世。这本书汇集了学术界多年以来针对欧文·豪的代表性评论文章二十余篇，约翰·罗登也依照前人的做法将这些文章按“社会主义者”、“批评家”和“犹太人”三个专题分了类。约翰·罗登在编写该书时得到了尼古拉斯·豪的大力帮助，尼古拉斯还为该书作序，题为《阅读欧文·豪》。约翰·罗登本人也写了一篇前言和引言，发表了自己对欧文·豪的认识。在前言中约翰·罗登首先将欧文·豪称为"第二代纽约知识分子的最杰出的一员"[5]，接着他又将自己对欧文·豪的肯定提高了一步，声称欧文·豪"或许是美国最后一个重要的公共知识分子"[6]，预言欧文·豪很可能会成为比老一代纽约知识分子更卓越的人物，而他的影响力也会更加久远。

以上的两部传记和一部批评文集是美国学术界对欧文·豪综合评价的集中体现，其他还有大量从不同角度评论欧文·豪的文章，主要刊登于《评论》、《新共和》、《大西洋月刊》、《波士顿评论》、《纽约时报》、《新闻周刊》、《党派评论》、《纽约时报书评》、《国家》、《美国犹太历史》、《犹太文化：关于犹太生活和思想的季刊》等报刊，它们有的针对欧文·豪的某部作品，有的针对欧文·豪的某种身份，还有的针对欧文·豪对某个问题的态度而谈。这些文章对于客观认识欧文·豪都有一定的帮助，但是它们更多的是分别考察欧文·豪批评作品中所讨论的具体话题、他的政治立场、犹太身份以及他对一些社会文化现象的评价等等，针对他的文学批评体系的专门研究还相对较少，对于他的文艺观、批评观和批评手法的探究还不够全面和深入。

相对而言，对欧文·豪的研究在国内则显得非常单薄，他的名字虽然在中国的文学评论界也时有论及，但往往是在批评者论及"纽约知识分子"这一群体时被一带而过地提到，关于他的专题研究至今仍是空白。欧文·豪虽然常常只是作为"纽约知识分子"的一员被提及，但他对文学批评发展的贡献丝毫不逊于兰色姆、布鲁克斯等主流批评家。他批评的广度和深度、他对文学以及文学批评的思考，他对文学评论发展方向的探索都使得我们在研究美国20世纪文论时不能不对他加以关注和研究。对欧文·豪的系统研究和客观评价对于我们认识美国社会文化、"纽约公共知识分子"这个群体、美国社会文化批评史以及西方文论发展史都具有很大的价值。因此，我们很有必要重新审视欧文·豪介入文学的独特视角，系统地分析他对文学与社会关系的认识，客观地评价欧文·豪在政治文化和文学评论方面的思想，重新树立其在美国甚至世界批评史上理应占有的重要地位，对我们当下文学批评界理论热消退、回归经典后的走向有所启示，而这正是本项研究最重要的目标。

本书分五个部分对欧文·豪加以研究和评价。第一章着重梳理欧文·豪的生命轨迹，记录他几个重要的人生阶段，再现他如何从一个贫困的东欧犹太移民后裔成为一个具有社会影响力的公共思想家，使读者在阅读本书时先对欧文·豪的生命历程有一个直接、纵向的了解。第二章对欧文·豪的三重身份，即犹太移民后裔、社会主义者和公共知识分子进行了梳理，揭示这三重身份在欧文·豪一生中的变迁和相互之间的交织与影响。第三章主要论述欧文·豪的文学批评历程，以欧文·豪对现代主义文学的关注为出发点，分三个阶段呈现他文学批评的发展走向。同时对他文学批评中所关注的文学主题进行了提炼。欧文·豪对犹太文学的研究是他文学批评生涯中的重要组成部分，本章对此也有所论述。第四章主要讨论欧文·豪的文学批评观，对欧文·豪的批评风格、批评理念以及批评方法都进行了总结，将欧文·豪的批评方法提炼为文学的历史批评，同时指出他的长处体现于对两对矛盾的平衡的处理上，即同情与批评的平衡以及形式与内容的统一。第五章特别分析了困扰欧文·豪一生的一个难题，即政治信仰和文学品位之间的矛盾问题，把欧文·豪在不同阶段对这个问题的看法加以整理，试图揭示他思想变化的过程和他最终的思想归宿。最后的结语部分对欧文·豪进行了综合的评价，并分析了欧文·豪的文学批评思想对西方文论合理转型的促进作用及其对中国文论发展走向的启发意义。

生命轨迹：从贫困犹太移民后裔到公共思想家

1 生命轨迹

欧文·豪（1920—1993）是美国20世纪著名的社会文化批评家，是以《党派评论》为核心的“纽约知识分子”（New York Intellectuals）中的一名重要成员，也是《异议》杂志的主要创始人。欧文·豪的批评著作涉及左派政治、美国文化、欧美文学、意第绪语文学和犹太移民历史，他的思想和批评著作曾经在美国颇具影响力，在21世纪的今天看来仍然具有很高的研究价值。

正如在2002年出版的《欧文·豪：一个充满激情的异见者》一书的序言中，杰拉尔德·索林是这样给欧文·豪定位的：“欧文·豪从20世纪30年代大萧条时期东布朗克斯贫穷的犹太移民家庭中走出来，成为美国最重要的公共思想家之一，在三个主要领域里非常杰出：激进政治、文学和犹太文化。欧文·豪是纽约知识分子的象征，不仅如此，他还是一个充满伟大激情的人。他一心致力于社会改革，热情洋溢地批评小说和诗歌，喜爱棒球、音乐、芭蕾，热爱生活。”[1]欧文·豪的一生跨越了大半个20世纪，这期间美国经历了经济大萧条、第二次世界大战、美国民权运动、越战等重大历史事件，而欧文·豪自己也从出生在纽约布朗克斯的贫困犹太移民后裔逐步成长为颇具影响力的公共知识分子。欧文·豪的生命轨迹具有一定的代表性：与他同时代有许多出生于说意第绪语的工人阶级家庭，但思维敏捷、不甘现状的东欧犹太移民后代都通过自己的努力在美国这个大熔炉中取得了骄人的成就。但同时，欧文·豪又是独特的。

他一生经历过许多风风雨雨，但一直坚定地信仰社会主义，致力于追求社会的进步；他用自己的笔记录美国社会的发展，从不惮于表达自己真实的想法，敢于逆社会潮流而行；他潜心研究意第绪语文学和现代文学，让人们得以了解一个“更诱人的世界”。也正因为如此，他被包括亚历山大、索林、罗登等在内的许多评论家认为是美国最后一位公共知识分子，是美国知识分子的良心。

1.1. 出生在布朗克斯的犹太移民后裔

欧文·豪原姓赫伦斯坦，1920年6月出生于纽约布朗克斯区东部。他的父亲大卫·赫伦斯坦和母亲内蒂·戈德曼从小在东欧布科维纳地区的犹太村长大，1912年乘船移民到美国，定居在布朗克斯区。20世纪30、40年代赫伦斯坦一家所居住的布朗克斯区一带是个贫困、拥挤的东欧犹太移民聚居地。欧文·豪父母那一代的犹太移民不管在家还是出门基本上都说意第绪语，而生在美国、长在美国的第二代移民从上学的第一天起就开始体会到与父辈的差异了。

欧文·豪曾经这样回忆他上学的第一天：“我去幼儿园的第一天就像是到了一个新的国家。老师让孩子们识别一些普通的物品。轮到我的时候，她举起了一把叉子，我毫不犹豫地用意第绪语说了出来。全班小朋友顿时哄堂大笑，笑声中夹带着孩子所特有的残酷。…… 那次经历成为我一生最深刻的记忆之一，因为当时的我觉得受到了极大的羞辱。那天下午我告诉父母我已经下定决心再也不对那些人讲意第绪语，但我始终也不愿意讲这是为什么。”[2]欧文·豪一生中都在体会着他的移民身份与他的出生地美国之间的冲突，幼年时的这次经历还仅仅是一个开始。事实上，这种异化和与美国主流文化格格不入的感觉对于许多犹太裔知识分子来说都是普遍的经历，欧文·豪、特里林、卡津、贝尔等都曾谈到过。

赫伦斯坦家一直不富裕，收入主要来源于他们所开的一家小杂货店。1930年欧文•豪十岁那年，由于受经济危机的影响，他们的店铺生意破产。欧文•豪的父亲开始走家串户地兜售床单和内衣裤，后来成为服装厂的熨烫工。他母亲则在服装厂做缝纫工。一家人日子过得更加窘迫。他们不得不从相对富裕的西布朗克斯搬到了穷人集中的东布朗克斯。他们住在一栋五层楼的廉租屋里，空间狭窄，常常有亲戚朋友失业后来投宿，走廊里常常看得到这些人的全部家当：几件破家具、盆盆罐罐、铺盖卷和一辆三轮车。十岁的欧文•豪第一次体验到了生活中的变故，家道的败落、生存的艰难。生活环境的恶化和生存的焦虑不可避免地影响了年幼的欧文•豪，令他既迷惑又痛苦。在他的自传《一线希望》中，欧文•豪谈起早年的家庭状况时，说道："我们从中下阶级沦为无产阶级——这是最令人痛苦的社会沉沦。"[3]在这样的情况下，赫伦斯坦夫妇相互扶持，十分珍惜他们的家庭，因为"家庭生活是他们唯一能够抓得住的东西了"[4]。

不过，欧文•豪幼年所生活的布朗克斯东区虽然物质条件很差，却是犹太高雅文化的温床，犹太剧作家们在这里策划、排演富有实验性的戏剧，意第绪语诗人和作家常常聚集在公园的大石头旁高谈阔论。这样的耳濡目染使犹太文化在欧文•豪的身上打下了深深的烙印，虽然他直到多年之后才意识到这一点。

欧文•豪天性敏感，自小便觉察到了犹太移民隐秘而沉重的不安全感和惶恐心理。他发现家庭是犹太移民能自由流露种族和文化本性的唯一场所，家庭以外的世界对他们来说始终是那么陌生、费解，令人惶惶不安。父亲的生意破产后欧文•豪愈发内向，常常埋头于书本之中。十三岁那年欧文•豪因患猩红热在家卧床休养了六个星期。他让父亲到图书馆给他借来了弥尔顿、华兹华斯和济慈的诗集，因为曾经有一个他非常喜欢的老师介绍过这些伟大的诗人，他一直充满仰慕之情。他一口气读完了这些诗人的全部诗作，心里感受到一种前所未有的充实和提升。文学似乎为他的生活打开了一扇门，他迫不及待地想要通过那扇门走进一个比犹太人街区宽广得多的新世界。当家里条件稍许改善之后，欧文·豪便有机会跟着父母去参加一些文化活动。他跟妈妈去电影院看《西线无战事》等影片，跟爸爸去扬基礼堂看各种表演。这些活动就像一座桥梁架设在他们的小圈子与外面的世界之间，常常使年幼的欧文·豪内心受到冲击，蠢蠢欲动。他的父母似乎对他总有一天要跨出犹太人圈子已经有了心理准备。在这一点上，他们和其他许多第一代犹太移民一样抱着矛盾的心理：既害怕这一天的到来，又对子女的前途充满希冀，希望他们能过上完全不同的生活。

1.2. 离开布朗克斯：大学、入伍

欧文·豪的父母在服装厂卖力地工作，却只能拿极低的报酬，勉强糊口。1933年，国际服装业女工工会组织了一场大规模的罢工，赫伦斯坦夫妇虽然并不知道工会是怎么回事，但还是毫不犹豫地参加了这场罢工。罢工结束后，欧文母亲的周薪从十二美元上涨到了二十七美元。这可以说是欧文人生所上的第一堂政治课，让他认识到工会的力量、团结合作的重要性，为他今后执著的社会主义信仰奠定了坚实的基础。欧文·豪在自传中谈起这一经历时说道："劳动者团结的力量——这就是伴随我成长的道德观念。即使是半个世纪之后的今天，我仍然坚信这一点。"[5]在他进入大学教书之后，每当听到有教授对工会大放厥词时，他都会感到无比的愤怒。欧文·豪十三岁开始在一家店堂犹太教堂（指以店堂为聚会场所举行礼拜仪式的教堂）里承担宗教义务[①]，但是真正令他感兴趣的却是几个街区之外那个由社会主义组织工人界（workermen's circle）创办的世俗意第绪语学校。上中学的欧文·豪十四岁时在一次偶然的机会中接触到左翼反斯大林主义的社会主义运动，深深为之吸引，并积极投身其中。到了十六七岁，欧文·豪开始认真地自认为是个马克思主义者。

懵懵懂懂地加入社会主义阵营后，欧文·豪感到生活比以前开阔和

① 在犹太教中，男孩到了十三岁要举行成人仪式，并开始在教堂承担宗教义务，被称为bar mitzvah。

敞亮了许多。虽然日常繁琐的活动有时令他感到乏味，但是生活发生了本质的变化，一切行为变得有意义了。“我们的亢奋与其说源于希望，还不如说是绝望使然。大家都相信历史已经走到了一个最终对决的时刻，相信资本主义已是强弩之末，行将就木。”[6]

欧文•豪回首往事时发现激进的政治运动和狂热的宗教活动之间存在着相似之处，那就是目标明确，理论至上，一切活动井然有序。当时欧文•豪的生活充斥着没完没了的集会、演讲和辩论。第一次看到自己的名字被印在纸上的兴奋，第一次当众演说时因紧张而颤抖的声音，手捧《共产党宣言》、《资本论》，嘴里不断吐出“剩余价值”、“拜物主义”等时髦术语时的得意，这一切对欧文•豪的吸引力是学校和老师所远远无法比拟的。

对于欧文•豪和其他许多急于摆脱移民生活的年轻人来说，大学自然而然为他们提供了一个在政治和知识上发展自我、构建崭新身份的平台。从1936年到1940年期间，欧文在纽约城市大学学习，专修英语。不过，在大学期间，欧文•豪经常逃课。他更热衷于在课堂上和那些信仰斯大林主义的教授们进行政治斗争，在破旧的学生餐厅中扯着嗓子和其他学生就政治、文化、宗教、种族等问题进行激烈的辩论，在纽约的街头宣传自己的政治主张。此外，他还担任了青年社会主义联盟的喉舌刊物《青年的挑战》的编辑。他取名休•伊万作为在党内的名字。他所用的另一个党内名字就是欧文•豪，并用这一笔名投稿。这期间他成为学生中托洛茨基派的领袖和理论家。他已经成长为一个非常出色的演说家，不管是正式的演说、学生餐厅的辩论还是街头的演讲，都能引经据典、慷慨激昂，既有清楚的逻辑性，又有极强的道德说服力。

除了政治活动和政治辩论之外，欧文•豪和他的同学们也经常去看与“阶级”无关的欧洲艺术片，去大都会艺术博物馆听免费的音乐会，去诺亚•格林伯格（后成为美国著名的音乐家）家中聆听巴洛克和中世纪风格的音乐，在课堂上逐字逐句地阅读亚里士多德的《诗学》，感受美和艺术的熏陶。同样是在大学期间，欧文·豪第一次接触到威尔逊的文学评论，威尔逊在书中所表现出的道德情操令他折服，并激发了他对文学的兴趣，而威尔逊书中对现代主义文学的评论也是欧文·豪一生对现代主义文学情有独钟的原因之一。另外，托洛茨基在政治和文学批评这两个领域的成就也为欧文·豪今后的道路树立了榜样。对文学和艺术的兴趣让即将大学毕业的欧文·豪意识到，人类生存并非只有一种话语，政治并非是生命的全部，而他的思想也开始由单纯的政治热情逐步成熟。此时的欧文·豪既想要社会主义革命，又想要先锋派现代主义，他还没有意识到社会主义政治信仰和现代主义艺术品位之间存在着一种难以调和的矛盾。

1940年夏天，欧文·赫伦斯坦正式改名为欧文·豪。1941年，他与安娜·贝德结婚，住在格林威治村（由于欧文·豪工作繁忙，后又应征入伍离开纽约，聚少离多的婚姻维持了不到一年，贝德便开始接受心理治疗，两人分居，并于1946年正式离婚）。同年12月，欧文·豪受聘成为左派刊物《劳工行动》周刊的执行编辑。该刊于1940年由工人党（后来更名为独立社会主义联盟）创办。欧文·豪之前常为此周刊和其他托洛茨基派的刊物如《政治》、《新国际》等投稿。在欧文·豪接手《劳工行动》周刊后不久发生了日本偷袭珍珠港事件，美国参战。欧文·豪在此前后发表大量文章，反对美国参战，抨击支持罗斯福政府参战的政治团体和个人。

1942年欧文·豪应征入伍，先后驻扎在长岛、宾州西部及阿拉斯加军事基地。欧文·豪在服役的四年期间，用R.法翰作为笔名继续往《劳工行动》和《新国际》投稿，发表他的反战观点，对盟军和美国当局进行批判，对斯大林主义进行抨击。军队的生活比较单调，除了偶尔和朋友外出以及极少的社交活动，欧文·豪常常抱怨没有人可以交谈，也没有机会进行深层次的讨论。因此，他服役期间大部分时间都在进行广泛的阅读，涉及的领域包括历史、经济、人类学等。他虽然对政治仍然热情未减，但是孤独使他有更多的时间审视自己，而大量的阅读和思考也使他在思想上有了极大的变化。他逐渐认识到意识形态的狭隘性，认识到“世上（除政治以外）还有更多的东西——更多的思想、更多的知识，甚至许多未知”[7]。他由盲目激进、狭隘的社会主义者转变为更理性、更具有民主意识、更善于思考的社会主义者。

1.3. 知识分子生涯的开始：从《劳工行动》、《党派评论》到《时代》

1946年，欧文·豪从部队退役，回到布朗克斯，成为《新国际》的编辑之一，他思想中的托洛茨基主义迅速瓦解。他对外宣称自己不再主要是一个马克思主义者，也不再承认自己主要属于“沙特曼派”（指支持《新国际》主编迈克斯·沙特曼的人）。在《一线希望》中欧文·豪回忆自己当时在慢慢地偏离一场曾经使他倾心以注的运动，他对政治仍然抱有极大的热情，随着思想的成熟，这种热情必然慢慢淡化为一种抽象的感情，就像“一份记忆中的爱恋”[8]。

1946年至1947年间，欧文·豪和其他信仰社会主义的同伴在《新国际》上就亚瑟·凯斯特勒的作品展开了激烈的论战①。这使欧文·豪认识到马克思主义文学批评理论的狭隘性，意识到政治信仰和文学批评不能混为一谈。这一点成为他批评生涯的基本原则。不过，要真正做到政治观点和文学评论完全分离，对于欧文·豪这样一个十分关心政治的评论家来说也不是件容易的事。因此，在一定程度上，这两种兴趣也会交替出现，互相影响。

从1946年至1952年，欧文·豪一直为《党派评论》撰稿，其中大部分文章都是文学评论。《党派评论》是当时左派知识分子聚集的中心，在政治立场上支持马克思主义，在文学上扶持现代主义作家。欧文·豪后来曾说过，《党派评论》是第一家“同时刊登艾略特的《四个四重奏》和马克思主义批评，并认为这是一件值得骄傲的事”的杂志。[9]《党派评论》吸引

① 亚瑟·凯斯特勒（1905—1983），匈牙利裔英国小说家、新闻记者，20世纪30年代曾为共产党员，被关进法西斯集中营，代表作为小说《中午的黑暗》。

了包括欧文·豪、索尔·贝娄、伊萨克·罗森菲尔德、玛丽·麦卡锡以及艾尔弗雷德·卡津等在内的大批纽约知识分子，其中除了政治立场和文学品位的原因之外，还有一个重要的原因便是这份刊物所特有的犹太文化韵味，让犹太裔知识分子“就像听到了自己的声音一样”[10]。不过，即使是在为《党派评论》撰稿的日子里，欧文·豪也并没有完全认同该刊物的立场。他曾于1942年批评过《党派评论》在对待第二次世界大战的态度上模棱两可，没有坚定地表明反战立场，并曾于1946年猛烈批评过《党派评论》在战后逐渐脱离马克思主义。不过，在此之后不久欧文·豪自己也对外宣布自己不再主要是个马克思主义者，并于1952年正式退出独立社会主义联盟（其前身即为工人党）。

同样是在1948年至1953年间，欧文·豪为《时代》杂志撰稿写书评。当时纽约知识分子圈对《时代》评价都不高，认为它是“金钱、权力和语言错误的中心”[11]，充斥着沙文主义和蹩脚的英语。但是《时代》所提供的优厚报酬对于没有稳定工作、在经济上并不宽裕、又不想在经济上依靠妻子的欧文·豪还是具有很大的诱惑力。在为《时代》撰稿的四年间，因为没有了经济上的后顾之忧，欧文·豪便可以集中精力进行写作，他开始创作第一部文学评论专著——关于舍伍德·安德森的批评式传记，以及次年发表的《威廉·福克纳批评研究》。期间，他还写了许多文章，后被收录在1957年出版的文集《政治与小说》之中。可以说，欧文·豪在20世纪50年代初开始真正从事文学批评，而这一时期为他长达四十多年的文学批评生涯奠定了基础。文学方面的修为也使欧文·豪的视野更加开阔，对世界的认识更为深刻。自此以后，欧文·豪不管是对于政治还是对于文化的观点都不再像年轻时那么偏激，而是逐渐变得更为宽容、理性、全面。

欧文·豪和第二任妻子、考古学家塔利亚·菲利亚斯从1948年至1953年期间住在普林斯顿。塔利亚在一家私立学校教授拉丁文和希腊文。欧文·豪每天去普林斯顿大学的图书馆看书。虽然欧文·豪不喜欢普林斯顿大学温文尔雅但冷冰冰的气氛，但是他在那里结识了不少谈得来的朋友，和他们结下了深厚的友谊。比如他可以和新批评家理查德·布莱克默、诗人约翰·贝利曼和戴尔默·施瓦茨以及小说家索尔·贝娄等畅谈文学方面的话题，也可以和社会学家丹尼斯·罗恩探讨政治或社会问题。欧文·豪不是普林斯顿大学的正式一员，但是这几年在普林斯顿的日子让他对大学的环境有了较为深刻的认识。虽然他知道教师们为了得到终身教职必须使出浑身解数相互竞争、出版学术成果，但是他的内心深处还是很向往这样的生活。此外，他从1948年开始也曾经在新泽西州一家成人教育机构教过课，并从1951年开始先后在佛蒙特大学、华盛顿大学等学校担任客座教员，发现自己对教学比较感兴趣。在普林斯顿的生活经历以及为《党派评论》和《评论》等刊物撰稿使欧文·豪开始融入一个较大的知识分子群体。此外，大学教职工作可以提供一份稳定的收入，这对于初为人父的欧文·豪来说也是极为重要的。妻子塔利亚教书的薪水以及他自己为《时代》等刊物做自由撰稿人的收入因大女儿妮娜的出生而开始入不敷出。因此，虽然欧文·豪一向对学术圈持一种本能的怀疑和批判态度，这时的他开始认真考虑进入大学谋职。

1.4. 进入学术圈：在布兰迪斯的日子

1952年，欧文·豪离开《时代》，开始在大学谋求正式的教职。犹太裔知识分子要想在美国大学尤其是知名大学的英语系或历史系谋得教书职位历来都是困难重重，因为英语文学从根本上来说体现的是西方基督教的精神。另外当时还存在着一种偏见，认为犹太人无法精确领会乔叟、莎士比亚和弥尔顿诗歌中所体现出来的盎格鲁—撒克逊精神。[12]当时在著名大学英语系任教的犹太后裔知识分子屈指可数，特里林便是其中之一。但他在哥伦比亚学院任教四年之后也曾因为他是个“弗洛伊德主义者、马克思主义者和犹太人”而差点被解职，只是因为他的博士论文博得当时哥伦比亚学院院长的青睐而成为该学院英语系有史以来第一位被正式聘任的犹太裔教授。与特里林相比，欧文·豪甚至不拥有博士学位，因此要想进大学教书就更困难。好在此时的欧文·豪已经出版了两部文学评论的专著，并且有过一些教学经验。欧文·豪所求职的布兰迪斯大学成立于1948年，由美国犹太人创办，在办学理念上不拘一格，并没有因为欧文·豪的学历问题或者鲜明的政治信仰而将他拒之门外，校方恰恰看重欧文·豪在意第绪语文学上的造诣而录用他在英语系任教。1953年至1961年期间欧文·豪在布兰迪斯大学教授英语文学，是一个既严格又有耐心的教师。他鼓励学生表达自己的意见，认为文学课主要的任务不是传授信息或者让学生“正确地”理解文学，而是让学生成为真正的读者，在课堂上进行读者间的对话，这种教学理念让他的学生受益匪浅。布兰迪斯大学民主、开明的氛围吸引了形形色色的知识分子，欧文·豪也在这里得以和那些持不同观点的“激进分子、半激进分子、伪激进分子以及前激进分子”[13]进行论辩。在这样的氛围中，欧文·豪尽显其桀骜不驯、敏捷善辩的特点，以至于布兰迪斯大学的校长萨卡在后来回忆道：“欧文·豪的到来在校园引起了一场重要的哗变……他常常会唱反调，而在他表达不同意见时总是那么尖锐……”[14]

如果说欧文·豪一开始在大学求职主要是出于经济原因，那么在随后的教书生涯中，他却逐渐爱上了这一职业，对之充满热情，并着力维护大学教育的价值。欧文·豪是一个尽职而出色的教授。虽然他也曾抱怨教书任务繁重、大学管理中的官僚主义、同事不够风趣、学生不够聪明，但是他认为在教书过程中，他可以和学生一起欣赏美的东西，攫取重要的思想，在文学名著、历史和科学中遨游。教书给欧文·豪带来极大的乐趣，因为他可以“让年轻的大脑开始因知识和思想而活跃起来”[15]，而学生们也很喜欢欧文·豪随意、开放的教学模式。许多学生后来都回忆说，在欧文·豪的课上他们不仅学会用自己的观点解读文学作品，更学会如何辩证地思考问题、如何重新审视自己的价值观，这甚至对他们今后人生道路的选择都产生了一定的影响。此外，布兰迪斯大学那种宽松、自由的氛围也让欧文•豪比较满意。即使是在麦卡锡主义盛行的年代里，学校当局也给予欧文•豪以及其他教职人员极大的言论自由。也正因为如此，欧文•豪在其后的知识分子生涯中也一直致力于捍卫大学教育的人文传统，并且第一次在《知识分子和大学》（1965）一文中认识到自己虽然曾是个激进的社会主义者，但是在很多重要的问题（如对于大学在现代社会中所起的作用）上有着“保守主义”的一面。

1.5. 顺从年代的异议

从20世纪40年代末至50年代，美国的知识分子纷纷在高校、出版行业以及政府机构任职，渐渐满足于安逸的生活而逐渐脱离了激进的政治立场、失去了针砭时弊的魄力和独立的批判能力，以至于欧文•豪将这一时期称为“顺从的年代”。造成这一局面有多方面的原因：美国资本主义没有如30年代社会主义者所预言的那样衰败，而是以不可阻挡的势头发展着；斯大林的肃清政策令人们对苏联的社会主义失去信心；第二次世界大战后东欧社会主义国家的政变；麦卡锡主义在美国的大行其道等等。在这样的社会背景下，“共识”、“多元主义”和“意识形态的尽头”是50年代中期在自由知识分子圈子里流行的时髦话题。1954年，《党派评论》组织了一次书面的大会，邀请知名学者、知识分子等以“我们的国家和我们的文化”为题撰写评论。大会的主导思想对美国的现状持肯定的态度，认为美国的艺术家和知识分子已经不再是被剥夺权利的团体，异化已不再是他们的命运，他们渴望从社会的“边缘”回归，成为美国生活的一部分。应邀的许多知识分子都基本认可了大会的主导思想，不过持不同意见的也大有人在，比如像蔡斯、特里林、胡克等人就认为知识分子需要在必要的情况下坚持不同观点，在认可美国社会的基础上维护其批判性立场。而欧文•豪的文章《这个顺从的年代》更是旗帜鲜明地反对《党派评论》编辑们所提出的“知识分子们渴望成为美国生活的一部分”这一观点。

欧文·豪因不满当时日趋保守的社会风气，在《这个顺从的年代》一文中从社会历史、政治和文学意识形态等方面抨击知识分子顺从、安于现状的风气，试图拯救文学先锋主义和政治激进主义。这篇文章的发表标志着欧文·豪与《党派评论》合作的结束（尽管欧文·豪直到20世纪60年代末还定期向《党派评论》投稿）。《党派评论》的编辑和撰稿者们在欧文·豪眼里都是退缩的知识分子，因为他们拥护的是一种日益保守化的自由主义。此时欧文·豪已经把特里林看作他的知识对手之一，这篇文章的发表也是欧文·豪和特里林交恶的开始。特里林认为美国当时的文化状况比三十年前大有改观，财富和知识和睦共处。在《自由想象力》一书中特里林对自由主义的批评则为知识分子们不断退缩、日益妥协、安于现状的行为提供了一种似乎合理的解释。而欧文·豪在文章中则言辞犀利地指责大部分纽约知识分子已丧失了他们原有的激进精神，对于特里林所用的“财富”和“知识”两词大加讽刺，并批评特里林“沉湎于美好的幻想”之中。这引起特里林的强烈不满。两人在其后的八年间鲜有交往，关系到了60年代才有所缓和。

20世纪50年代中期不同派别交替影响着欧文·豪的思想，因此我们可以看出欧文·豪的观点是受到多重因素的作用而形成，他与这些群体的关系也随着时间、个人条件和社会环境的改变而变化着。当然，欧文·豪从来没有盲从于其中任何一个群体，也从没有与任何一个群体完全决裂。50年代的欧文·豪虽然蔑视《党派评论》在麦卡锡年代的右倾，但在对现代主义犹疑而拥护的态度上他与《党派评论》是一致的。事实上，《党派评论》所特有的文体风格和批评的敏锐性，在欧文·豪50年代的批评作品中有所体现，而且一直是他余生作品中的一个亮点。明晰、直接、聪颖、干脆、热情，欧文·豪作品中的这些特点毫无疑问在一定程度上是在审阅《党派评论》稿件的过程中培养出来的。

就在1954年欧文·豪与《党派评论》的合作关系告一段落后，他与布兰迪斯大学同事、社会学家刘易斯·科泽、特拉弗斯·克莱门特、迈耶·夏皮罗等人共同创办了《异议》杂志，试图在这个无论是政治领域还是知识界都盛行顺从的毫无生气的年代里激起一些波澜。《异议》在创刊号中表明了自己的立场，将斯大林主义者排除在外，也不屑和接受社会现状的前激进分子为伍。当然，《异议》也并非对所有立场都持异议。它还是坚决支持"对社会主义的信仰"[16]。该杂志关注政治与文学，是美国20世纪50年代唯一的激进派杂志，虽然发行量有限，仅有约9000册，但却是当时美国知识界声誉最高的少数政论性杂志之一。欧文·豪和其他编辑声明刊物的宗旨在于与顺从政府的潮流相抗争，捍卫民主、人文和激进的价值。他们将揭露和对抗不管是法西斯还是斯大林的极权政治，与一切开明思想坦诚、友好地对话，重新审视处于美国政治与文化环境下的社会主义信条。刊物创办之初以抵制国际上的斯大林主义和美国国内的麦卡锡主义为首要任务，并鞭笞当时美国盛行的自大情绪，关注贫困问题、官僚主义、大众文化以及"普遍的异化"等问题，并对美国社会的一些负面因素如社会贫富不均、社会医疗保障缺乏、自动化对工人阶级的冲击等进行抨击，主张合作，让民众参与决策，缩减工业生产单位规模，发展、壮大民众基层组织以抗衡权力的集中化。这份宣扬民主社会主义的杂志吸引了不少对共产主义失去希望的知识分子读者，在他们心中重新燃起了希望。《异议》将知识分子和当时正在逐渐兴起的民权运动以及其他一些社会变革潮流紧紧地联系在一起。此外，与早年的社会主义刊物相比，《异议》在思想深度和哲学思辨性方面也更胜一筹。因此，罗登认为《异议》"象征着美国知识界一个新纪元的到来"[17]。索林也认为欧文·豪和科泽通过《异议》所宣扬的"个人自主性和个体抗争"在一定程度上对50年代中期"垮掉的一代"风格的形成产生了重要的影响。[18]当然，欧文·豪和其他纽约知识分子对"垮掉的一代"评价都不是很高，认为他们强调绝对的个人主义和个体解放，缺乏行动纲领，轻视思想，属于一种反文化潮流。

到了20世纪50年代中期，欧文·豪的社会身份已经基本上从过去的托洛茨基派和《党派评论》的撰稿人转为《异议》的编辑和政治活动批评家。除了教书和养家之外，欧文·豪将剩余的全部精力都投入到《异议》的编辑工作之中，《异议》成为他工作的中心。欧文·豪是个严格、认真的编辑，对所录用的稿件不管从观点、逻辑还是语言、用词等方面都采用极高的标准。有一次，他甚至拒绝录用他极为景仰的埃德蒙·威尔逊的投稿，以至于威尔逊后来经常开玩笑，说居然被一个不付稿费的杂志给拒稿了。但是欧文·豪也从来不以所谓"正确的意识形态立场"来要求撰稿者，他希望通过《异议》为知识分子提供一个自由、开放的思考空间。正因为《异议》是这样一本严肃、高质量的杂志，在《异议》周围聚集了一批思想独立的知识分子，而欧文·豪是这个小团体的组织者和领袖，他与《异议》的几位早期作者（包括米尔斯、迈耶·夏皮罗、迈克尔·哈林顿和帕蒂·古德曼）的关系已经由职业来往发展为个人友情。他与《异议》的后期作者如迈克尔·沃尔泽（1965年以后欧文·豪的合作编辑）的关系则既是朋友又有着师生之谊。到了50年代末，欧文·豪自然而然地成了美国激进主义的权威人物。《异议》在欧文·豪的余生中一直占有非常重要的位置，对他思想和生活的方方面面都起着决定性的作用。所以可以说，在欧文·豪最后四十年的生涯当中，对他影响最大的是《异议》，而不是《党派评论》。

1961年，欧文·豪遭遇了个人生活的低谷。他在布兰迪斯大学与一位研究生产生的感情纠纷导致第二次婚姻破裂。不久，欧文·豪离开布兰迪斯大学，前往斯坦福大学任教。个人生活上遭遇的挫折使欧文·豪情绪低落，而这种情绪也影响了他对事业的热情。他曾自嘲说，如果不是因为女人，他完全可以成为一个伟大的批评家。欧文·豪一生有过四次婚姻。动荡的政治生活和活跃的思维让欧文·豪有机会遇见许多思想解放的女性并被她们所吸引，但是出生在工人阶级犹太家庭的他又多少带有一些清教禁欲的特质，这种激情和克制之间的矛盾有时也会迸发出极大的能量。这在纽约知识分子中似乎也是一个比较普遍的现象，比如索尔·贝娄有过五任妻子，卡津也曾结过四次婚。

欧文·豪在自传《一线希望》中坦言在斯坦福的两年间，自己十分孤独。他不喜欢加州，也不喜欢斯坦福大学。他这个从大都市来的人对美国西部向来没有什么好的评价，认为加州只有“二等文化”，不习惯道德上的审视、活跃的思维和激进的政治，加州的气候和生活方式让人头脑变得愚钝、自鸣得意、自我放纵，斯坦福的学生过于彬彬有礼而十分乏味，在斯坦福没有人能够听得懂他犹太式的玩笑——总之，欧文·豪似乎与加州的环境和气氛格格不入。不过，在欧文·豪的传记作者索林看来，欧文·豪在斯坦福的两年生活并不像他自传中所说的那么糟糕。毕竟当时斯坦福的英语系有像文学评论家考利、诗人温特斯以及历史学家、作家斯特格纳这样的教师对他的加入表示欢迎，而他也逐渐开始享受加州生活的安逸，交了一些朋友，发现学生也不像他所想象的那样思想苍白。欧文·豪这种孤独感的直接起因当然是他个人情感上的空白。但是，更深层的原因或许还是因为他一向是那个持“异议”的人，他立场分明、无所顾忌、敢于直言的性格让他无论是在政治主张还是文学评论等方面，都需要与周围的人不断进行激烈的辩论和思想上的碰撞，但是斯坦福似乎缺少这样的一个氛围。因此，欧文·豪还是十分想念纽约那帮意见与他针锋相对、让他倍感压力的朋友和对手们。另外，《异议》杂志在他不在的两年间也面临着即将停刊的危险。所以欧文·豪在斯坦福只待了两年，便又回到纽约，在纽约城市大学亨特学院任教。事实上，欧文·豪和其他许多纽约知识分子内心似乎都有着不可割舍的纽约情结，在任何纽约以外的地方生活都像是在“流放”。欧文·豪1948年在写给特里林的信中谈到，纽约这个他生于斯、长于斯的城市“令人腐化、令人麻痹”，但他却离不开这个城市的喧闹、挑战和紧张感。[19]只有在纽约他才觉得自己能够有机会投身于改造社会的政治运动中，也只有纽约才有他喜爱的音乐会、芭蕾舞演出等。他曾数次离开纽约去别处生活（包括在普林斯顿呆过的几年），但最终还是选择回到纽约。1977年，他甚至因为不想离开曼哈顿而拒绝了耶鲁大学待遇优厚的教职。

1.6. 充满纷争的20世纪60年代

回到纽约后，欧文·豪又重新满怀激情地投身到知识分子圈的论辩之中。20世纪60年代的美国社会在种族平等、妇女权益、文化多元化、环境保护以及消费者权益等许多方面都取得了一些可喜的进步。可是这一时代同样又是一个动荡的年代，美国在政治、外交等方面都面临着巨大的压力，社会上所出现的反文化潮流、无政府主义以及“文化战争”（culture wars）也愈演愈烈。在此期间，欧文·豪参与了几次重要的论战，如与黑人作家拉夫·埃里森关于黑人作家身份的论战[①]、对于汉娜·阿伦特关于艾希曼审判报道的辩论、与新左派的争执、关于越战问题的讨论等等。因此，整个60年代是个充满纷争的年代。但是也正是这些辩论、这些思想的交锋和砥砺，使欧文·豪的社会活动家、文学评论家和犹太人这几重身份逐渐磨合和融汇。因此，这些论战可以说是欧文·豪知识分子生涯中的里程碑。

1963年，《纽约客》刊登了汉娜·阿伦特关于以色列对纳粹分子阿道夫·艾希曼审判的系列报道和分析，并于同年将这些文章汇集成书，题为《艾希曼在耶路撒冷：关于罪恶之平庸的报告》，引起了美国知识界一片哗然。阿伦特在没有确凿证据的情况下在文章中声称，犹太人对于他们自己的毁灭也负有不可推卸的责任，因为不管是生活在何处的犹太人中总有些领袖出于某种原因、以某种方式跟纳粹分子合作过，或曾屈服于纳粹势力。这种对欧洲犹太人、对他们的组织机构和领导人不负责任的指责引起了欧文·豪极大的愤慨。他不仅发表文章对此进行批判，并于1963年组织和主持了一场阿伦特的支持者和其反对者之间的公共辩论，旁听者达五百人之多。事后，阿伦特的支持者指责欧文·豪作为主持人没有保持中立，在辩论中压制了阿伦特支持者的发言，违背了自由辩论的原

① 与埃里森论战的具体情况详见第五章第五节。

则，而欧文·豪则坚持认为自己给了所有愿意参与辩论的人充分的发言权。不管当时的真实情况究竟如何，有一点是可以肯定的：欧文·豪在主观上确实反对阿伦特的观点。他指出，对那些必须忍受极端情况（第二次世界大战时的大屠杀即属于这种情况）的受害者当时的所作所为进行评判是不道德的（他在20世纪80年代中期发表的文章《写作和大屠杀》中又再次重申了这一观点）。当时参加辩论的玛丽·塞尔金认为，这次辩论对于许多犹太裔知识分子意义重大——他们改变了原先对大屠杀这一滔天罪行漠不关心的态度，开始意识到自己与这一事件的关系，并以积极的姿态从各个角度对其进行探讨和反思，以期避免类似的悲剧再次发生。欧文·豪自己在一次访谈中也谈到，阿伦特的这本书“在我的意识中、在我们的意识中都起了至关重要的作用”[20]。这场关于阿伦特的争议使欧文·豪内心压抑了许久的犹太民族感情喷涌而出，使他在回归犹太身份的进程中又向前迈了一大步。

自20世纪50年代中期以后，欧文·豪就开始关注黑人问题，并预言在阿拉巴马州蒙哥马利市所发生的黑人因抗议种族隔离政策而拒坐公交车一事将引起巨大的政治和社会变革。60年代，欧文·豪以及团结在《异议》周围的知识分子对民权运动予以大力的支持，认为民权运动是争取种族平等的有力武器，而民权运动依靠普通民众、着眼于眼前迫切问题的纲领也为美国左派设立了行动的榜样。虽然欧文·豪本人从未参加过游行或者静坐示威，但是他通过《异议》号召自由主义者、工会的领袖们、左派刊物的编辑们一起促进民众参加到民权运动中去，并呼吁肯尼迪政府在种族平等方面采取更多的措施。新左派的出现让欧文·豪和其他左派成员倍感欣喜，但很快这些年轻的激进分子和老左派之间出现了严重的冲突①，在许多事情上，比如对于古巴的政局、对于如何结束越战等，意见都不一致。60年代后五年，美国知识界主要对越战、“对抗政治”、民权运动的走向以及冷战对世界政治格局的影响等问题进行激烈

① 与新左派的纷争具体详见第二章第二节。

的争论，而欧文·豪也积极参与其中。在越战问题上，他谴责美国参加越战违反了联合国宪章，违反了国际法，违背了最根本的人类道德，不但给越南人民带来灾难性的打击，也牺牲了许多美国士兵的生命，浪费了许多社会资源，强烈要求美国从越南撤军。

欧文·豪1964年与埃里厄恩·豪斯克内希特结婚。埃里厄恩是个犹太人，聪明、美丽，和欧文·豪有着许多共同爱好。他们前七年的婚姻生活十分美满。因此欧文·豪虽然在此期间工作繁忙（除了学校的教学，《异议》1966年开始从季刊改为双月刊，加重了欧文·豪的工作压力），同时还面临着许多政治上的纷争，受到来自保守主义派和新左派的批判，对当时的社会潮流（如嬉皮士的兴起、性解放、吸食毒品等）十分反感，常常倍感困扰和势单力薄，但是和谐的家庭生活给他带来了精神上的支持，而文学这个"更为诱人的世界"也给他带来了慰藉，使他能够暂时远离纷扰的政治问题。欧文·豪在此期间成果颇丰。他出版了政论文集《平稳的工作》（1966），完成了另一部文学批评专著《托马斯·哈代批评研究》（1967），开始了《美国之新》的写作，和埃利泽·格林伯格再次合作编写了《意第绪语诗歌精选》（1969），并开始了他最为引人瞩目的作品《父辈的世界》的写作。不过，由于欧文·豪主观上对这一时期的社会潮流比较排斥，因此他对其间出现的一些代表人物，如评论家苏珊·桑塔格、小说家托马斯·品钦、摇滚乐歌手鲍勃·迪伦、戏剧评论家罗伯特·布鲁斯坦等都没有给予足够的重视，认为这些吸食毒品的人在道德、观念、风格等方面缺少自控能力，呈现的是一种病态的、分崩离析的、岌岌可危的社会和个体形象。虽然异化、怀疑主义和虚无主义是欧文·豪所欣赏的现实主义大师们笔下常见的主题，但是他们更多是对此进行批判，并试图在荒谬和无序之中建立一种秩序，而20世纪60年代"垮掉的一代"则更多将荒谬和虚无作为一种生活态度和生存哲学，这是重视传统和秩序、崇尚理性的欧文·豪最不能接受的。另外，60年代反美国、反文化潮流的核心是反对、摈弃美国的自由主义传统，而在欧文·豪看来自由主义恰恰是他所追求的民主社会主义的历史和道德基础，这也是欧文·豪和当时社会激进主义之间的矛盾所在。

1.7. 20世纪70、80年代：反思、回归批评

虽然欧文·豪在20世纪70、80年代仍然十分活跃地对社会、政治和文化潮流进行评论，忙于编辑和教学工作，但是我们可以说他生命的最后二十年也是他对自己的思想历程以及自己所经历的政治环境进行反思，并最终回归文学批评的二十年。在70年代欧文·豪与新左派的纷争已经接近尾声，随着新左派的逐渐没落，欧文·豪也开始逐渐反思自己对于新左派的批判是否过于严厉。在这个时期里，欧文·豪也曾多次对新兴的理论和社会潮流进行批评，比如与以凯特·米勒为代表的激进女性主义的辩论、对菲利普·罗思的犹太性问题的讨论、对80年代美国文坛的经典之争以及与多元文化主义的抗衡等。另外，他的个人生活也经历了一些波折：他的第三次婚姻因为妻子埃里厄恩的工作日趋繁忙而告终，给他带来了沉重的打击；原先在困境中不断给予他支持和安慰的挚友们接二连三地去世，他的父亲也于1977年去世。在这种情况下，写作成为欧文·豪唯一的寄托，他以惊人的毅力和对犹太民族的热爱完成了《父辈的世界》（1976）一书，并和格林伯格（1977年去世）最后一次合作完成了《希望之灰烬：苏联意第绪语小说》的编写工作。

莱昂纳尔·特里林于1975年去世。欧文·豪对于特里林的感情是比较复杂的。一方面，特里林是欧文·豪在纽约知识分子圈内的领路人，特里林在文学和文化价值中间地带的探索一直是欧文·豪学习的榜样，也曾经在《舍伍德·安德森评传》等文学评论的写作方面给予他很大的帮助。然而，自20世纪50年代起，随着特里林在学术圈内的地位得到稳固，并为政治上日趋保守的知识分子和自由主义进行辩护，欧文·豪开始将他视为对手，并在《这个顺从的年代》一文中对特里林进行批判，两人的关系恶化。特里林的辞世让欧文·豪开始反思自己与特里林的关系。他在

《新共和》上发表文章，对特里林进行了高度的评价。他认为特里林对文化始终坚持用激进的批判方式，“并且始终坚信文学拥有改造、提升和破坏的最根本的力量”[21]。其实，从某种意义上来说，欧文•豪对特里林的评价也说出了他自己以及其他纽约知识分子一直在追求的理想。

知识分子作为一个群体在逐渐消亡，欧文•豪对此深感痛心。在一次访谈中，当欧文•豪被问及人文主义文学批评家在当下社会中的位置时，他回答说事实上比这个问题更为关键的是当今社会是否还有知识分子的存在空间，而这也正是他时时刻刻都在思考的问题。他认为现在有许多人只是具备知识分子必须具备的技能，而这些技能可以被买卖，可以被滥用。现在的社会是否能够容纳真正的知识分子却越来越成为一个问题。[22]因而，对于欧文•豪来说，坚守公共知识分子的责任也就显得尤为重要，也尤为艰难。

1976年，欧文•豪出版追溯19世纪末20世纪初纽约犹太移民历史的《父辈的世界》。在这本书中，欧文•豪站在既同情又客观批判的立场对普通犹太移民的艰苦历程和生活状况进行了再现。在一定程度上来说，欧文•豪也通过这本书对自己的父辈进行了颂扬，对父辈所坚持的犹太传统和信仰进行了梳理和评价。这本书标志着欧文•豪最终完成了对自己犹太性的认同和回归之旅。《父辈的世界》一书大获成功，一连好几个月雄踞畅销书排行榜之首，并获1976年美国全国图书奖。该书是欧文•豪多部著作中唯一一部畅销的作品，可以说是欧文•豪知识分子生涯的巅峰。不过，《父辈的世界》的成功也使欧文•豪压力倍增。后来虽然有出版社向欧文•豪约稿，建议他将一系列关于犹太性的讲座结册出版，但是欧文•豪犹豫再三，没有答应，因为他感觉美国批评界和公众已经给予《父辈的世界》过多的赞扬，以至于他对于继续出版关于犹太性的作品毫无信心。另外，欧文•豪认为《父辈的世界》的成功也标志着美国犹太裔在对移民经历进行回顾和总结之后，已经做好准备继续前进，不再回头。不过，对于欧文•豪来说，犹太问题在70、80年代仍然是他活动的重心之一，他曾数次前往以色列、在美国国内倡议捍卫以色列国、声援以色列和平组织的活动，在80年代初对大屠杀文学进行深度的思考，这些都和他对犹太问题的高度关注密不可分。

继《父辈的世界》之后，欧文·豪于1977年（斯大林“大肃清”二十五周年之际）出版了《希望之灰烬：苏联意第绪语作家小说》，译介苏联意第绪语小说，记录苏联意第绪语作家的两个派别及意第绪语文学在苏联的发展和没落，以及苏联意第绪语作家的命运。这也是他和艾利泽·格林伯格合作的最后一部意第绪语文学作品选集。次年，欧文·豪出版《莱昂·托洛茨基》。在该书中，欧文·豪对托洛茨基的政治理念以及历史意义进行了批评式的阐释。亚历山大认为《莱昂·托洛茨基》一书是欧文·豪写作成就的体现，是“历史、人物刻画、政治分析、道德哲学和文学批评等的完美结合”[23]。在这本书中，欧文·豪再一次展现了他在颂扬和批评之间寻求平衡的能力，对这位他心目中的“时代巨人”的功过得失进行了客观的评价。

欧文·豪曾经说过，“生活的一门艺术是懂得如何结束”[24]。在生命的最后一个阶段，欧文·豪逐渐淡出激烈的政治纷争，逐渐变得温和、宽容，并且更加内省。他于1982年完成自传《一线希望》，对自己的思想历程进行回顾，并于1985年出版《社会主义和美国》，对美国左派的历史以及功过得失进行了总结①。这事实上也是欧文·豪对自己作为社会主义者的一生的一种反思。在这之后，他便一心追求文学这个更为诱人的世界。

欧文·豪所继承的犹太传统使他珍视群体的力量，追求整个社会的进步，而爱默生所提倡的个人主义则崇尚自我奋斗，因此早期的欧文·豪本能地摒弃了爱默生思想。在经历了群体责任和个人欲望的冲突之后，随着自身阅历的不断丰富，欧文·豪开始逐渐体会到身处19世纪的爱默生在不能“齐国、平天下”的情况下只能退而“修身”的无奈选择，同时

① 该书的具体介绍详见第五章第二节。

他也认识到，爱默生思想事实上为批判资本主义和物质主义提供了重要的思想基础。因此，在《美国之新：爱默生时期的文化和政治》（1986）一书中，欧文·豪认为爱默生主义是美国文化十分重要的部分，它若隐若现，却又无处不在。因此，他试着对爱默生的核心思想及其产生的原因、对后人的影响以及在现代社会的意义进行详尽的探讨。在欧文·豪看来，爱默生思想的核心主要集中在意识与历史、个人和社会、令人振奋的解放与新时代的渺茫这三组矛盾之中。他认为，特定的历史时期，即“美国之新”思想的涌现以及美国对世界充满无限期盼的19世纪30、40年代，造就了爱默生，使他成为敢于挣脱传统桎梏、独立、富有个人主义精神的新时代美国形象的代言人。但是，随着废奴运动的兴起、经济的迅猛发展、社会的工业化以及大众文化的形成，一系列社会因素又很快导致其理想主义思想被埋没。其后的许多重要作家，如霍桑、梭罗、麦尔维尔以及马克·吐温等人的作品都或多或少受到爱默生思想的影响，又试图与其抗争，并对之进行改造。欧文·豪认为爱默生对于文学作品的影响分为三种类型：第一类以麦尔维尔的《白鲸》和马克·吐温的《密西西比河上的生活》等为代表，颂扬工作、手艺、劳动价值；第二类以库柏的《皮裹腿故事集》和马克·吐温的《哈克贝里·芬历险记》等为代表，体现反政府主义精神和对乌托邦的追求；第三类则是美国南北战争之后那些感叹“美国之新”没落的现实主义作品。最后，欧文·豪重申爱默生思想是美国文化的关键所在，并且相信“美国之新”是美国特有的本性，将以某种形式再次到来。

正如亚历山大所指出的，在《美国之新》一书中，欧文·豪在评论爱默生所经历的几对矛盾、感慨爱默生思想和“美国之新”的逐渐没落时，也在抒发着强烈的个人感受。此时的欧文·豪遇到了人生的又一次（也是最后一次）转折点。从大学退休，逐渐步入老境，欧文·豪对今后的生活走向有点把握不定。他想要继续从事文学批评，却发现无法领会当时炙手可热的解构主义理论。欧文·豪在这个时期所撰写的文学批评数量不是很多。他这一时期唯一一部文学批评专著《美国之新》所谈的也是像爱默生、梭罗等他以前少有提及的作家。他的儿子尼古拉斯·豪认为这是因为欧文·豪担心自己的批评会老调重弹。不过，对小说的热爱和从阅读中所获取的乐趣使他最终克服了这种危机感和不确定性，让他意识到作为批评家的他对于文学的许多问题还有话要说。在生命的最后五六年间欧文·豪笔耕不辍，撰写了许多短小精悍、富有真知灼见的文学评论，用一种新的形式、从新的角度对自己一向关注的经典作家进行重新评价，就文学的本质问题进行进一步的探讨，并试图将文学从当时盛行的种种文学理论的负面影响中拯救出来。欧文·豪去世后，尼古拉斯将这些文章整理成册，于1994年出版。

在欧文·豪生命的最后几年，他还积极参与了美国学术界"经典之争"的大辩论。"经典之争"的根本在于意识形态论和艺术论之间的争夺，但是由于它波及美国教育界的课程设置，可以说影响到美国新一代、乃至几代年轻人的理念，因此影响十分深远。而欧文·豪也在这个问题上进行了他作为公共知识分子最后的努力。他既反对一味固守经典至上的理念，也反对极端的多元文化主义出于政治目的、以"政治正确"为理由割裂经典。他提倡大学人文课程一方面要捍卫文学经典的价值和地位，捍卫传统的人文主义教育理念，另一方面也要鼓励学生独立思考，培养他们的批判性思维能力[①]。

2 欧文·豪的精神导师

2.1. 莱昂·托洛茨基

莱昂·托洛茨基是对欧文·豪的一生影响最大的人。他是欧文·豪人生中的第一个精神偶像，他的个人经历和著作对少年时期的欧文·豪

① 详见第五章第六节。

产生了强大的感召力，对欧文·豪世界观的形成起到了决定性的作用。欧文·豪十四岁就加入了托洛茨基派青年组织——青年社会主义联盟，正是在托洛茨基的引领下少年欧文·豪树立起了他人生的第一个、同时也是伴随了他一生的理想，那就是社会主义理想。

托洛茨基跟欧文·豪一样，也具有犹太血统，十七岁就开始了轰轰烈烈的革命生涯。他参加并领导了俄国的十月武装起义，创建了红军并取得了国内战争的胜利，是一位战功卓越的军事家；革命胜利后他第一个举起反斯大林的旗子，斯大林把他的主张概括成“托洛茨基主义”，还加上一个“反列宁主义”的定语。托洛茨基被撤职、流放，甚至驱逐出境。在他长期的流亡生涯中，他一边从事著述，写下大量关于历史和现实问题的著作，一边锲而不舍地为自己的理想而行动。他组织苏联国内的反对派，建立国际托派组织，后来又建立了第四国际和世界社会主义革命党，与斯大林控制的第三国际相抗衡。托洛茨基所盼望和力促的群众性的社会革命，呼应和支持了20世纪30年代美国劳工阶层对社会公正的革命需求。托洛茨基的派别政治激发起欧文·豪炽热的革命激情。欧文·豪曾经工作过的几家刊物都立场鲜明地支持托洛茨基。《劳工行动》在创刊之初就反对斯大林对罗斯福战争政策的支持。而欧文·豪后来供职的《政治》也发表了大量托洛茨基的文章，直到托洛茨基1940年8月在墨西哥遇害。虽然欧文·豪后来厌倦了政治派别之争，脱离了托洛茨基派组织，站到了它的对立面，但托洛茨基始终是欧文·豪心目中所崇拜的道德英雄，他在道德方面所表现出来的坚强，即使遭受挫败也绝不妥协、敢于坚持自己理想的勇气可以说伴随和鼓舞了欧文·豪的一生。而且正是因为欧文·豪曾经全身心地投入托洛茨基派轰轰烈烈的运动，他才能在日后清楚地认识到派系之争的危害，认识到自己离现实差距甚远的理想，才能渐渐树立起他的民主社会主义观念。

1978年，欧文·豪在《莱昂·托洛茨基》一书中清楚地表达了托洛茨基身上令他钦佩的东西，那就是追求道德的勇气、对信念的坚守和身处逆境但永不妥协的精神。在书的最后欧文•豪总结道："这个杰出的人的著作将有相当一部分会流传千古，他身上的英雄主义光芒将照耀着未来的几代人……托洛茨基的身上体现着现代社会的历史性危机以及同时代人所鲜有的应对危机的强烈意识和英雄主义气概……在位也好，失势也好，莱昂•托洛茨基都是我们这个时代的巨人。"[25]

2.2. 乔治•奥威尔

20世纪40年代末是欧文•豪的思想发生重大转变的时期。在阿拉斯加军事基地的几年军旅生活使得他原本狂热的革命社会主义激情冷静下来，广泛的阅读也令他对社会问题的思索更趋于理性。重新回到纽约以后，欧文•豪更是清醒地意识到理想与现实之间存在着巨大的差距。资本主义依然在势头稳健地向前发展，而马克思主义阵营内部的长期纷争则令欧文•豪感到相当厌倦和沮丧。当时托洛茨基派已经缩小成为左派力量中一个很小的分支，虽然欧文•豪还把自己当成其中的一员，但是他已经开始为《党派评论》撰稿，角色正在从政治活动者向文学批评者转变，他渐渐从托洛茨基主义中脱离出来，从一个坚定的行动者转变成一个内省的思想者。就是在这样半退半留、犹疑不决的过渡时期，欧文•豪读到了奥威尔的《一九八四》。这部反乌托邦小说使欧文•豪与奥威尔产生了强烈的共鸣，可以说奥威尔是欧文•豪踯躅在人生的十字路口时看到的一盏明灯。

奥威尔是一个政治意识很强的作家，他与欧文•豪最大的相似之处就是具有忧国忧民的知识分子良知，对社会走向和人类命运极为关注，并且通过写作表达自己内心的忧虑。奥威尔对公平和正义有着强烈的追求，但是冷酷的现实却让他充满幻灭感，他在《一九八四》中描绘了一幅令人触目惊心的极权主义的画面。小说以政治讽刺寓言的形式刻画了将极权体制运用到极致的一个独裁国家的面貌。在那里，每一个灵魂都像被关进牢笼一般丧失了自由，人们没有独立的思想，没有真正的交流，也享受不到一点信任的空间。主人公温斯顿代表了在那个国家已经极其稀有的人性尚存、渴望自由的人。他在与强大的国家机器相对抗时不堪一击，后果令人悲哀。事实上，奥威尔在《一九八四》中的反思正好与欧文·豪当时思想上的疑虑不谋而合，欧文·豪也在苦苦思索社会主义理想究竟能不能实现、如何能实现的问题。欧文·豪在1950年最后一期《新国际》上发表了一篇对《一九八四》的评论文章。他认为奥威尔的《一九八四》探讨的是怎样实现向社会主义转变的问题，小说中描写的不仅可怖而且可悲的情节是在向世人发出警示：人的本能在一定的情境下会完全受控于他人或者完全麻木。革命胜利之后并不能自然而然地建立起民主的秩序，没有民主的独裁最终会使人的思想麻痹僵化，最终失去正常的判断力。

1952年，欧文·豪正式退出了沙特曼派，他的社会角色转变为作家和评论家，他对奥威尔的欣赏认同不仅没有减弱，而且从意识形态方面延伸到了历史、文化和文学等更广泛的领域。欧文·豪于1957年又发表了《奥威尔：噩梦般的历史》一文，这是他《政治与小说》一书中的压轴之作。书中论文涉及司汤达、陀思妥耶夫斯基、康拉德、詹姆斯、屠格涅夫、马尔罗、西洛内和凯斯特勒等一系列伟大作家，他将奥威尔置于最后，因为他认为“在奥威尔的书中其他作家所讨论的政治主题已经达到了最后、最可怕的鼎盛期”[26]。他的文章在批评界影响很大，人们不再把《一九八四》仅仅解读成冷战时期的论争，对于《一九八四》在揭示极权主义的本质和发展过程的意义上有了更深刻的认识。欧文·豪1963年编辑出版的《一九八四：文本、来源、批评》一书对这一趋势又起到了推波助澜的作用。

对欧文·豪来说，奥威尔并不代表一种至高无上的理想，也不是一个十全十美的圣人，他是一个非常真实的、具有远见卓识的思想者，他用自己的文笔向欧文·豪展示了文学的力量。奥威尔对欧文·豪的启示是如何面对理想主义与冷酷现实的矛盾，如何在文学这个“更为诱人的世界”里关心社会发展、表达自己的激情。所以欧文·豪在《奥威尔：一个温和的英雄》一文中说：“我们对奥威尔了解得越多，就越怀疑将他看作具有不凡德行的好人的观点……在他的身上我们既看不到圣人的无私和耐性，更看不到圣贤所必须具备的对世俗情感的淡漠。倘若奥威尔是一个‘圣人’，那我们便不会对他那么关注，因为我们已经学会了与圣人的相处之道，那就是先奉他们为典范，然后再将他们束之高阁。……他是一个排斥中产阶级写作模式的作家……他不是一个马克思主义者或者政治革命家。他是更为出色，也更为危险的人：一个拥有革命性人格的人。”[27]

欧文·豪称乔治·奥威尔为自己的“知识英雄”。“他比我们这个时代的其他任何英国知识分子都更体现了个人独立和强烈的民主激进主义的价值。”这两种价值的融合和体现正是20世纪60年代以后的欧文·豪所努力的目标。欧文·豪非常欣赏奥威尔的文学素养，尤其是奥威尔在作品中表现出来的独特想象力和浓郁的修辞色彩。他认为奥威尔擅长与读者分享和交流他的体验，善于把握同情与距离之间的平衡。奥威尔还具有超常的文字驾驭能力，他经常写出令人过目不忘的名言和新词，还不时借他人之辞为己用。《一九八四》不仅在思想上对西方社会产生了很大的冲击，其中的语言也得到了广泛的认可。奥威尔在小说中创造的“老大哥”、“双重思想”、“新语”、“犯罪停止”等词汇都已收入权威的英语词典，足见其作品在英语国家影响深远。而欧文·豪本人在这方面也很有天赋。“这个妥协的年代”、“社会主义是我们欲望的名称”、“纽约知识分子”、“一个更诱人的世界”等等也都已成为他的标签式语言。

2.3. 伊尼亚齐奥·西洛内

伊尼亚齐奥·西洛内是意大利小说家和社会改革家，他是意大利共产党的创始人之一，1930年与共产国际决裂，1931年至1944年生活在瑞士。《面包和酒》是他最著名的小说，续集《冰雪下的种子》讲述的是反法西斯地下运动。《紧急出口》是西洛内根据自身政治经历撰写的文集。

西洛内的其他作品包括剧本、针对法西斯史和独裁统治的讽刺作品。对欧文·豪来说，西洛内是一个有良心、有责任感、敢于表达、不向权威妥协的边缘知识分子楷模。在西洛内的身上，欧文·豪清晰地照出了自己的影子，因此在评价西洛内的字里行间，他不由自主地流露出了自己的心声。西洛内对善的追求、对社会主义价值观的坚守，都是欧文·豪非常认同的。从西洛内作品中的人物身上，欧文·豪看到了自己想要追求的充满英雄主义的人生。

“西洛内小说中的主人公认为现在需要的不是纲领，哪怕最完善的马克思主义纲领，而是典范，是人们对善举的朝圣。人类亟须医治。必须激发他们内心的英雄主义，而不是规劝、改变他们的信仰。他不愿拿未来去冒险，坚持认为不论环境如何，实现美好生活的唯一途径就是去生活。生活中两大追求之间的矛盾在西洛内个人体验中得到反映，作为小说家和政治领袖，他游走于行动与冥思、权利之欲与纯洁之望之间。作为一个意大利社会主义者，他被迫认识到，目标与途径是一对令人苦恼的矛盾，因此才会有道德与利己之间持续不断的对峙。”[28]

如果说，托洛茨基唤醒了欧文·豪内心的英雄主义，那么西洛内则教会了欧文·豪英雄主义到底意味着什么，它意味着准备、等待和一心一意。欧文·豪崇拜西洛内的决心和坚定，崇拜他不为过程的艰辛而消沉，所以他说西洛内是“疲惫的英雄”，他自己也正成为这样的英雄，每一个持有社会主义理想的人都将成为这样的英雄。

2.4. 埃德蒙德·威尔逊

倘若在欧文·豪的眼中伊尼亚齐奥·西洛内是“疲惫的英雄”，而埃德蒙德·威尔逊则称得上一位“永不疲倦的英雄”。埃德蒙德·威尔逊是20世纪美国文坛的重要人物，他在文学批评生涯中所表现出来的始终如一的社会关怀理念和他坚守的独立思想，使他被誉为美国20世纪“首席社会批评家”。作为一名广义上的马克思主义者，他被许多人视为过时的老派人物，但是他的思想对欧文·豪却产生了极大的影响。影响开始于威尔逊的批评文集《阿克瑟尔的城堡》，正是这本书使得少年时期的欧文·豪立志成为一个面向世界的知识分子。欧文·豪十六岁时从朋友那里得到这本书，据他在自传中所称，《阿克瑟尔的城堡》是他从头到尾读完的第一本文学批评书籍。尽管当时他对威尔逊所论及的许多作家还仅仅一知半解，但是威尔逊在字里行间所流露出来的凝重的道德感深深地打动了欧文·豪。威尔逊坚持文学的功能是帮助人类释放个体参与公共生活的巨大热情，反对将文学孤立于社会之外，因此他执著地强调文人的社会历史责任，认为对文学的解读决不能狭隘地诠释文本，而应深入地探究文本背后的内容对社会和人类的普遍意义。他为象征主义者们丧失社会意识而惋惜，对文人远离政治扮演疏离的智者形象而感到不屑。他在文学批评中所一直倡导的重视社会关怀、维护人文传统的理念也是欧文·豪作为一个公共知识分子和文学评论家所恪守的原则之一。

欧文·豪在题为《一位文人》的文章中这样描述威尔逊："几乎每个人都仰视着他。作家和批评家都仰视着他，谦虚的人尊他为导师，野心勃勃的人也视他为典范。……他的事业呈现出英雄主义的轨迹，中年时他表现出了权威性的明晰，后来在夕阳西下的岁月中，他几近疯狂地捍卫着自己的权威。人们一般不会将作家与英雄相提并论，英雄也往往得不到大家的喜爱。但是当我们看到威尔逊将文人的理想贯彻于生活的决心、他对人类文学的渴求和他表达自我的固执时，我们看到了一种英雄主义的人生。"[29]欧文·豪的一生也如威尔逊一样充满了理想主义的色彩和将理想进行到底的决心，他的一生也清楚地呈现出英雄主义的轨迹。

欧文·豪的三重身份

欧文·豪是一个具有多重身份的人，从种族背景上看，他是个犹太人；从政治立场上看，他是个社会主义者；从学术角度来看，他又是一个批评家和公共知识分子。无论从哪个方面来看，欧文·豪的一生都充满疑虑和困惑。他时常感到自己生不逢时，错过了最令人激动的年代。用他自己的话来说，他和其他纽约知识分子所生活的年代是“现代主义体验即将结束、激进主义即将结束、同时犹太移民体验也即将结束”的年代，“他们来晚了”[1]。但是他并没有在困惑中迷惘沉沦，他是一个理想主义者，对自己认准的目标矢志不移。这样的个性令他在所涉足的每一领域都留下了炽热而真诚的声音。

正如欧文·豪的自传《一线希望》的书名所示，他的一生是追逐希望的一生，他毕生追求的希望是人类社会真正的平等与公正；而身份的变迁交融则清晰地记录下了他追寻希望的轨迹。欧文·豪的传记作者亚历山大认为，欧文·豪的一生中，社会主义者、批评家和犹太人这三重身份常常相互作用。欧文·豪的犹太血统使他一生充满了复杂的民族情感。作为出生在美国的犹太人后裔，少年时的欧文·豪急于摆脱少数族裔身份所带来的差异感和隔离感，外面的“新世界”对他充满了吸引力。犹太劳工运动的影响使欧文·豪看到了一条通往外界、追求平等的出路，犹太身份使社会主义信仰成为必然，仅仅十四岁的他迸发出强烈的政治激情，热切地投身于社会主义运动。狭隘的民族之门被撞开，生命的意义也得到丰富和更新，在欧文·豪的眼前展现出一个充满希望的天地。社会主义信仰为欧文·豪的文学批评提供了思想的框架，然而随着岁月的流逝、阅历的增长和时事的变迁，欧文·豪的社会主义理想也不断经历着曲折的变化，理想与现实的差距令他失望，同时他也常常被自己的文化兴趣和政治信仰之间的矛盾所困扰。他的心灵越来越倾向于一个“更诱人的世界”，那就是文学的世界。他将自己的激情和智慧诉诸笔端，体现于睿智和犀利的文学批评话语中，他的社会身份也逐渐演变成了从事文学、社会批评的公共知识分子。可以说欧文·豪的犹太身份导致了他少年时义无反顾地投身社会主义运动，而他的政治激情又引领他徜徉于文学和文化批评的殿堂，并且无处不在地渗透于他的批评作品中，影响着他批评观的形成和发展。后来他的社会主义理想和文学批评实践反过来又唤醒了他对犹太文学的兴趣，并使欧文·豪重新回归自己的犹太根基，致力于挖掘和光大本民族的文化精华。而欧文·豪对犹太文学、文化的兴趣又在他的犹太历史著作《父辈的世界》一书中融汇，此书曾获得1976年的美国全国图书奖，好评如潮。而他在文学批评上的造诣，尤其是对现代主义文学的喜爱，又使他能够细致入微地观察社会和生活的复杂性，更加注重个人的经历，从而摆脱狭隘的党派视野和一切以政治为目的的立场。显然，欧文·豪的政治信仰、犹太身份不仅没有泯灭他的文学批评才华，反而使得他的批评更加富有激情，更加独树一帜。这三个因素相互渗透，互为因果，成就了欧文·豪在美国文化史上独特的地位。

欧文·豪将他的三种情感都看作“失败的事业”，其中的两个，即社会主义和世俗犹太性，在美国的确如此；第三种情感，即人文主义研究，也许也将被证明为失败。但是当你记录一个人如何将自己的生命倾注于失败的事业、遭遗弃的信仰和知其不可为而为之的忠诚时，就如同记录下英雄主义的历程。

1 犹太性：从挣脱到回归

犹太血统是欧文·豪与生俱来的身份，是他的生命之根。但是他和其他许多犹太移民后裔一样，一开始都极力想要挣脱犹太传统的束缚，为自己开辟一片新的天地，对于这一身份经历了从异化到挣脱再到回归的过程。他们对父辈身上所承载的传统和自己成长环境中所吸收的美国文化不自觉地进行着对比和取舍。当他们强烈地感受到犹太移民身份对于自己的束缚和局限时，他们不禁一心想要挣脱它，融入到外面的世界中去。所以早期的欧文•豪一心想向外伸展，对自己的民族根基并没有很清楚的认识。在很长一段时间里，欧文•豪和其他犹太背景的激进派知识分子一样，一方面想以自己的犹太性与美国社会的基督教文化进行抗衡，但另一方面却又对“犹太人问题”有所回避。这源于他们对自己的定位，即树立“解放了的世界公民”的形象。他们有一种心照不宣的担心，担心公开对犹太人问题的关注会使他们显得狭隘和过于民族主义。这种心理的典型表现是，他们这群忧国忧民的知识分子对第二次世界大战中犹太人惨遭大屠杀这一事件居然反应淡漠。后来当他们的民族意识逐渐复苏时，他们都感到极其羞愧。“我不得不承认，大屠杀必须被看成犹太民族所经历的一系列磨难的极点。人们的第一反应——虽然也许不是唯一的反应，但却应该是第一反应——应该是为犹太人的苦难而哭泣。唉，可是我，这种反应却来得晚了些。”[2]事实上，欧文•豪内心深处的犹太性比他在公众面前所展现的要强得多，而他的犹太身份在很大程度上给予了他精神上的支持，是他思想的源泉，这也是他日后所逐渐认识到的事实。欧文•豪的犹太性与犹太宗教没有多大关系，更多体现在他对意第绪语文学的热爱以及对世俗犹太性的思考上。

1.1. 挣脱传统的束缚

年少时的欧文•豪对他血液中的犹太性并没有具体、深刻的认识。从犹太教义中，欧文•豪接触到的只是对自己民族的光辉历史和故土的空洞回忆而已，而他对于犹太传统最为深刻的感受恐怕就是家里每周五晚餐前所举行的安息日仪式了。不过，犹太民族所特有的对家庭的重视以及群体内部的关爱、责任感一直是欧文·豪精神力量的源泉，而犹太传统也在不知不觉之中影响和塑造着欧文·豪和其他犹太裔知识分子的生活和思维方式。欧文·豪很早就表现出对现实的不满和向外发展的强烈愿望，同时他也敏锐地认识到，对于其他美国孩子来说唾手可得的权利和生活，他们这些犹太移民后裔却需要经过不懈的努力和艰辛的奋斗才能够获得。这也赋予了欧文·豪独立、坚忍的性格。

20世纪30年代纽约的教育体系被美国主流文化垄断着，欧文·豪就读的德威特·克林顿中学也不例外。高中时的欧文·豪在老师的影响下开始阅读《纽约时报》，而当时他周围的人大多看的是《前进报》、《新闻报》或者《镜报》等意第绪语日报，所以内向害羞的他胳膊下夹着一份与众不同的《纽约时报》乘地铁时，常常会感觉有点不自然。那些一成不变地读《新闻报》的人显然安心于自己的犹太身份，对本民族的语言和文化充满着归属感，而欧文·豪手中的《纽约时报》则暗示着他内心的不安分和对外面世界的向往。

随着年龄和知识的增长，欧文·豪对贫困的内涵了解更深，逐渐感受到了与贫困相伴左右的耻辱，并且心生怨恨和野心。与此同时，他也发现东欧犹太移民虽然生活过得清苦，但骨子里却总透出一种骄傲，他们大多宁愿挨饿也不愿接受政府的救济，独立和自强是饱经苦难的犹太民族所特有的气质。欧文·豪和其他有思想的犹太后裔一样，不自觉地对从祖辈那里继承下来的传统和自己成长环境中所吸收的美国文化进行着对比和取舍。当年轻躁动的他们强烈地感受到犹太移民身份对于自己的束缚时，便一心想要挣脱它，想要融入到外面的世界中去。家对于他们来说是最温暖安全的地方，但同时又是一种限制和牵绊，阻碍着他们年轻的心向外涌动。

1) 更名事件

早期的欧文·豪一心想向外伸展，对自己的民族根基其实并没有很清楚的认识，正如欧文·豪在自传中所说，“战前像我这样的人将民族感情摆在世界文化和社会主义政治之后。我们并没有很好、很深刻地思考过犹太性的问题。也许我们在回避它……那时我们的意识中的确没有犹太性的一席之地，在我所希望融入的文化中它也是微不足道的，对它的生存和振兴我并不感到负有什么特殊的责任。”[3]

早年的欧文·豪从来不把有着相同政治信仰的朋友带回家。这一方面是由于年轻时的欧文·豪和他的家庭（尤其是他父亲）之间存在着隔阂和矛盾（这种矛盾普遍存在于二代犹太移民和他们的父辈之间）。他既羞于向朋友介绍自己的父母，又不愿让他的父母知道他在交什么样的朋友。更为主要的原因是，这时的欧文·豪觉得自己很难在继承的生活方式（犹太传统）和想要选择的生活道路（世俗的社会主义运动）之间进行调和，而他又无力为任何一方作辩护。这一矛盾也表现在欧文·豪拒用赫伦斯坦这一姓氏上。当时欧文·豪改名的原因之一是由于社会主义运动要求其成员另取一个“党内名字”。但是不可否认，另一个重要的原因是他对自己犹太血统的抗拒。这可能是当时二代犹太移民较为普遍的心理。20世纪30年代绝大多数参加社会主义运动的犹太后裔都选择了非犹太姓氏，这是一个很有意思的现象。后来欧文·豪曾多次对这一现象进行反思。他在1966年的一篇文章中认为与他自己那一代犹太后裔的激进态度相比，他父辈对于犹太血统的心态更健全，因为他们知道血统是无法选择的。[4]1982年，欧文·豪又一次谈到此事，认为当时社会主义运动要求成员更名只是给犹太后裔提供了一个冠冕堂皇的借口，其实最根本的原因在于这些犹太后裔们对自己的犹太根脉抱有一种无法说出口的、未经仔细思考的困惑。不过，正如索林指出，虽然更改了姓，但是欧文·豪还是保留了“欧文”这个美国犹太人常用的名字，这也恰恰说明，当时欧文·豪对自己的犹太血统更多的是一种模棱两可的态度，而不是完全摈弃。

2）对现代主义文学中反犹主义的隐忍

欧文·豪和其他犹太裔知识分子对于犹太性问题的回避还体现在他们对于现代主义文学中的反犹主义的隐忍。当时许多犹太裔文学评论家将艾略特奉为现代主义文学的代表，欧文·豪也十分欣赏艾略特的诗歌，认为艾略特的诗歌有着一种内在的颤动，触及了现代社会人们道德上的混乱和颓败，他把艾略特的代表作《荒原》更是奉为那个时代最重要的作品。然而，艾略特所追求的是一个理想的基督社会，主张把"现代主义"犹太人排除在外，以保持社会成员种族、宗教信仰和文化的纯洁性。[5]虽然艾略特很少直接发表反犹言论，但是他的诗歌中丑陋的、作为劣等民族的犹太人形象随处可见，充斥着对犹太人强烈的憎恶之情。尽管欧文·豪和其他许多纽约知识分子私下曾对此进行谴责，却没能公开、一致地做出反应、进行批评，以维护犹太人的尊严。菲利普·拉夫甚至还为艾略特开脱，称艾略特作品中所表现出来的反犹主义并不能说明艾略特本人对犹太人的态度。亚历山大认为在对待"反犹主义"这一问题上，欧文·豪和其他纽约知识分子一样都采取了一种自欺欺人的态度。[6]为什么这群在许多问题上都敢于仗义直言、敢于抗争的年轻知识分子，当时在对待和自己有着切身利益的反犹问题上却是如此隐忍、甚至视而不见呢？欧文·豪在晚年回顾这一问题时，认为造成这一现象有几个原因。或许是艾略特本人从小镇圣路易斯走向大都市伦敦的旅程得到了这些迈出布朗克斯和布鲁克林走向曼哈顿的犹太裔知识分子的认同；或许这些在20世纪30年代后期至50年代早期开始发表作品的犹太裔知识分子想要摆脱狭隘的种族思维习惯，而去接受普世的价值观，[7]因此他们谴责那种一触即发时想着维护自己利益的做法；或许是为了摆脱他们所继承的宗教和种族给他们带来的重负；或许是为了得到知识界的认可；或许是出于尊重文学的独立地位，反对漠视文学作品价值的庸俗态度。无论是出于何种考虑，这些犹太裔知识分子面对当时美国文学作品中的反犹情绪，不约而同地选择了忍气吞声的态度，尽管这种反犹情绪深深地刺痛着他们。然而，这种隐忍的态度让他们内心始终存在着一种不安、屈辱和负疚的感觉，而这一情绪在1949年庞德获得博林根诗歌奖时终于得以爆发。

1.2. 犹太性的萌动

作为生长在美国的犹太裔年轻知识分子，欧文•豪面临着双重的异化。美国文化所崇尚的爱默生式的自立、个人主义和犹太传统所崇尚的群体纽带、群体责任之间存在着极大的差异，这使游离在两个世界夹缝里的欧文•豪无所适从。他虽然在血缘上属于一个有着深厚历史、文化沉淀的民族，但是他从未从心底真正了解、认同犹太民族的传统，并一直试图抹去这一传统在他身上留下的印记，摆脱这一传统对他的束缚；另一方面，他一直力求在美国社会中争得一席之地，却从未真正融入到他生于斯、长于斯的所谓美国文化中去。因此他在感情上对于这两者都很疏离，是个双重意义的边缘人。正如欧文•豪在《迷失的年轻知识分子》中所说，在现代，在信奉基督教的美国，"做一个犹太人难，不做犹太人也一样难"。[8]在这种两难的境地下，欧文•豪开始了对自己犹太身份的认同之旅。欧文•豪对犹太性的思考可以说持续了一生，在漫长的思想历程中对他影响最大的有三件事：第二次世界大战中纳粹德国对犹太人的大屠杀、萨特事件以及以色列建国。

1) 对第二次世界大战犹太人大屠杀问题的回避和再思考

欧文•豪曾经承认过，在第二次世界大战之前，他对于犹太性和犹太人毫不关心。即便是在阿拉斯加服役期间，欧文•豪曾了解到许多关于希特勒屠杀犹太人的暴行，但是他并没有意识到这与其自身有着什么联系，也没有意识到这是人类历史上最为可怕的时刻。当时他所关注的是资本主义的腐败和社会主义革命的进程，而不是欧洲犹太人所面临的困难。出于托洛茨基主义立场，欧文·豪反对罗斯福政府参加战争，认为第二次世界大战只是资本主义两大阵营之间的利益之战，不管是哪一方赢得战争，工人阶级都是最终的失败者，而真正的赢家是资本主义。与此相比，欧文·豪对希特勒屠杀犹太人这一事实没有表现出一个犹太后裔——或者哪怕只是有良知的知识分子——所应有的愤慨。

第一次在报纸上读到关于纳粹暴行的报道时，欧文·豪还在阿拉斯加的军营里服兵役。他最初的反应是本能的、无以名状的恐惧。报纸上刊登着美国士兵走进德国集中营的情景，面对堆积如山的尸骨，士兵们的脸上写着惊恐。当时的欧文·豪除了感到恐惧和不真实，大脑根本无法对这件事进行任何理性的分析。他在自传中说，把那种心态描写得最恰如其分的是克莱门特·格林伯格在1950年所写的一段话："人们的思维不仅无法达到大屠杀的那一层面，去解析它给人带来的令人窒息的压抑感，也不仅仅是因为倾向于保持麻木而免得太痛苦。…… 在大脑的深处潜藏着一种念头——那么大规模的灾难是不是犹太人应受的惩罚？否则事情怎么可能、又是以什么样的方式发生到那种程度的呢？但是犹太人何以应受那样的惩罚？到底为了什么？大脑并不知道，但它感到恐惧，那是一种完全不理智也无法用道德标准评判的恐惧，也许我们只是因为没有冒险自救而遭到惩罚。与以往不同，这次在受到迫害时我们无法动用道德层面的理由来安慰自己；我们不是因为犯罪而受到上帝的惩罚，因为没有一种违背道德规范的罪行能严重到让任何公正的神来降下如此严厉的惩罚。我们是被历史所罚。"[9]

当然，欧文·豪和《劳工行动》在第二次世界大战期间也曾经对某些涉及犹太人的事件进行过评论，比如英国政府因拒绝让载有769名犹太难民的斯特鲁马号（Struma）靠港而导致船只沉没，仅一人生还的悲剧；也曾对《星期六邮报》所刊登的带有反犹情绪的文章进行批驳。但总体来说，欧文·豪当时对大屠杀事件没有做出积极的回应。他批判过希特勒在欧洲对奥地利人、南斯拉夫人、波兰人所犯下的不可饶恕的罪行，却没有提到对犹太人的迫害。在希特勒屠杀犹太人的真相大白于天下，美国各阶层都对此进行声讨时，欧文·豪依然没有对此事发表明确的观点。不仅如此，他还将批评的矛头对准当时在巴勒斯坦的犹太人，认为他们对抗英帝国主义为自己建立家园的斗争完全是出于“狭隘的民族主义”思想。欧文·豪1946年发表在《劳工行动》上的一篇文章甚至认为纽伦堡审判①的法官应该由德国的工人阶级担任，因为“他们是纳粹主义真正的牺牲者”[10]，而完全忽视了希特勒发动战争最主要的目的是要对犹太人实施种族灭绝的政策，更何况德国的工人阶级也参与了屠杀犹太人的行动。

后来欧文·豪承认，当时自己对发生在欧洲的屠杀犹太人事件所表现出来的冷漠是“道德上严重的失败”[11]，而他也一直被一种罪恶感所困扰。他在1968年的文章《纽约知识分子》中再次谈到这个问题时，说道：“我们就生活在欧洲犹太人被屠杀之后。我们可以看不起我们的出身；我们可以热切地拥抱美国；我们可以改名。但是我们知道，如果不是因为偶然的地理因素，我们可能已经被制成了肥皂。至少我们中有些人开始感到，我们先前声称已经摆脱了自己特有的种族特点的观点，事实上是虚假的，是令人羞愧的。我们的犹太性或许没有清晰的宗教或民族内容，或许经不住坚定的犹太信徒的拷问。可是，我们就是犹太人，不管我们是否喜欢这一点。”[12]

托洛茨基曾经在20世纪30年代预言纳粹将以“野蛮主义”的形式告终，欧文·豪起初也将大屠杀看成是资本主义文明走向穷途末路的最后明证，但后来他不断地问自己，如果大屠杀是西方世界历史发展的结果，那么它是怎样地扭曲了西方历史的本质和意义啊！对于西方文明框架下人性的本质、可能性和极限，人们都需要重新考虑。欧文·豪内心挣扎着想对大屠杀做出冷静客观的分析，可是没有一种合理的说法可以为人类历史上的这出悲剧加上注解。从震惊、恐惧到迷茫、反思，欧文·豪同其

① 1945年11月20日到1946年10月1日，第二次世界大战结束之后在德国纽伦堡举行的国际战争犯罪审判。

他犹太背景的知识分子一样，对犹太人问题越来越关注，民族情感也逐渐变得丰富、强烈起来。虽然他并没有明确自己对犹太传统的认同和回归，内心仍然充满了对犹太性以及自己与犹太性之间关系的疑惑，但是血脉中的犹太性正逐渐成为欧文·豪精神领域的一个中心问题。

2）萨特争议和庞德事件

在索林看来，从欧文·豪1946年后所写的文章中已经可以看出犹太性的萌动。随着犹太性在内心的复苏以及对自己犹太身份的逐渐认同，欧文·豪对于文学中的反犹主义就有了和早期的隐忍截然不同的态度。1949年埃兹拉·庞德获由美国国会图书馆颁发，由包括艾略特、泰特、洛威尔、奥登等人为评委的博林根诗歌奖，这一事件在美国文学界引起了极大争议。庞德本人在第二次世界大战期间支持墨索里尼政权，通过电台公然赞扬法西斯主义，发布歧视犹太人的言论，而他此次获奖的作品《比萨诗章》中这些观点比比皆是。欧文·豪在《党派评论》上撰文，强烈抗议美国国会图书馆的这一决定。欧文·豪认为，他可以接受评选委员会将庞德视为现代主义文化右翼诗人代表，并肯定他的艺术成就，但是将博林根诗歌奖颁发给庞德这一决定无视了包括自己在内的许多犹太裔文人的民族感情，也忽视了其他许多非犹太裔知识分子的感受，因为在很大程度上来说，第二次世界大战期间发生的犹太人大屠杀事件已经不仅仅是犹太人所关注的问题了。

1946年8月，欧文·豪在《评论》上发表了一篇关于犹太裔作家伊萨克·罗森菲尔德的小说《离家的旅途》的书评。这本小说讲述了一个典型的犹太移民家庭中父子两代人之间的矛盾。欧文·豪后来在自传中曾谈到，这本书给他留下了深刻的印象，因为"毫无疑问，它触及了我经历中一些自己在设法隐瞒的东西"[13]。同年10月，欧文·豪在《评论》杂志上发表了自传性文章《迷失的年轻知识分子：一个两度被疏离的边缘人》，文章描写了一个世俗犹太青年与犹太传统相背离，可又无法融入现代美国社会的双重痛苦。这篇文章一方面充满对意第绪语文化和犹太家庭生活的温馨回忆，但另一方面却又充斥着因犹太身份而引起的异化、矛盾和耻辱感，是对他那一时期的迷茫心态的真实写照，反应了他对自己犹太移民身份的矛盾态度。不过，在字里行间欧文•豪也流露出一种寻根的愿望。

与此同时，欧文•豪还密切关注着文化界其他知识分子对这个问题的思考。萨特1946年至1947年间在《党派评论》上发表的连载文章《关于犹太人问题的反思》曾引起知识界的一片哗然。萨特写这本书的目的是为了向法国人指出反犹情绪对法国的危害性，号召法国基督徒摈弃反犹情绪，重新接纳在第二次世界大战中被迫流亡的法籍犹太人回到法国。萨特在书中认为犹太人是由他们的“处境”所造就的。犹太人没有历史，两千多年的流散和国家政治的缺失导致他们没有历史性的过去；是基督教和犹太教之间的差异以及犹太人因此而遭到的敌视创造了犹太人的自我意识和身份。外界几乎一致的蔑视和仇恨是犹太人之间唯一的纽带，犹太人只有在面对蔑视和仇恨时才能证实自己的存在。他认为只要法国国民愿意毫无保留地接受犹太人，犹太人就会自觉自愿地放弃自己的民族身份，这样犹太人就会完全融入到法国文化之中，从而有效地消除反犹主义。

萨特的这一观点受到了美国犹太裔知识分子的严厉批判，其中哈罗德•罗森堡的文章对欧文•豪产生了很大的影响。罗森堡认为萨特完全忽视了犹太人作为一个独特民族，有自己的历史，有独特的文化、宗教传统，否定了犹太民族引以为豪的民族集体记忆，割裂了现代犹太人和自己祖先的联系。虽然犹太人在过去的两千年中一直没有自己的国土和主权，但这并不意味着可以将他们的历史和文化一笔勾销，也并不意味着他们失去了生存的权利。两千年的国家政治缺失并不能取缔一段历史。犹太人并不只是在敌人为他们打造的“处境”中才能找到自我，他们一直存在于一个狭窄的空间里，那个空间虽然狭窄但很深厚，因为那里有一段独立的历史和一个自我肯定的传统。罗森堡强调集体记忆和民族根源的力量，不然的话，如何解释犹太人几千年来非同寻常的死里逃生？如果他们能否定自我，岂不是要舒服得多？

欧文·豪在自传《一线希望》中提到，对作为犹太人的他来说，罗森堡这篇发表在《评论》上的文章是一个转折点，让他认识到虽然犹太人不再是一个统一的民族，也不再是一个完整的宗教，但依旧可以凭着共同的记忆和期待团结起来。他开始认真地思考犹太问题。庞德事件让欧文·豪更加清醒地认识到，他和其他一些犹太裔知识分子一开始对反犹主义的刻意回避，非但没有体现他们的宽容和博大胸怀，反而成为他们无法面对自己犹太性的心理障碍。同时，这种隐忍的态度在某种程度下助长了反犹情绪，使之变得更为嚣张。然而，与庞德立场鲜明的反犹主义相比，萨特的言论却更加具有欺骗性和危险性，因为从表面来看，萨特是出于一番好心地想要消除反犹主义，消除基督社会和犹太群体之间的隔阂，但是他的提议最终的结果是要让犹太民族心甘情愿地忘记自己的历史，融合到各个国家之中，从而一劳永逸地“消灭”犹太性。这样的言论引起了包括欧文·豪在内的犹太裔美国知识分子的警觉。这时的他们虽然对自己的现状充满了困惑和不满，但他们意识到他们并不只想做所谓“纯粹的美国人”[14]。虽然对于像欧文·豪这样从未信仰过犹太教的犹太后裔来说，他们身上存留的“犹太性”越来越难以界定，也没有十分具体的内容，可能只是一种由习惯、信念和感情混合而成的东西，但是“它就在那里，它是我们所拥有的一切——只要我们活着，它就一直伴随着我们。”[15]

正是在这场由萨特的著作所引起的争论中，欧文·豪开始改变原先的“解放了的国际主义者”的立场，不再把犹太人问题仅仅看作资本主义社会一个附生的痼疾，他开始正视犹太性的问题，逐渐认同自己的犹太身份。

3) 以色列建国

出于某种原因，像欧文·豪和其他纽约知识分子这样思维敏捷、能言善辩的社会评论家，对于和他们自己民族历史和命运密切相关的事件反应却似乎都比较滞后。如前文所述，他们对于第二次世界大战时期希特勒屠杀犹太人的事件没有做出及时的反应。就在他们认识到自己的失误并对此懊恼不已时，却又再一次犯了同样的、甚至更为严重的错误。1948年以色列建国，这可谓是犹太历史上最重要的事件之一，对世界政治、文化格局的转变起了很重要的作用。可是，欧文·豪和其他纽约知识分子一样在当时都没有意识到这一事件的重大意义，而仅仅把它当做是抗击英帝国主义的阶段性胜利而已，甚至将犹太裔美国人对此所表现出来的欢欣鼓舞称为“天真的民族主义情感”，并对之表示反感。这在很大程度上是受欧文·豪早期的托洛茨基主义思想的影响，因为在托洛茨基主义看来，犹太复国主义代表着一种狭隘的资产阶级民族主义，而以色列的建国恰恰标志着犹太复国主义的胜利。不过，在日后的岁月中，随着自身民族意识的不断觉醒，欧文·豪开始对以色列逐渐认同，日益关注它的命运，并意识到世俗犹太性的出路和以色列的未来密切相关。

欧文·豪真正开始公开支持以色列是在1967年第三次阿拉伯—以色列战争之际。当时以色列的邻国埃及、叙利亚以及约旦在阿拉伯国家的支持下对以色列发动“六日战争”。尽管欧文·豪一向反对美国参战（包括第二次世界大战和越南战争），但是却和卡津、阿伦特等人联名倡议美国积极参与这场以色列和阿拉伯国家之间的战争，以“保卫以色列的统一及以色列人民的安全”[16]。他们声称，虽然他们不是犹太复国主义者，也不是犹太民族主义分子，但是他们仍然认为，在本世纪发生大屠杀这样的事件之后，如果摧毁以色列将是令人无法容忍的事。在20世纪70、80年代欧文·豪还多次和他的以色列裔第四任妻子伊拉娜·威纳前往以色列，并认为如果自己再年轻一些，他甚至会去以色列定居。前文提到，欧文·豪当初对以色列建国并不支持，而后来其态度发生转变主要还是由于以色列民主和进步的特点。[17]欧文·豪开始认为，对于想要寻求剧烈社会变革和政治自由相结合的民族社会主义者来说，以色列提供了一个最佳的范本。不过，欧文·豪虽然支持以色列，却一直反对以色列政府保留西岸和加沙地带，拥护以色列的和平组织（Peace Now），对以色列军事占领区所发生的暴行进行谴责，他始终认为以色列政府的一些决策，如对黎巴嫩发起战争，与埃及、巴勒斯坦的关系等不利于中东地区的和平，希望以色列和邻国通过和平协商而非武力解决矛盾。欧文·豪晚年一直是“以色列热心的朋友”，但对以色列领导人贝京和沙龙却进行公开的批判。[18]

1.3. 犹太性的回归

我们可以看到，欧文·豪对自己的犹太性从早期的抗拒和挣脱，到逐渐接受自己的犹太身份，经历了一个相当长的时期。到20世纪40年代后期，欧文·豪的犹太民族情感越来越强烈，开始逐渐认同自己的犹太身份。但是此时他的思想和观点还没有完全成型，缺乏一个统一的体系。在达到身份认同的同时，欧文·豪不断地思考犹太问题的出路，并表达了他的担忧，因为他不知道犹太后裔们没有具体内容的记忆和期待，还能维持多久？犹太民族又如何能够延续下去？作为一个崇尚理性和普世主义的犹太裔知识分子，欧文·豪对于当时许多犹太裔社会活动家所倡导的犹太复国主义，重新回到传统的犹太文明，重构犹太群体、犹太教等途径都持一种怀疑悲观的态度。他将希望寄托在世俗犹太性所拥有的道德力量上。

1）《意第绪语文选》：对世俗犹太性的思考

20世纪50年代的欧文·豪正萌动着模糊的寻根意识，他突发奇想要编撰一系列能体现世俗犹太性的文本，为世俗犹太人提供可以替代《摩西五经》的经典精神食粮。从1953年开始，欧文•豪和意第绪语诗人艾利泽•格林伯格合作编纂了七部意第绪语文学作品选，编辑和翻译意第绪语文学（主要包括故事、诗歌和散文），而自此以后，编辑和翻译经典意第绪语文学作品成为欧文•豪后半生一直都在进行的主要活动之一。欧文•豪在自传中这样评价当时的做法："当然对于我充满困惑的犹太情结来说，这并不是最直接的解决方式，但我偏偏采取的就是那种方式。有些时候人不得不走些弯路，而且不知道那条路将通往何处。"[19]

欧文•豪在他为《意第绪语故事精选》所作的引言中对意第绪语文学作了高度的称赞，也为其无可挽回的结局深感痛惜。欧文•豪是以一个拯救者的身份来汇编《意第绪语故事精选》的，目的是要挽救濒临灭绝的意第绪语文学。第二次世界大战的大屠杀导致说意第绪语的犹太人数锐减，而前苏联1948年至1952年间的反犹运动又杀害了一大批犹太籍作家，意第绪语文学正在逐渐消亡。亚历山大认为，欧文•豪进行这项工作还有一个内在的因素，即弥补自己在第二次世界大战期间在大屠杀事件上所犯的错误，对之做出回应。汇编这套文选也体现了欧文•豪对世俗犹太性问题的思考：既然出路不在于回归犹太宗教，也不在于犹太复国主义，他试图通过汇编意第绪语文学的精华，为世俗犹太性提供可以代替宗教教义的精神食粮。亚历山大认为在这篇引言中，欧文•豪第一次公开接受了其犹太性，并为他后来撰写关于犹太历史的《父辈的世界》做好了准备。也就是在这个时候，欧文•豪的第三重身份——犹太人——和他的另外两重身份，即社会主义者和文学评论家，开始逐渐地融为一体。

不过，此时的欧文•豪在意第绪语文学和犹太传统领域的探究还只是个初入门者。他在自传中坦陈，当时的他是那些意第绪语作家忠实的同盟，但还是半个局外者。他很想探究这些意第绪语作家深沉的情感，了解他们对意第绪语文学传统即将消亡这一事实作何感想。可是，欧文•豪略带遗憾地说："我无法分担他们的记忆，也触摸不到他们情感的底蕴。有一个界限他们永远也不会跨越，即使是和我在一起。他们拒绝承认前途的黯淡，这既表明他们的民族荣誉感，也显示出他们坚定的意志。虽然他们内心深处充满绝望和幻灭感，他们觉得自己有义务摆出一副完全坚定的姿态来面对世界。”[20]意第绪语作家们所表现出来的这种民族情感在一定程度上也代表着整个犹太民族坚强的意志，是世俗犹太性得以延续的基础。

细读和深刻理解那些意第绪语诗歌，使欧文·豪对自己的过去渐渐感到释然。在亲近意第绪语文学的过程中尘封已久的记忆被唤醒，闭塞的情感得到疏通。欧文·豪长久以来一直承受着怀旧和羞耻交集的双重压力。在意第绪语文学的浸润下，他内心的重担渐渐被放下，心境也日益趋于平和。欧文·豪在那些意第绪语作家的身上似乎看到了父亲的影子，尽管父亲这一生除了意第绪语报纸以外，什么文学作品都未曾读过。那些作家与父亲之间的联系就在于他们共同拥有出自同样生活背景的特殊情感。意第绪语诗歌并没有使欧文·豪全面彻底地搞清楚“犹太人问题”，但是欧文·豪觉得它的作用比说明“犹太人问题”更有价值，因为它使得欧文·豪不再与父辈的世界相敌对，而且他还向那个世界迈出了回归的脚步。那些诗歌让他了解了自己从哪里来，也清楚了自己将最终去向何方。

美国犹太移民生活中的许多问题是永久性的，要完全回归宗教信仰或者彻底放弃犹太身份都几乎不可能。欧文·豪在很长一段时间里下意识地将翻译意第绪语著作当成了作为犹太人的第三种存在方式，这是一种既不同于极端宗教派也不同于狭隘民族主义的方式。如果在欧文·豪的眼中，意第绪语文学的繁荣靠的是描绘一个濒临瓦解的传统宗教社会，那么美国犹太文学也在描绘濒临破裂的移民环境，表现犹太人如何艰难地在世俗犹太社会中找到自己的定位。在《犹太美国人故事集》的序言中，欧文·豪声称美国的第二代犹太作家的特点是无法摆脱出身的影响，无法抹杀纽约或芝加哥贫民窟在他们心里留下的印记，甚至连那些从没在那里生活过或从没见识过的孙子辈的人都无法不受到影响。这是犹太经验最主要的一个方面——过去掌握着、塑造着他们，哪怕他们极力想挣脱，也无处可逃。显然对他和那些他所推崇的意第绪语作家来说，传统信仰甚至包括他所继承的残缺的、或者说极少的犹太教，最终比起像社会主义这样的新信条来说分量还是重了许多。欧文·豪认为即使是已经明确放弃了的宗教信仰，影响力也远远超过非宗教信仰。

欧文·豪的这一观点出自他一生的体验。无论他的脚步从贫困的犹太人聚居地迈出去多远，犹太民族的天性和感情却永远流淌在他的血脉中，并且随着岁月的流逝而愈发浓烈。多年以来，欧文·豪在一篇又一篇的文章中透露出自己对过去、对传统的依恋和思索。他的文学评论所关注的焦点之一就是传统与现代既矛盾又融合的复杂关系。欧文·豪早期的专著《舍伍德·安德森评传》、《威廉·福克纳批评研究》和《托马斯·哈代批评研究》所选定的三位批评对象有着共同的特点，那就是他们都处在传统与现代相互怀疑和质问的年代，而且他们都怀有对过去的深深眷恋。欧文·豪在探究安德森的瓦恩斯堡情结、福克纳的约克纳帕塔法情结和哈代的韦塞克斯情结时，脑海中所萦绕的是他无法摆脱的犹太情结：犹太移民的犹太性是否已被美国这个大熔炉所熔化殆尽？犹太文化的精髓是什么？它将何去何从？

2)《父辈的世界》：犹太性的最终回归

随着思想的不断成熟，对犹太问题的不断关注（如于1963年组织关于《艾希曼在耶路撒冷》的公共辩论、对第二次世界大战期间大屠杀问题的反思等），欧文·豪对犹太文学和文化的兴趣日渐深厚，对自身犹太性的认同感也与日俱增，他的民族情感在《父辈的世界》一书中得到升华。1976年，欧文·豪完成《父辈的世界》，追溯19世纪末至20世纪初纽约犹太移民的生活，试图通过该书揭示犹太文化如何既忠实于传统，又不断与美国文化融合，并在此过程中争取一个空间以保存独特的犹太文化。这本书被认为是犹太文化的编年史，曾一度登上畅销书排行榜，并获得1976年的国家图书奖，代表了欧文·豪对犹太文化研究的一个高峰，也使他的犹太情感得以宣泄，最终完成了对犹太传统的认同。他曾说那本《父辈的世界》是基于对父亲和父亲所代表的犹太移民情感和价值观而写成的。虽然该书常常被评论家甚至欧文·豪自己称为一部“挽歌”，但事实上欧文·豪并不是完全悲观的，书中透射出他对本民族文化生存延续的希望。

正如亚历山大所言，任何对大学时代或者20世纪40年代的欧文·豪有所了解的人都没有料想到他最成功的著作居然是关于纽约犹太移民生活的《父辈的世界》。但是这似乎又是欧文·豪注定要完成的使命。他身上的犹太性经历了从疏离、挣脱到回归的历程。欧文·豪从50年代开始从事的对意第绪语文学的收集和整理工作使他对犹太文化和传统有了日益深刻的理解，为他完成《父辈的世界》一书做了充分的酝酿和准备。《父辈的世界》通过研究犹太移民用英语或意第绪语撰写的回忆录，整理关于犹太移民经历的研究，收集意第绪语报刊、美国报刊杂志的相关报道，收集历史研究结果、进行个人访谈以及研究小说作品等方法，准确记录犹太民族的社会文化变迁，被誉为犹太历史和文化的编年史。该书一经面世便大获成功，成为畅销书并多次再版，几乎成为美国每个犹太家庭必备的藏书之一。

欧文·豪认为，东欧犹太移民背井离乡来到美国并不纯粹出于生存的需要和物质上的追求，更是出于道德上的追求，寻求一种集体身份的延续。这些犹太移民远离自己熟悉的东欧小镇宁静的生活，在美国商业化的都市中沦为无产阶级，并且在精神上脱离了犹太传统，失去了传统价值观和文化上的支撑，失去了犹太民族所特有的集体归属感。这对于许多犹太移民来说是十分困难的事情。虽然欧文·豪认识到上帝在犹太人的生活中无处不在，宗教对于维系犹太文化和价值观起着不可或缺的作用，但是他指出，脱离了宗教束缚的犹太文化更具有生命力，是使犹太民族脱离困境，寻求新希望的途径。而对于欧文·豪来说，社会主义在一定程度上可以看做是世俗犹太性的一种形式。欧文·豪认为，尽管犹太社会主义有过种种失误，但是它改变了犹太人的思维和生活方式，使犹太人得以在工业化社会中生存下去。《父辈的世界》也同样涉及了意第绪语文化，对那些明知意第绪语文学前途黯淡、即将消亡但仍然笔耕不辍、“以坚定的姿态对抗世界”[21]的意第绪语诗人、作家进行了颂扬，称他们为捍卫意第绪语文化的英雄。

在《父辈的世界》中，欧文·豪也对世俗犹太性的出路进行了思考。他认为在宗教缺失、父辈移民经历已经成为回忆的情况下，维系世俗犹太性的出路在于自由主义和对以色列的支持。在欧文·豪看来，一度十分具有影响力的犹太社会主义退出历史舞台之后，在一个开放、世俗的社会中自由主义成为维护犹太人利益和生存的必然选择，对不信仰犹太教的犹太后裔来说起着替代宗教的作用。而以色列则在一定程度上成为那些拒绝被美国文化同化的世俗犹太后裔的精神支柱，对他们建立和认同自我身份起着至关重要的作用。

对于欧文·豪和其他许多犹太裔知识分子来说，移民的经历早已成为历史，他们不会再次经历那样的动荡和沧桑，但是他们始终对这一历史抱有既怀旧、又倍感羞耻，既极度自信、又心怀抗拒的矛盾心理，而这种心理对于犹太后裔来说无疑是一种负担和桎梏。在撰写《父辈的世界》的过程中，欧文·豪对被掩埋的犹太历史进行梳理和发掘，正视这一段历史，并最终接受自己的犹太性。因此，《父辈的世界》在某种意义上来讲，也是一部讲述欧文·豪本人犹太性回归历程的自传。在欧文·豪看来，历史不应仅仅限于对社会、政治、经济等不可抗因素进行学术研究和总结，历史的核心在于个体之间、个体与社会之间的相互作用。正如他的研究助理立博指出，在《父辈的世界》中，欧文·豪采用小说家的技巧和方法去做历史学家的事，试图设身处地再现父辈们的经历和感受，真实地再现这些普通的犹太人如何看待外面的世界和如何调整他们的内心。[22]他既对犹太文化带着一种自然而然的虔诚，又能对其保持一定的距离进行客观的评价，在观察和同情这一组在他人看来无法两全的态度中找到了平衡，与此同时他还试图思考世俗犹太性的出路。也正因为如此，欧文·豪准确地捕捉到了犹太人的理想和价值观，并成功地让读者对他所珍视的这些传统产生认同感。

欧文·豪曾说过，美国犹太人复兴的希望在于不断地追问犹太体验到底意味着什么，它曾经是怎样的，它又应该是怎样的。只有当这些问题得到圆满回答时，心脏才可能停止跳动。欧文·豪血液当中的犹太性赋予了他对人类生存意义的深刻理解，因此他在评论不同国家、不同民族的文学作品时也显示出超乎常人的理解力。欧文·豪自己后来也认识到，自己身上这种犹太性和美国性的融合是他创作和思想的源泉。正如他在1977年的一次访谈中谈到，他和其他纽约知识分子在文化身份上存在着一种“部分同化”（partial assimilation）。一方面，他们的根已经在犹太的土壤中松动，但是还没有被连根拔起；另一方面，他们的根已经被种进了美国的土壤，但是还没有完全生根。而正是这种部分同化给予他们无穷无尽的可能性。[23]可以说，欧文·豪在一个世俗的现代社会中所完成的回归犹太性的历程也是他生命中最令人深思的篇章之一。

2 社会主义者：从激进的托洛茨基主义到温和的民主社会主义

2.1. 坚定的社会主义者

“社会主义是我们的理想的名称”，这是欧文·豪在1954年《异议》杂志上所说过的一句话，也是他对自己的社会主义信仰的客观概括。欧文·豪的这句话借用了托尔斯泰的一句名言：“上帝是我的理想的名称。”对托尔斯泰来说，虔诚的宗教信仰源于他超越世俗的欲望，同时也赋予他应对人间现实的力量；而对欧文·豪来说，社会主义信仰有着同样重的分量，它意味着通过集体的行动争取平等、公正的社会秩序，是欧文·豪一切心愿的归属，支撑着他与命运和社会的抗争。当欧文·豪在少年时期梦想挣脱犹太家庭的束缚时，适时出现的理想便是社会主义。自从他以一个社会主义者的身份投身更广阔的世界后，他的社会主义信念就一直伴随着他经历着人生不同阶段的历练。然而，一个人的一生无可避免地要经历许多曲折坎坷，志向和理想也不断受到世事的打磨，因此欧文·豪的社会主义理想也呈现变化发展的轨迹。他最初信奉共产主义和激进、革命的托洛茨基主义，后来他的理想渐渐转变成为对民主社会主义的追求，多年的经历和思索使欧文·豪最终确立了这样的信条：马克思主义是社会主义的基石，而真正的社会主义不能没有民主。

幼年时家境的窘迫、犹太移民的矛盾心态使欧文·豪从小对贫穷与社会的不公有着切身的体会，也促使他终其一生地追求平等与公正。如果不是在大萧条期间有机会上免费的纽约城市学院，欧文·豪很可能会和他周围的人一样与教育无缘，从而沉沦到社会的最底层。正因为这样，欧文·豪对社会主义的追求更多是出于自身的经验，而非纯粹出于意识形态方面的追求。读书和梦想未来曾是他少年生活的主旋律。“我对贫困的真正理解是通过阅读获得的，当我了解到陌生人类似的境遇后，我自身的匮乏感便更加强烈。而这也是我周围同龄人的共同感受，家庭的困难和青春期思想的骚动在我们内心激起了一股政治热情。”[24]这股政治热情在欧文·豪的身上便转化为社会主义信仰。由于欧文·豪的政治信仰源于他自身的经历，源于他记忆中那些受尽挫败、连最基本的权利都得不到保障的人们的经历，他政治信仰的核心就是追求一种公平、公正的生活，让人们可以自由地表达他们的愿望，并且有机会实现这些愿望。也正是因为他早年的经验，欧文·豪在政治上一直是个执著、坚定的社会主义者，而没有像纽约知识分子圈中的其他一些人（如希尔顿·克雷默、诺曼·波德霍雷茨、索尔·贝娄及西德尼·胡克等）一样，在保守主义思想盛行的20世纪60年代末至70年代轻易地放弃社会主义信仰，转而成为保守主义势力的一份子。

欧文•豪一生都信仰社会主义，不过他的这种社会主义信仰本身也经历过一系列的嬗变。他于1934年投身社会主义运动，那年他仅仅十四岁。欧文•豪第一次接触到社会主义运动时，便和当时许多年轻人一样深深为之着迷。吸引他的并非是意识形态或马克思经济理论，也不纯粹是这个团体所具备的凝聚力，最重要的是社会主义运动让他不仅仅了解了生活的目的和意义，同时也对发生在自己周围的一切有了一个清晰的视角。换句话说，社会主义信仰给年轻的欧文•豪提供了一种认识社会、分析社会的有力工具。欧文•豪十六七岁时开始自认为是个马克思主义者。那时候的他对于马克思主义有着一种类似宗教信仰般的虔诚。[25]对于自己因何在少年时代便燃起强烈的政治激情，欧文•豪在自传中这样说道："我们随波逐流，我们需要名分、意义、平台和支柱。……我们强烈地憧憬着秩序，是的，哪怕我们才十来岁，这是一个清楚的信号，说明社会正处于无序中。我们既需要生活中的秩序，也需要观念上的秩序，于是我们寄希望于意识形态的改变来追求生活中的秩序。"[26]经历了世事变迁以后再回首往事时，欧文•豪清楚地认识到"社会主义对于犹太移民来说并不仅仅是政治或是思想，它意味着一种可以投身其中的文化、一种可以借以重塑人生的感知和判断的模式。"[27]这一理想模式伴随了欧文•豪一生，也的确带给他与众不同的激情、悟性和判断力，使他成为一个有着强烈社会责任心的知识分子。

欧文•豪的评论者们，包括他的传记作者爱德华•亚历山大对欧文•豪作为托洛茨基派的那些岁月极感兴趣，常常夸大这个阶段的重要性。对于欧文•豪不同政治观点间的联系他们关注甚少，也就是说他们很少考虑在欧文•豪三十四五岁的时候是如何从一个派别政论家转变成为美国民主社会主义的思想领袖。事实上，欧文•豪一开始确实是激进的托洛茨基分子，反对斯大林主义，积极投身社会革命，到日后政治思想日渐成熟，逐渐脱离托洛茨基派，社会主义信仰开始成为一种个人情感，并开始全力促进民主社会主义的发展。欧文•豪一生密切关注社会变化，敢于对各个阶段盛行的社会潮流提出批评意见，不仅敢于坦率地批评他人，更善于深刻地反思、自省。因此，欧文•豪虽然是一个坚定的社会主义者，但他的社会主义信仰却经历了一系列复杂的演变。

2.2. 社会主义信仰的嬗变

1) 激进的托洛茨基分子

1929年以后，美国的社会主义运动发展很快，阵营内部分为两派：年轻气盛的“好战派”和久经沙场的“保守派”。“好战派”表现出极左的倾向，力主通过斗争和革命改变社会制度；“保守派”则推崇逐步改良的社会民主理想。造成美国社会主义力量分裂的最大因素在于，社会主义者们对罗斯福新政取得的成效在反应和态度上存有根本分歧。“好战派”认为罗斯福新政的改革给民生带来的只是一些肤浅而微不足道的改善，只有革命才能彻底改变贫富不均的现象，而“保守派”则对新政的效果持认可态度，他们似乎看到了一条充满希望的和平之路。导致美国社会主义阵营分裂的另一个重要因素是社会主义者们对苏联局势变化的态度。在这一点上“保守派”似乎更有先见之明，他们立场鲜明地反对苏联共产主义政权，坚持认为任何自称社会主义的政权最需要捍卫的是民主；而“好战派”的立场则经历了一些变化，20世纪30年代早期他们还对苏联的斯大林主义政权示好，可是后来也逐渐对苏联的极权主义产生反感而予以攻击。

20世纪30年代对美国共产主义来说是个非常重要的阶段。1929年的股市崩溃引发美国经济大萧条，社会主义在美国蓬勃发展，共产主义首次对美国人的生活有了实质性的影响，造就了红色的30年代。许多文人和知识分子在思想上不仅仅是左倾，有很多人开始信仰共产主义，崇拜斯大林。不过欧文•豪在政治上并没有紧随潮流。他觉察到斯大林主义对美国左翼知识分子有着太大的吸引力，使他们失去了独立判断的能力。欧文·豪追求的是一种思想上的独立和自由，即使是在持异议这一点上，他也不愿盲从、不愿被他人同化。因此，他站在了反斯大林主义一边。

自1934年开始，美国左派中开始有人对共产主义进行质疑。尤其是1936年至1938年间，斯大林进行政治“大肃清”，清除了一大批原布尔什维克领导人，而这些人大多都是美国左派心目中的十月革命英雄。许多著名的知识分子，如威尔逊、特里林、多斯·帕索斯等退出共产主义组织，并开始反对斯大林主义。在他们的大力倡议和活动下，《党派评论》杂志于1937年创立，作为那些已经脱离了斯大林主义，但仍然信仰马克思主义的左翼知识分子思想汇集的中心。到了1936年，社会党内部的纷争愈演愈烈，一场分裂在所难免。“保守派”人数较少，处于弱势，掌握着犹太人工会，主张依附于新政联盟改变社会主义者的孤立处境；而以诺尔曼·托马斯为首的“好战派”则希望重新建立一个信仰坚定、决不妥协的政党。这场社会主义运动不断萎缩，有些领袖人物渐渐被新政的力量同化，成为单纯的工会领袖，另外一些人因为厌恶派系纷争而抽身离去，还有一小部分投身于一些极左组织，其中最著名的便是托洛茨基派。

美国社会主义运动的最后的冲击力量来自托洛茨基派。1936年6月几百名托洛茨基派成员加入社会党中来，14个月后，也就是1937年8月又纷纷离开。这些托洛茨基派成员坚定而自傲，自视为能够东山再起的布尔什维克先锋。他们都是理论高手，对马克思主义著作熟稔于心，辩论时能信手拈来。在欧文·豪和其他的左倾社会主义者们看来，托洛茨基派是一群头脑非常清楚的人。他们清楚十月革命为什么成功，也清楚革命为什么发生了变故，他们甚至清楚革命将来又会以怎样的面貌再次兴起。他们对于每一个问题都似乎立场明确，胸有成竹，最为重要的是，他们坚定不移地维护着革命的纯洁性。这一切都令当时的欧文·豪十分钦佩。欧文·豪十七岁那年第一次听托洛茨基派领袖马克斯·肖特曼讲话时，内心曾受到过极大的震撼。当时马克斯·肖特曼来到城市大学与斯大林主义者莫里斯·夏皮斯就莫斯科审判的问题展开一场唇枪舌战，他口齿伶俐、声势夺人、旁征博引、反驳有力，抓住夏皮斯言语中的漏洞迅速反击，将莫斯科审判中所呈证据一一撕破。当时坐在听众席中的欧文·豪简直佩服得五体投地。当托洛茨基派被踢出社会党时，他们其实已经大功告成，从社会党中拉走了超过他们原来人数两三倍的力量。欧文·豪正是其中的一个。他在最后关头投身托洛茨基派，成为"中了魔法的俘虏，一头扎进左翼派系这个与世隔绝的匣子当中去"[28]。

尽管美国社会主义运动经历着分裂和萎缩，欧文·豪和他的伙伴们仍忠实地完成着日常的工作。在大学期间，欧文·豪是纽约城市学院托洛茨基派学生领袖、理论家和革命代表。他们走到那些犹太工人中间，用失业率的数字和有关资本主义本质的理论试图说服他们罗斯福新政的成效是多么微不足道。可是令他们失望的是，那些工人却大多认同新政的一系列改革，再也不如往日那么激进。在纽约第四十二大街，欧文·豪和同伴们看了法国导演雷诺阿的电影《幻灭》，虽然一群年轻人嘴里都批判着电影缺乏阶级观念和斗争意识，但其实他们内心却正是被这缺陷所打动着。影片当中表现出来的那种超越阶级和民族、建立在友情和和平基础上的人与人之间的团结，深深地震撼着这些年轻的社会主义者们。"至少在我们的想象中，我们正把纽约变成另一个国家，一个远离旧世界和新世界的国家。……纽约成为资本主义的发电厂，同时又是社会主义的大熔炉。"[29]

2）脱离托洛茨基派

在20世纪30年代末至40年代初，随着欧文·豪思想的不断成熟，他开始对自己的政治信仰和政治思想进行反思，日益趋向民主思想，在许多问题上和托洛茨基的看法不一致，比如，托洛茨基主张不惜一切代价，用"红色恐怖"摧毁资产阶级，以建立新的社会秩序，而欧文·豪不赞同这一主张。同时他还发现他身边信仰托洛茨基主义的知识分子在思想上越来越狭隘，只关心反对斯大林主义的斗争，对其他任何政治行动都缺乏兴趣。就这样，欧文·豪的思想和托洛茨基主义渐行渐远。1948年他称自己已不再是严格意义上的托洛茨基主义者，并对外宣称不再认为自己主要是一个马克思主义者，认识到“不应该让政治吞噬整个人类的存在”[30]，而他关注的重点也开始转向文学评论。可是，他始终没有放弃社会主义的政治信仰和争取社会变革的梦想。他担心脱离了马克思主义信仰，知识分子会越来越不关心政治、失去反叛精神；如果过于专注于宗教、存在主义哲学、精神分析学等会导致知识分子对社会问题和民众的疾苦漠不关心。

20世纪50年代，纽约的知识圈受到强烈冲击，曾经激进的文学知识分子纷纷摈弃了左翼思想，退出政治纷争。在他人纷纷在失望中右转，向时世妥协的年代里，欧文·豪为社会主义的前途深感忧虑，认为有必要重新审视社会主义理念，并调整、界定他们的目标，以此挽救美国的社会主义运动。他痛感美国缺乏高质量、精悍的激进刊物为社会主义鼓舞士气。为此，欧文·豪和刘易斯·科泽合作，创办了《异议》作为拯救美国民主社会主义的手段之一，并且写出了《美国共产党：批判的研究，1919—1957》（1957）。这是美国出版的第一部完整的党派历史作品，对美国共产党的功过得失进行了比较客观的评价。评论界普遍认为该著作的价值很高，因为它将共产党的历史置于社会历史和政治的大视角下来审视。80年代欧文·豪又发表了更成熟的政论著作《社会主义和美国》（1985）。《社会主义与美国》一书是对社会主义在美国发展历史的相关研究，整理记录了社会主义从世纪之交尤金·德布兹的鼎盛时期到它在美国政治舞台上黯然失色的演变过程。欧文·豪将美国社会主义的失败归因于美国文化的独特个性，尤其是对个人主义的极力推崇。在展望美国社会主义的前途时，他的观点是低调的，认为社会主义在这个资本主义社会里只能充当调和剂，抑制那些原有体制中有害的过度因素。在《莱昂·托洛茨基》(1978)一书中，欧文·豪追溯了苏联革命中这位关键人物的生活和思想历程。作为一名过去的托洛茨基派人物，欧文·豪的叙述视角非常独特，他认同托洛茨基的政治目的，但对他采取的方法却持批评态度。欧文·豪对托洛茨基的一生作了客观的介绍，又从社会民主的角度，将其政治观点置于历史与政治的批评背景之下。他的著作严肃而富有学术气息，绝没有哗众取宠的痕迹。

3) 与新左派的矛盾

到了20世纪60年代，对于欧文·豪来说，社会主义已经不再是一种具体的意识形态和行动纲领，而更多的体现了他的一种“愿望”，对一种价值观的执著，希望社会能少一点竞争、多一点关爱。因此，在这个意义上，社会主义对欧文·豪来说已经成为一种道德观念。这也是他和“新左派”格格不入的主要原因之一。

美国的“新左派”源自20世纪50年代“垮掉的一代”的反社会潮流、古巴革命、民权运动以及欧洲左派思潮的影响。但是它正式出现于60年代。“新左派”运动基本上是以大学生为主体的学生运动。他们积极参与60年代的民权运动、反战运动、妇女运动和环境保护运动。年轻的激进分子同美国中产阶级的价值准则和生活方式作对，将这一行为视为他们改造美国社会的手段。这批年轻人放弃一切政治口号，也不参与任何政治运动。他们聚在一起，从价值观念和语言，到穿着打扮和生活方式，创造了一套同美国主流文化完全对立的“反主流文化”。

欧文·豪对于美国20世纪50年代末美国保守自由主义盛行所带来的全民“顺从”的状况很是担忧，称其为“令人窒息、安于现状的50年代”，因此起初对在大学校园和民权运动中所出现的新激进主义满怀期待，持欢迎态度，也为其提供了不少的帮助，并称其为新左派。可是，欧文·豪和其他老左派很快发现新左派的政治口号“民众参与民主”(Participatory Democracy，一译“分享民主制”)与他们所信奉的“代表民主”（Representative Democracy）完全背道而驰。欧文·豪在1965年的文章《左派的新潮流》中对新左派的形成和特点进行了分析。他认为，新左派首先是一种文化潮流，涉及说话方式、衣着、工作及举止等。新左派更多着眼于维护独特的个人风格，完全放弃了通过集体革命改变社会的目标。新左派们缺乏明确、系统的观点，缺乏有效的渠道来实施他们的设想。狂热的态度和一切为了政治目的的做法和老左派们所反对的斯大林主义十分相似。欧文·豪认为新左派源于对50年代“沙文主义、歇斯底里和蛊惑人心的政治混合而成的文化”[31]的反抗，但是这种反抗却过于走极端，几乎将所有人都视为现有体制的同谋，怀疑一切与美国中产阶级价值观相关的东西，一味地敌视自由主义传统，对老一辈激进主义者所关注的问题一概不屑一顾，彻底否定过去和历史。欧文·豪反对这种彻底否定传统、摒弃过去的做法。他认为，传统是从人类历代文明中不断积累、沉淀下来的智慧和精华。他曾说过：“诚然，激进分子们渴望看到一个新的、更美好的世界，可是，如果没有了世代传承的传统，这个新世界还能由什么来组成呢？”[32]另外，新左派将不同的观点简单归结为道德的差异[33]，也没有能力准确地区分不同的政治观点[34]。由于缺乏明确的目标和理论基础、没有有效的抗争方式、也未能获得大部分民众的认同，新左派在很大程度上是在孤军奋战。

随着时间的推移，新左派已逐渐不再满足于过激的言辞，在学生运动中出现了一些不断升级的反战暴力行为，如1968年的反越战大示威，以及1969年的纽约爆炸案等。欧文·豪发表了《政治恐怖主义：左派的歇斯底里》，对此提出了严厉的批评。他认为新左派分子中大部分都是出身中产阶级和富裕阶层的年轻人，是些生活优越、被惯坏的孩子，本身没有什么明确的政治设想。此外，大众传媒对这些恐怖主义行径进行大力鼓吹，而在一定程度上，知识分子阶层也是新左派暴力行径的始作俑者，正是他们在20世纪60年代初所提倡的精英主义、极权主义、对民主的仇恨等导致了恐怖主义行为泛滥。这样的社会环境对于新左派的行为起着煽风点火的作用。欧文•豪针对这一现象提出了警告。他认为政治恐怖主义如果继续这样蔓延下去，将会产生严重的后果。比如，这些行径有可能会激怒政府当局，对那些焚烧银行、扔掷炸弹的人以及他们的支持者进行大规模惩戒，而这必然会给整个美国左派带来致命的打击，这在欧洲和美国都曾经有过前车之鉴。另外，欧文•豪也站在民主社会主义的立场上指出，如果民主社会中的少数派持异议和抗议的权利能够得到保障，那么他们就没有权利通过暴力途径将自己的意愿和观点强加到大多数人身上。更为重要的是，采用暴力行为违反了最基本的道德准则，最终难逃历史的谴责。欧文•豪的立场受到新左派的猛烈抨击。

事实上，在与新左派的论战中，欧文•豪自己也是相当的矛盾和失落。他在后来的一次访谈中谈到，20世纪60年代末是他政治生涯中尤为困难、孤独的时期。他一生和许多持不同政见的人进行过论战，但从未如此倍感困扰和痛心，毕竟新左派在一定意义上来说就像他们这一代老左派的延续，因此两派之间的水火不相容在欧文•豪看来有着手足自相残杀的惨烈，是左派在内耗自己的能量。在一系列暴力行为被挫败之后，“新左派”运动也开始走下坡路，到了70年代已失去以往的势头，“新左派”阵营人数锐减、四分五裂：有的成了“嬉皮士”；有的转入地下，另立旗号；有的埋头经商，不问政治；有的则成为70年代末和80年代的“新右派”。“新左派”只知造反、革命和“破坏旧世界”，但是没有意识到，“破坏”并不等于“建设”，没有意识到他们在造美国政府的反的同时也摧毁了以美国中产阶级价值观为核心的“主流文化”（mainstream culture）。因此，美国60年代留给70年代的是无章可循的社会。后来在欧文•豪的政治立场日趋平和时，他也曾反思过60年代对于新左派的批评或许过于严厉了些。他在一次访谈中曾说过，他们（老左派）本可以不那么操之过急地将和新左派的矛盾发展成“意识形态的冲突”[35]。不过我们不难看出，欧文•豪对新左派提出的警告是比较客观的，也是出于对社会主义的维护。而后来新左派从饱含革命热情到幻灭直至最终没落的过程也说明了欧文•豪的担忧并非杞人忧天。

4）《社会主义和美国》

即便是到了20世纪80年代，欧文•豪仍然在思考为什么社会主义在美国没能取得成功，并在1985年出版《社会主义和美国》，对美国左派自1912年开始的历程进行梳理，对美国社会主义运动的起起落落、左派所经历的历史关键时刻、美国左派历史上的重要人物以及左派所面临的政治困境等做出了深入的分析，对左派各个时期所出现的问题，如早期的种族主义、工会问题、对资本主义的认识不足、30年代出现的党派主义、罗斯福新政对左派的影响等进行剖析和反思。回顾历史，欧文•豪认为在很大程度上左派在美国失败的根源在于自身的不足，他认为左派在很多时候过于强硬，不知变通，因而常常在言辞上似乎占了上风，并因此而沾沾自喜，但在政治上却一无所获。至于社会主义之所以没有在美国取得成功则有着更深层次的历史原因，与左派的决策失误没有直接的关系。欧文•豪坚持认为，美国所特有的社会、历史和文化因素决定了社会主义在美国的失败。虽然美国工人阶级物质上的相对富裕在一定程度上限制了社会主义在美国的成长，但是更重要的是美国的劳工行动从未以社会主义政治告终，美国社会一向所崇尚的个人奋斗使社会主义很难形成革命的统一战线。美国历史上大规模的西进运动也给许多不满现状的工人阶级成员一种幻想，认为自己随时都有逃离现状的机会，而这种"逃离的梦想"也在一定程度上使工人阶级不可能全心拥护社会主义革命行动。另外，美国的政治制度，如总统选举制度以及美国民主党和共和党两大政党稳固的地位决定了处于政治中心的政党有着很大的优先权，所有后起党派要想获得政治地位和影响，必须先屈从于原有主要政党的种种限制，这不利于社会主义党派的崛起。除此之外，美国向来被看作上帝的福祉之地，第一批欧洲移民通过独立战争建立了一个自由的联邦，而许多后来的移民则认为他们远离故土来到美国本身就是个人生活中的巨大转变，因此在美国没有革命的需要。另外第二次世界大战这场人类历史上的大灾难也使整个一代人产生内心的危机和幻灭，摧毁了许多人的信仰。

在欧文·豪的青年时代，社会主义是他借以摆脱种族局限，跻身美国大熔炉的精神寄托。欧文·豪自己曾说过，在他早年，社会主义起着类似宗教信仰的引领作用，而当他找到这一信仰之后，“似乎一切都变得井然有序：意义变得有条理，理论让我更加理解这个世界，生活也有了目标。”[36]此外，欧文·豪也谈到，社会主义运动就是他的学校教育，他在社会主义运动中长大，从未离开过它的轨道。后来社会主义则被日益成熟的欧文·豪内化为一种执著的理想以及对当下人类生存状况的拷问。欧文·豪身上强烈的理想主义色彩使得他不会随波逐流，不会轻易向现实妥协，以至于哲学家理查德·罗蒂赞誉他为“圣勇斗士”（warrior-saint）[37]。但欧文·豪的理想也不可避免地经历了时代的打磨而变得温和。欧文·豪1985年写了一篇题为《关于社会主义的思考》的文章，在结尾处他说：“不管社会主义的命运如何，它的思想和它的奋斗将一而再、再而三地表达出我们对更完美的生活模式的渴望。我对这一点确信无疑。”[38]欧文·豪的社会主义理想中寄托了他对人生的不懈追求，而社会主义在美国的失败使得欧文·豪将希望更多地寄托在对文学的领悟和探究中，充满理想色彩的欧文·豪将满腔激情倾入到对政治、文化和文学的思考中，逐渐奠定了他在知识界的地位。

3. 公共知识分子：社会文化关怀

欧文·豪在对种族身份的若即若离和对社会主义信仰的执著追求中逐渐树立起他一生中最重要的身份，即公共知识分子的身份，从杂志的自由撰稿人到大学文学教授、社会文化评论家，欧文·豪在20世纪的美国知识界一直是颇具影响的人物。在约翰·罗登看来，从早期的党派论战主力到后来致力于人文关怀、博学的文学评论家，欧文·豪的公共知识分子生涯大致可以分成为三个阶段：20世纪40年代后期和50年代是第一个阶段，这时的欧文·豪主要身份是《异议》杂志的编辑和中坚力量、一个实干主义批评家、《党派评论》圈子的一员和当代历史学家；1963年《一个更诱人的世界》的发表标志着欧文·豪的批评生涯进入了第二个阶段，从那以后无论是褒奖的声音还是反对的力量都越来越强。欧文·豪作为文学和政治评论家的名望提高了，他对当代文化潮流的看法也为世人所重视。同时他与主流批评家和新批评派之间的分歧也越来越明显；欧文·豪事业的第三阶段是从1976年《父辈的世界》一书的出版开始的。从70年代中期直到去世，欧文·豪作为美国知识界激进人文主义者的代表和自由左派的顶梁柱既得到广泛的赞誉，又面临着尖锐的指责，尤其是来自《评论》和《新标准》的新保守主义势力的对抗。这时的欧文·豪已没有了年轻时的争强好胜，他将注意力更多地投入到对历史事件的回顾上，他此时的批评更加个人化，时常带有怀旧的味道。约翰·罗登总结说欧文·豪"代表着一个正在消逝的文学群体"[39]，这个群体以奥威尔和威尔逊为代表，坚守着集作家、批评家和知识分子三者合一的模式，而约翰·罗登就是要表现欧文·豪作为这个传统里的一员，是如何捍卫这一具有悠久历史的模式，而其背后又蕴含着怎样的社会责任心。

早在纽约城市大学就读时，欧文·豪就热衷于餐厅内学生团体间的政治、文化辩论，那时候的他以及与他同年龄、同背景的青年之所以能迸发出炽热的政治激情，是因为他们急于摆脱家庭和种族背景带给他们的落后狭隘感，想努力建立一个新的、更包容、更美好的世界。这群血气方刚的年轻人在大学校园内用自己聪慧的头脑和激昂的语言描绘、充实着那个理想中的天地，甚至试图打动和影响周围的人。约瑟夫·多曼于20世纪80年代制作和导演了一部关于欧文·豪、丹尼尔·贝尔、内森·格雷泽和欧文·克里斯特的纪录片《与世界论争》，他对公共知识分子是这样解释的：作为一个群体，他们在辩论中形成他们的观点，常常写文章互相赞成或反驳。他们是公共知识分子。现在有些人认为公共知识分子在美国已经快绝迹了。公共知识分子不仅仅为自己或学术圈内的听众抒发意见，他们还希望在社会大论坛上占据一席之地，影响公众的思想。人们普遍觉得学者与公众是隔绝的，但是这些公共知识分子坚信他们的观点能够促进社会的变革，所以他们挥笔向更广大的读者阐述自己的思想。欧文•豪正是这样的一个公共知识分子，坚信自己的观念能够影响社会，所以他不同于书斋内的文人，他不仅需要在静谧的空间中思考、写作，更需要亲历社会上的风风雨雨，以思想影响世界、改造世界。

在欧文•豪任《劳工行动》执行编辑之后不久，日本偷袭珍珠港，美国宣布参加第二次世界大战。欧文•豪和《劳工行动》一贯持反战的态度。虽然欧文•豪也承认德国法西斯在欧洲犯下了不可饶恕的暴行，但是他坚持认为第二次世界大战和第一次世界大战一样，都是两大帝国主义阵营之间争夺世界领导权的战争，是一场由世界资本主义策划、发起，争夺资本，争夺股票、债券和利益的战争。他还指出美国政府狡猾地利用了大众对独裁的愤慨，目的就是要发战争财。战争最大的获利者当然是资本主义，而所有盲目参战的劳动阶层都将是牺牲品。欧文•豪一心要激起国民的反战情绪，许多支持罗斯福政府参战的政治团体、行业工会、报刊杂志及个人都受到了欧文•豪无情的攻击和嘲笑。比如，他1941年12月29日撰文批评《国家》、《新共和》等左派杂志，称它们“早就已搭上了美帝国主义的战车”，称自由主义分子已成为罗斯福资本主义的一份子，并在《新国际》上发文章痛斥路易斯•费希尔[①]为侵略主义者，是个“无耻之徒、骗子”。即便是彼时社会党主席诺曼•托马斯也曾遭受过欧文•豪激烈的抨击，认为他“未能就战争的政治特点明确社会党的态度”[②]。此外，《党派评论》也因编辑们对战争的态度不统一而被欧文•豪斥为“在

① 此时路易斯•费希尔已经脱离了斯大林主义，支持美国参战。

② 虽然思想日趋成熟的欧文•豪后来曾经满怀敬意地称诺曼•托马斯为他所遇见的唯一一个了不起的人物。

我们时代最重要的事件上缺乏明确的政治立场。”[1]

值得一提的是，当时美国还存在着另一股反战力量，这股力量来自以查尔斯·科弗林为首的美国法西斯主义分子和纳粹分子。他们打着反战的旗号，试图用一种伪装的激进主义欺骗大众，激起他们的反战情绪，最终的目的是为了拯救资本主义，为法西斯主义服务。欧文·豪也曾撰文揭露科弗林派的真实面目，提醒美国民众警惕这种思想的危害性，并再三声明自己反战并非是期待法西斯主义的胜利，而是希望能够在盟国中先进行革命，建立社会主义政权，然后再共同抗击法西斯主义。然而，这样的设想过于不切实际，而且没有意识到团结力量抗击法西斯主义的迫切性，同时群情激奋的美国民众似乎也无暇注意这两派反战力量之间的区别，因此欧文·豪和《劳工行动》的反战立场在当时美国日益高涨的爱国情绪中也受到了参战派的群起而攻之。《加利福尼亚之鹰》等报纸纷纷批评《劳工行动》对法西斯主义、日本帝国主义采取中立的立场，甚至认为他们是在支持德、日。欧文·豪对此的回应则是他要以自己的方式来反对法西斯主义。

不过，欧文·豪还是在1942年应征入伍。从表面来看，这一做法和欧文·豪的反战思想相悖。但在当时，对于欧文·豪和很多其他信奉托洛茨基主义的战友们来说，虽然他们思想上坚决反对美国参战，但是因为他们同龄人都参加了战争，尤其是应征入伍的大多数是工人阶级子弟，因此入伍参战、和他们的同龄人共进退是他们义不容辞的义务。不过，欧文·豪在服役期间也并未全心全意地为政府军队服务。虽然他自己在军队服役，但他还是用R.法翰作为笔名继续向《劳工行动》和《新国际》投稿，发表他的反战观点，对盟军和美国当局进行批判，对斯大林主义进行抨击，对支持“帝国主义战争”的激进分子进行强烈的谴责。

即使到了1947年，欧文·豪仍然坚持认为自己的反战立场是正确的，并在《新国际》上攻击那些支持盟军的自由主义分子和激进分子。不

① 该篇文章发表在1942年2月的《新国际》上。

过，后来欧文•豪对第二次世界大战的态度还是有所转变。他的好友刘易斯•科泽和丹尼斯•罗恩认为这一转变可能是因为欧文•豪认识到第二次世界大战之后的欧洲不可能会发生类似第一次世界大战之后席卷欧洲的革命了。事实上，欧文•豪对于美国参战的态度是有失偏颇的。美国参加第二次世界大战加速了抗击德、日法西斯主义的进程，对第二次世界大战的提早结束起到了重要的作用。对于欧文•豪的反战立场，他的传记作者亚历山大做出了这样评价：欧文•豪“将世界上所有的罪恶都归结到资本主义，而将社会主义看做是普世的良药。”[40]亚历山大认为正是因为这种专一的政治立场以及强烈的反斯大林思想使欧文•豪在有些事情上无法保持清晰的头脑、做出公正的判断。欧文•豪自己数十年后也认识到他当时的社会主义立场使他对于战争的形势做出了错误的估计。他在自传中写道：“我们低估了纳粹主义想要取得全面统治的野心。我们当时认为纳粹主义只不过是德国资本主义的垂死挣扎而已。”[41]他同样认识到，美国民众的参战热情并非完全是由于受到美国政府和斯大林主义的蒙蔽，而是认识到纳粹德国代表着一种比传统资本主义更严重的社会罪恶，他们自发地形成了想要不惜一切代价摧毁纳粹政权的决心。他承认他对第二次世界大战的分析还停留在对第一次世界大战的认识水平上。不过，当时的许多知识分子起初在反战这一点上都和欧文•豪一样具有盲目性。

1946年，欧文•豪在《迷失的年轻知识分子：一个两度被疏离的边缘人》中曾流露出沉重的迷失感。当时的他作为年轻的知识分子，因为特殊的种族背景和政治立场在美国现代社会里找不到自己的位置，更发挥不出自己的影响力。他为自己无所归属而感到失落，认为有朝一日如果能出现一个新的美国社会，令犹太知识分子和其他人民都能享受到融洽、安全和接纳，这种失落感也许能消失。从这篇文章中可以看出，欧文•豪是带着他变革社会的理想而进入知识分子圈的，政治抱负与文学意识的融合是他和其他纽约公共知识分子的一个共同特点。

20世纪中叶，欧文·豪在自我意识和公众形象上都在发生着某种转变，派别政治家和文化批评家的双重身份在此消彼涨地相互交融，但后者所占的比重越来越大，欧文·豪逐渐成为以《党派评论》为核心的纽约知识分子的重要一员。这是一种走向成熟的转变。当欧文·豪慢慢脱离了托洛茨基派别政治以后，他发现自己真正倾心的事业是当一名作家、文学批评家和思想自由的知识分子。他要追寻一个“更诱人的世界”，那就是文学的世界。那个世界里应该没有无尽的派系争斗和紧张的政治气氛，在那里知识分子们可以自由地思考、自由地表达。欧文·豪1963年出版的第一本文学评论集便以“一个更诱人的世界”为题。但是欧文·豪并没有摈弃自己的政治理想，他始终称自己为社会主义者，而且作为一个评论家，他将自己的政治理想和对社会的关注倾入到他的文学评论中。欧文·豪本身是一个政治家与文学批评家的完美结合，在文学与社会、政治的关系上欧文·豪也向世人揭示出许多真谛。

1941年，欧文·豪就已开始为托洛茨基派月刊《新国际》撰稿，并担任周报《劳工行动》的编辑。他的写作天赋得到《新国际》主编沙特曼的赏识。在早期的文章中，欧文·豪表现出一个年轻的激进者所特有的心高气傲和政治狭隘。在军队的几年时间里，远离政治运动的喧嚣使他得以广泛地阅读和冷静地思考，欧文·豪在思想和知识上都成熟了许多。他开始经常感受到文化审美趣味和政治立场之间的矛盾，对他来说唯一能调和这一矛盾的方法还是写作，虽然这一矛盾是他一生都在试图解决的难题。在这一时期，随着对文学与政治间关系的态度转变，欧文·豪的批评风格也渐渐摆脱了早期党派主义的偏执和狭隘，变得更为宽容和全面，对和他立场相左的作家也能做出公正的评论，而这是他能从政治活动家演变成文学批评家和公共知识分子的重要基础。

欧文·豪从1947年开始为《党派评论》写书评，这是他一生中的一个重要转折点。以《党派评论》为中心的圈子是一个有着明确左派政治倾向的文学天地，在这里欧文·豪似乎可以更好地将他的激进政治思想与他的文学批评才能结合起来。他开始更多地把自己看作一个文人、政论家和公共知识分子。欧文·豪认为早期的《党派评论》（大约从1936年至1941年间）是政治和文学激进主义之间卓有成效的结合，是艺术和经验、批评意识和政治良心、文学先锋派和政治上的独立左派之间的桥梁。[42]然而《党派评论》并不是欧文·豪所憧憬的那个"更诱人的世界"，更不是欧文·豪所幻想的那个知识"乌托邦"。欧文·豪渐渐意识到《党派评论》不是他渴望的那个紧密团结、相互扶持的群体。欧文·豪在《一线希望》中回忆道，纽约知识分子是"一个松散、不被承认的部落"，"一帮知识海盗"[43]。

1954年初，欧文·豪在《党派评论》上发表了《这个顺从的时代》一文，通过对社会历史、政治和文学意识形态等方面的分析，揭示形成"顺从"这一趋势的根源，对当时日趋保守的社会风气进行了批判。他指出官僚制、学术的建制化、大众文化产业的兴起、大学对知识分子的吸纳、自由主义的倾向等都是导致"无权力"的知识分子顺从的原因。欧文·豪认为，在这个顺从的时代，理想主义衰落，物质主义泛滥，麦卡锡主义盛行，保守自由主义成为社会主导力量，几乎所有的人都选择顺应当时的社会风气，安于美国的现状，一些人的社会主义信仰只是装腔作势，不再为现有的不合理政策提供新的方案。欧文·豪认为社会需要知识分子的支持，却又怀疑甚至否定知识分子的作用。他指出："学术界需要知识分子是因为他们是知识分子，但它并不希望他们作为知识分子而存在。"[44]由此欧文·豪得出一个公式："建制世界与知识分子的关系就如同中产阶级的文化与严肃文化的关系，一方养肥了另一方，以越来越快的频率和技巧吸纳和袭击另一方，并资助和鼓励它，以便向它发起新的袭击。"[45]欧文·豪指出，随着大众文化对高雅文化的侵蚀，大学和社会的建制也吸纳了知识分子，使他们失去了反叛的精神，由此导致的结果便是传统的人文主义观念和批评的独立性日益式微，知识分子不再追求独立于商业文明之外的价值体系，不再能发挥知识分子的作用，成为"沉默的一代"。欧文·豪认为，惟有一种重新建构的、行动主义的先锋艺术才能颠覆这一可怕、整齐划一的潮流。这一先锋艺术必须接受异化的现实，因为那毕竟是现时代最优秀的文学、批评和反思的源泉。欧文·豪写《这个顺从的年代》最初的目的是为了拯救文学中的先锋主义，以及早期《党派评论》所拥有的文学上的先锋主义和政治上的独立左派之间的联系，但是这篇文章在当时社会上引起了很大的反响，以至于很快美国上上下下几乎所有人都在谈论“顺从”这个话题了，这倒是欧文·豪所始料不及的。不过，欧文·豪后来在这个问题上观念有所改变。他开始认识到，大学存在的价值之一便是在智性与社会上的政治、商业等功利目标之间保持一定的距离，为知识分子能够不受干扰地进行独立的研究和思考提供条件。换言之，欧文·豪致力于维护大学的人文传统。

1968年，欧文·豪在《纽约知识分子》一文中，对团结在《党派评论》周围的这个知识分子群体所走过的历程以及他们的思想和学术特色做了较精辟的分析。他说，很久以来，先锋派文学和左派政治被认为很难相融，但是纽约知识分子却以他们的经历和批评方法证明了两者融合的可能性。20世纪30年代反斯大林的激进主义赋予了他们“鲜明的风格：喜欢争论；好一概而论；对狭隘学术的不满；放眼世界的洞察力；对思想学术中的一致性的追求，即使它可望而不可及”[46]。虽然在后来的一二十年里他们中的许多人偏离了社会主义政治甚至走向反动保守，但他们一直将自己看作文化激进者，他们的真正贡献是为美国创造出一种全新的、具有异邦风格的作品。他们促进了美国文化的国际化进程，也可以说是国际文化的美国化进程。

《异议》是欧文·豪为了在文学的世界里坚持自己的民主社会主义理想而创办的刊物。《异议》的撰稿者们首先是作家和知识分子，其次才是政治活动家。他们既没有与外界的知识分子相隔绝，也没有抛弃欧洲激进主义的传统。这一灵活性使欧文·豪能在激进主义和公共批评的双重轨道上保持平衡。但是欧文·豪自从跻身纽约的知识分子圈子以后可以说一直面临着对抗。到了20世纪60、70年代，欧文•豪几乎感觉到“四面楚歌”，他的思想与他的批评风格显得与时代越来越格格不入。符号学、解构主义等新理论纷至沓来，批评也越来越专业化、学术化。在这样的环境下，有许多评论家认为欧文•豪过于强调文学的政治性，却不善于捕捉语言的技巧和文本的愉悦，也有评论家认为欧文•豪只是一个天真的、缺乏理论深度的作者。对于这样的评论，欧文•豪觉得很是恼火，但又无可奈何，因为他知道他的文学批评注定摆脱不了政治性。可是，就是他的政治观点也同样受到两面夹击。新左派对他过时的政治立场嗤之以鼻，认为他的思想过于保守，而新保守主义批评家们也毫不留情地批判着欧文•豪的学术思想，认为他的思想对他们具有很大的威胁性，大学的先锋派理论批评家们更是不把欧文•豪放在眼里，欧文•豪成为只属于一个即将过去的时代的体制象征。在这样举步维艰的情况下，欧文•豪一方面执著地坚守着自己的立场，敢于在边缘做一个具有良知、有责任心、敢于直言的持异议者，与社会主流对抗；另一方面他也不断地反思，思考着在这个社会思潮、学术理论变化莫测的时代，如何建立一种合理的批评模式。

欧文•豪的公共知识分子身份建立在他的政治抱负和民族情感的基础之上，这一身份的表现方式便是通过文学批评来洞悉社会、影响人们的思想。因此欧文•豪主要从社会文化和思想观念的角度出发审视和解读文学作品，他的批评方法往往被界定为意识形态批评、社会批评或是文化批评，相对于20世纪西方的形式批评等，似乎显得有些陈旧过时，也容易被排斥在艺术批评之外。其实，对欧文•豪批评思想的如此归纳过于简单化，确切地说，欧文•豪是一位试图另辟蹊径的探索者。对犹太性的矛盾心理以及政治信仰所经历的曲折形成了他对文学和文学批评的独特观点。他的自传以“一线希望”为题，一方面暗示了欧文•豪的一生曾经在许多方面感到迷茫和无所适从，另一方面也揭示出欧文•豪坚定的信心与执著的追求。欧文•豪在文学批评上也有过深深的迷惘和苦苦的思索，他试图挣脱派系的束缚，兼收并蓄，为恢复文学批评的本来面目追寻着希望，他的探索也的确为批评界带来了一抹亮色。如果说他年轻的时候是为了更好地了解社会而走进了文学的天地，那么他晚年则完全沉浸在了这个对他有着无穷魅力的天地里，并且把他对于社会和人类的期望完全寄托于其中。欧文·豪晚年所写的一篇评价托尔斯泰的文章是这样开头的：

> 阅读晚年的托尔斯泰令人心潮澎湃。他不屈服于天命、体衰或是自然。他紧紧地依附于生命力的纽带上。随着年岁的增高，他与世界抗争，更多时候是在与自己抗争，在日记、小说和文章中重新思索困扰了他一生的问题。这位得福的老魔术师，他终于摆脱了咬文嚼字的架势。[47]

欧文·豪如同托尔斯泰一样，也有着老魔术师的"追求意义的需要"和"大脑的永不停歇"。从争强好胜的青年到耽于沉思的老年，在政治领域和文学品位上，欧文·豪走过了艰难、漫长的历程，给后人留下了许多珍贵的思想火花。

对于一生热衷于政治、将政治看做"人类活动的中心"[48]的欧文·豪来说，如何在具有内省、反思性的文学，具有深厚历史传统的犹太身份和促进社会进步的政治追求这三个重要的方面寻找平衡支点是个难题。在欧文·豪的一生中，文学评论家、犹太人和政治活动家这三重身份平行发展，又互为因果，时而融合，时而相互补充。文学爱好对欧文·豪树立社会主义信仰有着一定的影响，而社会主义信仰和文学批评理念在欧文·豪回归犹太性、对犹太文学进行整理和批评的过程中又发挥了重要的作用。另外，虽然欧文·豪起初并未意识到自己身上的犹太性，并且在早期难以协调自己的社会主义信仰和犹太传统，但是他后来意识到，他当初之所以选择社会主义信仰和他身上所传承的犹太传统和犹太群体观念是密不可分的。然而，这三重身份之间有时又是相互矛盾、甚至相互冲突的，成为欧文·豪难以回避的难题。比如，欧文·豪所信仰的社会主义主张一种普世性，而他逐渐认同的犹太性却有着特定的种族范围；又比如他一生钟爱的现代主义文学具有一定的保守性和消极性，似乎与他政治上的激进格格不入。可以说，这三重身份交织、融合和相互作用，一起建构了欧文·豪在美国知识界独特的身份。

欧文·豪一生参与了许多辩论和纷争，如20世纪40年代关于庞德、艾略特和萨特的争论、60年代与拉夫·埃里森、安娜·布伦特以及新左派的论战、60年代末、70年代初关于越战的争论和与激进女性主义的辩论，以及80、90年代与马克思主义文学评论及后现代主义的辩论。从中我们可以看到，文论家所特有的批评意识和政治活动家所具备的社会责任感在欧文·豪身上相辅相成，使他具备非常独特的视角。在《这个顺从的年代》、《政治与小说》、《纽约知识分子》《意第绪的声音》、《美国之新：爱默生时代的文化和政治》以及《写作和大屠杀》等著作中，欧文·豪将文学上的反思和政治上的激进融合起来，从而成为当时社会文化的代言人。而欧文·豪的政治性和犹太身份又使他突破了现代主义文学的局限性，赋予其更为广阔、更加以人为本的文学观。正如索林指出，所有这些因素融合起来，使欧文·豪的作品在分析问题上更为深刻、敏锐，在话题的选择和语言运用上更加具有可读性，同时有着深远的道德伦理意义。[49]

约翰·罗登在《充满激情的异议者》一书中借用威尔逊的话将欧文·豪定义为一个“三重思想家”。所谓的“三重思想家”一语双关，一方面暗示了欧文·豪所驰骋的文学、政治和犹太文化三个领域。另一方面，根据威尔逊原来的语意，“三重思想家”有能力展望新的关系，在现实和理想之间建立联系，将社会层面和艺术层面紧密结合，并引发对现有秩序的反思和改变。约翰·罗登将欧文·豪的思想描述成介于他所关心的艺术和他生存于其间的社会之间的一个地带，“为艺术而艺术”的唯美主义是单维的思想；认为艺术来源于生活的是双维的思想，而欧文·豪这样的思想者像所有威尔逊心目中的“三维思想家”（包括普希金、亨利·詹姆斯、萧伯纳和福楼拜）那样是在艺术与生活之间的另一个维度里思考，是引导艺术去指导生活的中间桥梁，而这是始终贯穿在欧文·豪文学批评之中的核心原则。从这一意义上看，欧文·豪经过数年的疑惑、彷徨和探索，最终成为了一个成熟的“三重思想家”。

欧文·豪的文学批评历程

1 欧文·豪的文学批评概述

欧文·豪的一生是追求希望的一生，三重身份的交融最终都归属到一个领域，那就是文学的世界。虽然欧文·豪有时会因为对作家的不同看法而与其他批评家发生激烈的争执，但总的来说，文学评论是他逃避政治纷争的一片净土，也是他从公共领域退回到自我世界，从社会问题退回到个人关系的最符合本性的选择。欧文·豪的传记作家亚历山大曾说过："如果说欧文·豪的犹太身份与生俱来，社会主义者的身份是他后天的选择，那么成为一个文人则是出于天然的气质。"[1]

欧文·豪文学批评所涉及的作家跨度很大，数量众多，风格各异。作为一个批评家，欧文·豪张开了一张大网。他始终偏爱19世纪小说，欣赏像埃德温·阿灵顿·罗宾逊这样与潮流格格不入的诗人，势单力孤地试图恢复埃德温·阿灵顿·罗宾逊的文学声望。一些不知名的小说家和诗人也得到他的青睐。他评述了几代犹太裔美国小说家，他们的根基和观点与他自己的经历相吻合。他评论爱默生、霍桑和惠特曼，他们的超验理想主义令欧文·豪既感到遥不可及又深受触动。自从出了关于托马斯·哈代的专著之后，欧文·豪又重新发现了几位19世纪英国小说家的未受足够重视的价值，他们当中包括沃尔特·司各特爵士、安托尼·特罗洛普和乔治·艾略特。

与政治上的激进相比，欧文·豪的文学品位在许多文学批评家眼里可以用"保守"，有时甚至是"后退"来概括，因为他的文学批评更多关注的是文学的艺术性和本质问题，并且很少运用高深的文学批评理论。欧文·豪在文学方面研究的重点是现代主义小说，对后现代主义文学也有所涉及。他在纽约城市学院教授的也是现代主义文学课程，他满怀激情地向学生讲授陀思妥耶夫斯基、托马斯·曼、卡夫卡、乔伊斯、艾略特、普鲁斯特等，引导学生根据自己的体验做出评价。从他的文学批评中，我们可以看出，无论是在探讨舍伍德·安德森、托马斯·哈代，还是研究意第绪语文学，他都十分关注这些文学作品中的现代性，以及传统和现代的关系。在一定意义上来说，现代主义文学似乎是欧文·豪文学批评中的标尺。因此，我们也将欧文·豪文学研究的对象粗略地分为现代主义文学先驱、现代主义文学、后现代主义文学以及犹太文学四大类。

1.1. 现代主义文学先驱：安德森和哈代

1）《舍伍德·安德森评传》

欧文·豪的第一本文学专著是1951年出版的《舍伍德·安德森评传》。欧文·豪对舍伍德·安德森的作品一直怀有一种莫名的感情。之所以说是一种莫名的感情，是因为安德森不论是在政治信仰上还是文学流派上都和欧文·豪格格不入。在政治信仰上，欧文·豪早期是个激进的托洛茨基分子，坚决反对斯大林主义；而安德森在20世纪30年代写了不少反社会主义的文章，后来虽然转而信仰了社会主义，却是个狂热的斯大林主义者。从文学流派上来看，欧文·豪当时更感兴趣的是现代主义文学，而安德森所遵循的却是现实主义文学传统。尽管如此，欧文·豪还是被安德森的作品所深深吸引，并且在他第一本文学批评专著中对安德森进行了深入的探讨和研究。《舍伍德·安德森评传》对安德森平易的、近乎口语的叙事语言以及貌似散乱、实则规整的情节构造进行了细致入微的分析。值得一提的是，虽然欧文·豪并没有把安德森誉为伟大的作家，但在此前不久，特里林曾对安德森进行过严厉的批判，而卡津的《扎根本土》对安德森也基本持否定态度。因此，在一定意义上，我们仍然可以认为欧文·豪写这本书是在为安德森申辩，试图重新树立他的文学地位。

安德森的作品让欧文·豪接触到了他以前从不了解的地域、人群和生活方式。欧文·豪十几岁时在杂志上读到安德森关于北卡罗来纳州纺织工人挨饿的报道，让他了解到贫穷不仅仅只发生在自己的身边，也同样发生在许许多多自己素未谋面的人身上。这使他开始对贫困这一现象感到愤慨，而《小镇畸人》(*Winesburg, Ohio*)也让少年时的欧文·豪接触到了与纽约完全不同的另一个真实世界。欧文·豪认为安德森的作品准确地记录了在美国社会从农业化的乡村向工业化的现代社会转型期间的经历，不过所用的手法却是“反现实主义”的，即不注重准确的时间地点和社会细节，只注重从高度个人化的角度、甚至非现实的角度描写美国的现实生活。这样的人物不像现实主义小说中那样丰满，小说描写的只是一些生命的片断、短暂的凝视以及经受忍耐和遭遇失败后的生命残骸。欧文·豪认为小说中的人物精神不稳定、狭隘、紧张、几乎患上幽闭恐惧症，这与他们生存的极端状态有关——他们大多生活在社会的边缘，拥有极度的忍耐力。《小镇畸人》所刻画的种种感情——孤独、向往以及无言的爱等——其实存在于每个人的经历之中，只是常常被我们的文化所尘封，而安德森的作品将这些感情淋漓地抒发了出来。欧文·豪将安德森作品的核心归结为“荒废的生命、逝去的爱”。小说中人们一步步地与自然、与原本肥沃的农田疏离开来，工作成为一种负担，人与人之间缺乏温情、日渐疏远。也正因为如此，他们都对情感交流怀着“不可名状的饥渴”，发疯一样地寻求与人沟通。这种异化让欧文·豪忍不住想去探究这是否就是“真实的”美国？在他看来，这喻示着美国当时社会关系中存在的重大问题。然而，即使在这样灰暗的现实中，安德森笔下的人们还是在努力克服异化，追求精神上的自由，追求美国式的乌托邦。1966年，欧文·豪在他为《小镇畸人》写的再版前言中指出，这种追求和梦想贯穿着安德森的生活和作品。另外，欧文·豪从安德森的作品中还读到了现代主义作品中所没有的东西，即作者对笔下人物充满温情的包容和眷恋之情以及对人类生存状况的深切关怀。

著名文学评论家马尔科姆·考利曾对《舍伍德·安德森评传》一书做过批评。他认为欧文·豪这个“来自纽约的犹太社会主义分子”，崇尚的是欧洲文学，根本不适合研究安德森这个代表着“芝加哥文艺复兴”的中西部作家。[2]这样的观点显然带着地域偏见，认为如果批评家没有和作者类似的生活经历，便无法领略其作品的精髓。对于这一点，欧文·豪有着和考利截然不同的立场。首先，欧文·豪认为文学应该是关于个人的经历、是对于生存的引导，自有一种可以改变人想象的力量，具有普适性。无论读者有着什么样的背景和人生经验，文学都可以超越这些背景和经验的束缚，对读者进行改造。更为重要的是，尽管文学作品本身涉及的主题各不相同，但是评判它们的美学标准应该是统一的，没有严格的地域、种族、文化之分。这一点欧文·豪在1990年再版《黑男孩和土生子》一文时曾经特别强调过。他在文中指出，一个见多识广、具有敏锐批评意识的批评家完全可以对其他文学传统作有价值的评论，比如俄国批评家施克洛夫斯基对斯特恩的评论，以及美国批评家弗兰克对陀思妥耶夫斯基的评论等。[3]亚历山大认为，从某种意义上来说，欧文·豪对安德森的研究是他试图突破纽约知识分子狭隘的地方意识，去拥抱更为宽广的“美国”的第一步。

2）《托马斯·哈代批评研究》

1967年，欧文·豪发表了关于托马斯·哈代的专著。在欧文·豪看来，哈代小说的重要主题是对英格兰传统生活和思维方式的留恋以及对现代社会工业化、商品化所带来的人的异化及社会碎片化的批判。因此，对于哈代的作品，欧文·豪更为关注的是他从现实主义向现代主义的转向，对哈代后期具有现代主义特点的作品探讨得较为深入，因为他认为虽然在基调和气质上哈代属于一个早于现代主义的时期，但是我们可以把哈代看做“寻求后基督价值观的现代主义先驱”[4]。

欧文·豪认为，虽然哈代对传统的逝去深感痛心，但他也清楚地认识到，传统中虽然有着代代传承的丰富内涵，但如果固守传统在一定程度上也会造成社会的停滞不前。因此，哈代虽然也同情那些屈服于自然环境、与自然和谐共处的人物，但是他更加赞赏《无名的裘德》中的裘德以及《还乡》中的克林这样敢于对自然和环境进行抗争的人物。欧文·豪认为《无名的裘德》具有承前启后的重要意义。一方面，它标志着维多利亚时代理想主义的结束。乔治·艾略特的《米德尔马齐》中的主人公试图与他们所处的环境和社会作斗争，以期实现他们的理想。他们的抗争遇到过重重困难，但是理想并非遥不可及——在小说的结尾，多萝西亚取得了一定意义上的成功。但是哈代却没有在《无名的裘德》中给主人公以任何希望。裘德和苏是两个迷失的灵魂，在世上没有任何值得他们珍惜、可以给他们提供庇护的地方，理想于他们是如此的脆弱和无望。另一方面，《无名的裘德》又标志着现代主义文学的开始。作者在小说中所展现的独特感受，尤其是苍凉的悲观主义情绪，可以说引领了现代主义文学的主调。此外，小说不再追求统一、连贯、逼真等传统现实主义美学原则，而是用表现主义的荒谬、夸张等手法，将一部现实主义小说写成了一部戏剧化的寓言。

欧文·豪认为哈代最具有现代性的作品当属《无名的裘德》，“因为它集中反映了现代主义文学的核心主题：在我们这个时代，不愿做笨头笨脑的傻瓜的人必然生活在无休止的疑问和思想危机中；对于这类人，传统的信仰已不复存在，生活已彻底变得问题重重；在年复一年的人生中他们所面对的已不仅仅是寻常人的孤独和痛苦；伴随着大脑的过度发达，他们渐渐失去那些生活的基本欲望，而这些欲望是人类继续生存下去的动力；生存的勇气，如果还能找到的话，则在于接受痛苦、下决心拒绝确定性带给人的安逸感。”[5]欧文·豪认为《无名的裘德》最为强烈地表现了对传统的叛逆，作品所遭到的非议应该在哈代的意料之中，因为他不仅违背了读者的习惯思维，而且向他们心灵深处隐秘的价值观发起了挑战，而后者是不可饶恕的。

欧文·豪指出，虽然哈代在现代主义小说的创作上不如卡夫卡、乔伊斯和福克纳那么彻底，但是《无名的裘德》比他先前的任何小说都更加具有现代主义特色，或许哈代发现传统的英国小说写作模式已经难以表达“关于现代孤独的灰色情怀”[6]。欧文·豪从主题和技巧两个方面对《无名的裘德》中的现代性加以阐释。与传统的现实主义小说相比，《无名的裘德》所刻画的是人内心的“战场”，一个各种非理性冲动不断厮杀其间的战场。裘德和苏这对主人公的意义并不在于他们身上发生过什么故事，而在于他们内心的跌宕起伏。小说无意引发人们对历史的思索，也没有试图揭示历史发展的原因、模式或者转折，它使读者体会到“肌肤相亲、心心相印的人既无法承受漫长的孤独又难以维持长久的亲密的苦楚，那些至少对于有思想的人来说，是无法应对的日常生活中的难言之隐。”[7] 正因为如此，小说在人物刻画和叙事结构上也带有明显的现代性特征。欧文·豪认为苏这个人物形象是哈代在小说中的一大创新，是让人又爱又恼的“现代女性”的先驱，绝不可能出现在奥斯汀、狄更斯或萨克雷的作品之中。[8]欧文·豪突出了小说中人物心理描写的作用，认为惟有如此成功的心理刻画才能揭示人物内心深处多层次的矛盾。欧文·豪认为哈代笔下的人物内心都有着问题和矛盾，需要读者去思考和探究，而这些人物在一定程度上甚至是不可知的。在叙事结构上，欧文·豪指出传统的小说发展有章可循，通过一系列的情节发展，最终揭示、实现人物的命运，完成一定的目标。而在现代主义作品中，场景和时刻至关重要，它们比传统的情节发展更能揭示人物的内心世界以及人与人之间微妙的关系。因此欧文·豪说“《无名的裘德》不是传统意义上的悲剧，因为它突出的不是一个不同寻常的主人公的命运波折，而是我们熟悉的同时代人的内心挣扎。在传统悲剧中，主人公通过情节实现自我；而在现代小说中，主要情节在主人公的内心活动中发展。”[9]

1.2. 现代主义文学研究

1) 现代主义问题

20世纪60、70年代欧文•豪文学批评的重要主题之一就是现代主义的问题。现代主义是一种背离传统的全新的艺术观。它不仅包含20世纪在西方文坛崛起的诸多文学流派，如达达主义、印象主义、象征主义、表现主义、意识流、超现实主义等，也泛指表现传统与未来对立关系的各种新颖的艺术形式。欧文•豪认为自1860年以降，西方文化就由显著的“现代”意识所主导，具体体现在以下几个方面：虔诚的宗教信仰和稳固的道德观念被怀疑主义、不可知论和相对论所替代；盛行的社会观念崇尚物质，是资产阶级的、虚伪的，而现代意识强调对这种社会观念的脱离和异化；认为宗教已经失去作用，人们在精神上无家可归，在毫无结果的内省之中不断消耗自己；对理性思维的价值进行不断地质疑；认为在道德缺失的情况下，人们必须在人与人的关系、艺术创造以及社会的解构和重建之中创造一种新的价值观体系；对人类生活的目的甚至价值表示怀疑，而这种怀疑最终又成为一种虚无主义，否定生命的意义，甚至否定生命本身。[10]

经过长期以来对传统与现代、未来之间关系的思考，欧文•豪在《现代观》（1967）一书的长篇序言中对现代主义进行了详尽的阐述。

> 在现代主义文学当中，人们对整个认知体系和有限的理性判断力感到不耐烦，觉得大脑已经成为人类活力的敌人。文化也对自己不再抱幻想，对无穷无尽的改良感到厌倦。人们渴望打破资本主义的是非观和文化的自欺欺人，建立一种纯粹个人的话语方式，一种剥去形式外壳、赤裸裸表白的文学。[11]

> 对现代主义作家来说，宇宙默默地存在着，对万物众生既不含善意也不含敌意。他们与哈代那样的19世纪作家不同，对人类在整个宇宙运作中的不利并不感到焦虑。他视其为必然，然后将焦虑转向自己的内心，为精神生活丧失了意义而悲哀。他所听到的任何精神信号都来自于他的想象力，而且被当成实实在在的心理事件。[12]

欧文•豪还列举了现代主义的九大特征：(1) 先锋派作为一个特殊阶层的崛起；(2) 信仰危机的加重，有时已临近崩溃的边缘；(3) 现代主义文学的一个中心趋势就是作品的自我满足；(4) 美学秩序的观念遭到遗弃或者根本性的改变；(5) 自然已不再是文学作品的中心题材和主要背景；(6) 荒谬性，亦即惊奇、亢奋、震惊、恐怖已成为主要题材；(7) 原始主义成为现代主义文学的终极目标；(8) 小说创作在人物、结构、主人公的作用方面出现全新的观念；(9) 虚无主义成为现代主义文学的核心，内在的“恶魔”。

欧文•豪最为强调的是现代主义文学为艺术而艺术的特殊性。他认为这一趋势使得“那些先锋派作者蔑视对读者的责任，甚至令人怀疑读者是否存在，应不应该存在。先锋派作者崇尚自我满足，对别人无需负责，声称最终目的是拯救艺术。”[13]他对象征主义文学在追求艺术自律的同时彻底摧毁艺术与“表征”系统的联系表现出不满。在1970年出版的《新之衰败》中，欧文•豪说：“从理论上极而言之，象征主义提出要打碎传统的世界与其表征的二分法；它不能容忍艺术与经验片断之间的联系，不能容忍人们普遍接受的主体与表征行为之间的距离；它希望摧毁整个的表征系统，不论是客观的模仿还是主观的表现……象征主义不仅主张使诗歌自足自律，而且要与世隔绝，不仅要与世隔绝，而且有时还得不可渗透。”[14]在欧文•豪看来，表征之死——反映外部现实和照亮内心生活的表征——最终是不充足的、简约的、不长久的，纯粹的象征主义是不可能的："不久世界就会玷污诗歌，而诗歌也会退回到世界。"[15]

欧文·豪在自传《一线希望》的最后，重点列举了一串作家的名字，称他们为对他"意义最为重要的作家"[16]，其中包括艾略特、布莱希特、索尔仁尼琴、奥威尔、卡夫卡、西罗内和纳德芝达·曼德尔斯坦姆。在欧文·豪刚步入文学界的时候，这些欧洲作家令他意识到了自己眼界的狭隘，极大地激发了他对不同时空的想象。当时美国文学界对引领现代主义文学潮流的欧洲作家如乔伊斯、卡夫卡、艾略特、布莱希特和皮兰德娄等还充满疑虑、没有完全接受。这使得富有反叛精神的欧文·豪在一段时期内热衷于对现代主义的发现和拥护。欧文·豪将自己的反斯大林左派思想寄托于现代主义文学之中，对持有共同政治观点的现代派欧洲作家怀有强烈的认同感，比如西罗内、科斯特勒、马尔罗、奥威尔、维克多·赛奇等。由于欧文·豪来自东欧犹太移民家庭，他对俄罗斯文学自然有着强烈的兴趣。19世纪俄罗斯的文学大师如托尔斯泰、屠格涅夫和契诃夫是东欧犹太移民后代心目中的英雄，欧文·豪也不例外。他声称自己的文学教育在一定程度上开始于一本关于俄罗斯作家的书——《活着的小说》，作者叫V.S.普里切特，是欧文·豪非常倾慕的一位批评家。读《活着的小说》的时候，欧文·豪刚从军队回来，他一边系统地阅读书里的批评文章，一边阅读那些被评论的小说，他对文学的感悟和洞察力从此有了一个质的提高。

欧文·豪所编的教材《现代小说中的经典》（1968）通过对所选作品的精辟介绍，体现了一代美国知识分子所建立的现代主义的标准。这本作品选集中主要收有陀思妥耶夫斯基、托尔斯泰、亨利·詹姆斯、康拉德、托马斯·曼、卡夫卡和索尔·贝娄、福斯特、奥康纳和索尔仁尼琴的作品。到了20世纪60年代后期，欧文·豪的怀疑主义情绪，确切地说是他对现代性的排斥心理，喷涌而出。其原因之一是一种新的文化观的得势，即苏珊·桑塔格在她的《反对解读》（1966）一书中所推崇的"新感性"，以及欧文·豪那一代的文化传统主义者们所痛斥的"逆流文化"和"街巷现代主义”。欧文•豪在《纽约知识分子》中把桑塔格的审美观与性解放思想联系起来，指责年轻的一代正在追求一种纯感官体验的艺术。1973年，欧文•豪出版了另一本文集，题为《批评点》，在引言中他点明了“近期文化不甚理想的三大因素：即疯狂的启示欲、文字和行动暴力的充斥、叛逆的权力主义。它们将文化现代主义的伟大传统亵渎为公开暴露和附庸风雅。”[17]

2）《威廉•福克纳批评研究》

欧文•豪在1952年发表的《威廉•福克纳批评研究》对福克纳作品中的种族思想及博爱思想两大主题较为关注。福克纳在种族、性别和阶级上的观点有时是自相矛盾的。欧文•豪对这些不同的观点进行了分析。欧文•豪认为虽然福克纳从来没有完全摆脱他根深蒂固的种族主义思想，但是他一直都在试图对这一思想进行反思，尤其在20世纪30年代之后，福克纳在多部作品中都对南方传统的种族主义思想进行毫不容情的拷问。福克纳后期作品中的一个主题就是追寻黑人和白人之间不复存在的伙伴间的友爱之情，而这种伙伴间的友爱关系在欧文•豪看来不仅仅是不同种族之间最为理想的关系，更体现了一种理想社会中人与人之间的关系。

在《威廉•福克纳批评研究》一书中，欧文•豪对福克纳作品的文学性进行重点评论。他认为同时代批评家在批评福克纳的作品时都过于注重社会文化因素，而忽略了福克纳作品本身的文学性。比如，欧文•豪在评论福克纳小说中的“黑人问题”时，并没有就作者对这个问题本身的观点进行批判，而是试图分析这些观点对于小说本身有何影响，并将分析最终落到了人物的身上。欧文•豪认为，福克纳早期刻画的黑人形象带着典型的种族歧视思想的印记，但是随着福克纳对黑人的态度从歧视转为同情，他所刻画的人物也从老套的千人一面变得更为复杂、更具有个性特点。他对《押沙龙！押沙龙！》一书中卢卡斯•布钱普以及《八月之光》中的乔·克里斯默斯这些人物的刻画大加赞赏，认为福克纳在刻画这些人物时不是将他们简单地作为一个具有某些美德或缺点的类型人物，“不是一种行为的形式，而是一个人，不是‘黑人’，而是一个黑人。”[18]

在《威廉·福克纳批评研究》中，欧文·豪还对南方文学做出了高度的评价。他认为，虽然南方文学属于地方文学，但是起到了将欧洲现代主义文学引入美国的渠道作用。福克纳的作品虽然着眼于南方，但是作品中所体现的人性却超越了地域的限制，已经触及了现代社会人性的普遍本质，而他在记录南方传统衰落的同时也表现了人类普遍的危机。因此，福克纳的作品体现了地方和世界之间不可割裂的联系。此外，作品中还包含着一种美国文学中通常所不具备的对传统和过去的缅怀以及历史感。在欧文·豪看来，福克纳作品最了不起的主题之一便是对这个世界上那些“卑微但不屈不挠”的普通人的同情。[19]这些普通人在社会剧变面前无能为力，却耐心地承受着、坚持着。此外，欧文·豪虽然对福克纳作品中的种族思想做了重点分析，但他认为福克纳作品的成就不是在于准确地反映了黑人问题或是为黑人问题提供社会学研究的依据，“福克纳的胜利是另一种胜利——戏剧化的情节发展、真实的人物——这是小说家的胜利。”[20]亚历山大认为这本研究福克纳的专著可以看作是欧文·豪在文学批评上的独立宣言。

1.3. 现代主义文学之后

如果说在欧文·豪文学批评生涯的初期，他将自己激进的政治态度演化成了对现代主义的推崇和拥护的话，那么随着他思想的逐渐成熟，他对现代主义的疑问却与日俱增。欧文·豪曾明确地表示他的“新之衰败”一词是对纽约批评家哈罗德·罗森堡所谓“新之传统”的反驳。罗森堡以“新之传统”暗示他拥护现代主义先锋派的坚定性，而欧文·豪的态度却总是模棱两可。

欧文·豪在《大众文化和后现代主义小说》（1959）一文中认为，在

20世纪50年代的丰裕条件下，经济大萧条时期给人们带来的焦虑已经成为过去时，但是战后的美国社会已变得杂乱无章，社会进入了一个焦虑的时代：传统的风俗礼仪被忽视，固有的权威中心崩溃瓦解，消极厌世的情绪随处可见，牢固的信念和“事业心”却荡然无存，消费主义和顺从思想盛行、大众文化和现代主义交叠、国民富裕的城郊生活和美国超级大国地位的形成，美国开始实施组合主义（一种将整个社会纳入极权国家指挥下的各种组合的理论和实践）。在这样一个相对安逸、半福利化半集权专制的社会里，民众开始变得被动、无动于衷，先锋艺术和激进现代主义的时代已经结束，美国小说出现了一种新的、难以定义的特点，他认为这是现代主义的一个新趋势，即开始面对现实、承担历史责任，欧文·豪将其称为“后现代主义小说”。拉维恩认为，“后现代”是一股改头换面的“反智性思潮”（Anti-intellectual Current），而后现代小说则同既定的社会范畴格格不入，它们关注的是这种距离的形而上含义。后现代小说中的人物往往没有既定的社会目标，只是在世界上随波逐流，因而也就变得虚无。在这个世界上，由传统和权威确立的社会关系在后现代的冲击下已经悄然消逝了。不过，欧文·豪笔下的“后现代主义小说”与后来理论界所指的“后现代主义小说”意义有着极大的差别。

欧文·豪晚年的文学批评关注的重点还是对经典作家的重新思考和对文学根本性问题的探索，而对新出现的作家、新发表的作品关注不多，只是零散地写过几篇关于卡弗、库切等作家作品的评论。在20世纪70年代末的一次访谈中欧文·豪曾经对现代主义之后的文学创作现状做过简单的概括。他认为时下确实存在着一批严肃的作家和作品，但是还没有出现真正意义上的伟大作家。此外，这个时代和以往的时期有着很大的不同。在以往的各个阶段都有着各自不可抗拒的中心，如现代主义、社会激进主义等。而现代主义之后的文学界却似乎缺乏这样一个中心，作家的写作兴趣相当分散，也没有形成像芝加哥复兴派或者纽约这样以地域为中心的流派。因此，欧文·豪感到许多作家只是在孤军奋战，或者只是局限在非常小的范围之内，而对这个历史时代最为根本的经验把握不够。另外，许多后现代派小说家把小说的创作作为文字的游戏，过于注重互文性，认为小说可以在自己独立的传统中代代相传，而无需和现实生活发生联系，这也是和欧文•豪的文学理念相违背的。他认为虽然小说家确实可以从前人的作品中汲取养分，但是如果作者没有对生活和社会的观察，不能将想像力和现实结合起来，文学的养分终将枯竭。这一思想也延续了他一贯的文学理念，即文学与社会生活之间存在着不可割裂的联系。他在晚年的《批评家笔记》中虽然没有明确地将矛头对准后现代主义小说家们，但是从字里行间可以看出他对于小说发展的趋势深为担忧。

1.4. 犹太文学研究

1) 文学中的犹太人形象以及犹太文学

随着犹太性在欧文•豪心中的逐渐萌动，他对犹太文学的关注也日益加强。1946年，欧文•豪在《评论》上就犹太作家伊萨克•罗森菲尔德的小说《离家的旅途》中犹太移民家庭里的父子冲突、二代犹太移民所面临的双重异化等问题发表评论。尽管欧文•豪对自己的这篇文章评价不高，认为它迎合了当时人们的喜好，因为当时犹太人的自我审视以及关于"异化"的话题都是读者们比较感兴趣的话题。不过，在这篇文章中，欧文•豪同样表达了对作家和文学作品的期望："如果一个作家局限于自我的困境之中脱不开身，那么他就很难达到客观的层面，而这种客观性对于作品是否能够持久、是否具有价值至关重要。"[21]换句话说，欧文•豪认为文学作品的价值不在于仅仅发掘自我，拘泥于与世隔绝的苦思冥想，更要与外在的客观世界紧密相关。

从20世纪40年代后期开始，欧文•豪着力研究文学中犹太人的"陌生人"形象。他曾在《评论》上发表过长篇评论文章，对美国小说中的犹太人形象进行梳理。欧文·豪认为从古至今文学作品中犹太人的形象几乎难逃两大类型，要么把他们描写为犹大、恶魔、异类或剥削者（如乔叟《坎特伯雷故事集》中《女修道士的故事》里杀害无辜基督血统的犹太人、莎士比亚《威尼斯商人》中的夏洛克、马洛以及《马耳他的犹太人》中的巴拉巴斯等），要么像乔治·艾略特的小说《丹尼尔·德隆达》那样将犹太人刻画为仁慈、可亲的先知或天使般的殉道者形象。欧文·豪继而指出，现代美国小说中关于犹太人的故事无外乎可以归结为以下几种模式：从一贫如洗到家财万贯、犹太家庭中专制的父亲、乌托邦理想主义、义无反顾地挣脱束缚等等，而这些模式归根结底还是上述两种犹太人形象类型的延续。尽管这些不同的类型和模式反应了不同的作家对犹太人的不同态度，但是它们都有一个共同之处，即没有将犹太人作为具有独一无二特点的、性格复杂的"人"来对待，就连许多犹太裔美国作家自己也难以摆脱这些类型的限制，而其根本原因在于"他们大多数人对犹太传统几乎一无所知"[22]。基于这一点，欧文·豪对包括托马斯·沃尔夫、亨利·詹姆斯及阿瑟·密勒等在内的许多作家进行了批评，认为他们对犹太人的刻画或如漫画、或如夸张的情景剧、或是千人一面的犹太种族形象。只有亚布拉罕·卡翰、亨利·罗思、菲茨杰拉德以及海明威等少数作家受到了欧文·豪的肯定，因为这些作家超越了模式和类型的限制，刻画了栩栩如生、个性鲜明的犹太人形象，并赋予了他们"人"的特点和价值。

从欧文·豪上述观点我们可以看出，在这一时期，欧文·豪对犹太文学（或者更确切地说是涉及犹太人的文学）的批评更多着眼于文学本身的技巧，如在人物的刻画方面反对文学中固定的人物模式和类型，强调个体经验和个体特色，但对于犹太文学中所体现的"犹太性"这个话题还未真正进行深入的探讨。

2) 意第绪语文学

欧文•豪第一次将犹太性的思考与文学批评真正融合起来是在他和意第绪语诗人艾利泽•格林伯格合编《意第绪语故事精选》的时候。他们承担起拯救意第绪语文学的使命，希望通过对意第绪语文学（主要包括故事、诗歌和散文）进行梳理来挽救这一即将消亡的文学传统，并为许多和欧文•豪一样为犹太性困惑、迷惘的世俗犹太人提供精神力量的源泉和解决困惑的出路。

在《意第绪语故事精选》的前言中，欧文•豪对意第绪语文学短暂而又悲惨的历史进行了回顾。意第绪语文学发祥于19世纪中叶，在东欧犹太教传统解体后出现，其特点就是明显的反宗教世俗性。世俗犹太思想主要分为两派，一派以犹太复国主义为首，认为犹太性只有通过建立犹太政权才能得以传承，而另一派则以意第绪主义为首，认为流散的海外犹太人可以通过意第绪语文学来保存犹太文化。欧文•豪对意第绪语文学短暂的历史进行了梳理，认为意第绪语文学最重要的主题是“无权者的美德，无助者的力量，流离失所者的陪伴，被伤害、被侮辱者的神圣”[23]。意第绪语文学在民间传统和现代主义这两种对立力量的不断作用下逐渐发展，于19世纪末、20世纪初达到顶峰。

欧文•豪对意第绪语文学的发起者之一、波兰作家L. L.佩雷兹进行了详细的评介。佩雷兹致力于在波兰复兴犹太文化，强烈反对正统犹太教。他意识到波兰的犹太群体在逐渐脱离犹太教传统，因此宗教传统在维护犹太传统价值观方面已经无能为力。佩雷兹试图通过创立意第绪语文学来替代宗教，用这一世俗犹太文化来传承犹太传统价值体系，以帮助维持整个犹太民族的集体生存，也同时希望藉此帮助这个民族中的个体保持生活的信心并坚持一定的道德准则。欧文•豪所关注的另一个意第绪语作家便是肖洛姆•阿莱赫姆。在欧文•豪看来，阿莱赫姆的作品中不乏阶级等政治因素，但是他对于犹太传统满怀深切的爱，他热忱地颂扬犹太群体在面对现代社会时所表现出的精神力量。欧文•豪认为佩雷兹和阿莱赫姆的作品证明意第绪语文学既是对正统犹太文化的反抗，又根植于犹太文化，通过创新和变革将犹太传统和现代社会紧密相连。他们虽然面对的是犹太人历史中黯淡的那一段时光，但是他们不像现代主义作家那样虚无、悲观，而是用入世、热切的态度关注小人物，用坚定的价值观和爱创造了一种使犹太传统得以延续的世俗犹太文化。因此在欧文·豪看来，意第绪语文学是一种值得颂扬和讴歌的文学。[24]

1969年，欧文·豪和艾利泽·格林伯格再次合作，编纂了《意第绪语诗歌精选》。除了和十五年前出版的《意第绪语故事精选》一样致力于拯救意第绪语文学，建构世俗犹太经典之作之外，欧文·豪和格林伯格在这部诗歌精选中还试图通过纵向梳理展示意第绪语诗歌如何逐步发展、如何逐渐染上某种现代主义诗歌色彩。此外，他们还试图证明意第绪语诗歌是美国文学不可分割的一个分支。[25]1977年出版的《希望的灰烬：苏联意第绪语小说》是欧文·豪和格林伯格的最后一次合作，对苏联经典意第绪语小说进行译介。其中的许多作家都已经被他们曾寄予希望的政权所杀害，他们的经历和他们的作品带给欧文·豪极大的震撼，他指出这些苏联意第绪语作家的故事代表了现代意第绪语文学史上最悲惨的一个篇章。

3) 对犹太裔作家的关注

欧文·豪的犹太情结也必然导致他对犹太裔作家的特别关注，也影响着他对世界各国文学的感悟。通过对犹太文学的梳理，欧文·豪发掘了为数不少的犹太裔作家，其中最值得一提的是当时还默默无名的伊萨克·巴什维斯·辛格（1904—1991）。当艾利泽·格林伯格第一次将辛格的短篇小说《傻瓜吉姆佩尔》读给欧文·豪听时，欧文·豪敏锐地感觉到他发现了一位了不起的作家。他认为辛格的作品“既具有对普通人的感染力，又不乏深刻的思想，是两者的巧妙结合”[26]。辛格非常清楚犹太传统是一个无可挽回的世界，但是他仍然满怀热情地用他的作品描绘着这个曾经辉煌的传统，对犹太民族的命运进行思考。尽管辛格自己所信奉的是意第绪语文学崛起之前的更为古老的犹太传统，对社会公正和人性持悲观态度，与欧文•豪所欣赏的意第绪语文学中的人文主义和19世纪犹太社会主义不尽相同，但是欧文•豪还是对辛格的作品做出了高度的评价和大力的推介。欧文•豪和索尔•贝娄合作，将《傻瓜吉姆佩尔》从意第绪语翻译成英语，并发表在1953年5月的《党派评论》上。可以说，欧文•豪为辛格扬名美国文坛立下了“汗马功劳”，正是欧文•豪的介绍和评价让美国文坛认识了辛格，造就了这位未来的诺贝尔文学奖获得者。

欧文•豪所发掘的另一个犹太作家是伯纳德•马拉默德（1914—1986）。他认为，战后出现的美国重要作家中，除了诺曼•梅勒、索尔•贝娄、赖特•莫里斯、J.D.塞林格、奈尔逊•艾格伦、赫伯特•戈尔德之外，便是伯纳德•马拉默德了。马拉默德作品的主题是寻求新生活，描写下层犹太人的苦难和中产阶级犹太人的苦闷，受难是他们生活的重要组成部分，也是获得重生的途径。他在作品内容和风格上是一个特别具有犹太特性的作家。马拉默德曾说过，“我很看重我的犹太血统。”“人人都是犹太人。”实际上，他所谓的犹太人意味着苦难，因为人人都无法躲避生活的苦难。马拉默德用人道主义的眼光观察世界，力图证明小说人物的坎坷命运是现代人所共有的，人人都是广义上的“犹太人”。正因为如此，马拉默德认为犹太作家在美国文学中崭露头角的重要原因是他们对人的价值的敏感性。就他个人而言，他竭力把犹太人看作是普通的人，把犹太人的坎坷经历看作人类生存的悲剧性体验的象征。犹太人富有戏剧性的悲惨遭遇是全人类为生存而抗争的象征。犹太人的历史是上帝赐予人类的戏剧性的礼物。

对于新一代犹太小说家的杰出代表菲利普•罗思（1933—），欧文•豪也曾进行过详尽的评论。早在1959年，欧文•豪在评论罗思的第一部中篇小说《再见，哥伦布》时对罗思的写作技巧就曾大加赞赏，认为他的作品“有着独特的声音、掌控自如的节奏以及明确的主题”[27]。然而，欧文•豪对于罗思1969年发表的《波特诺的诉怨》却进行了严厉的批判。

《波特诺的诉怨》是一部十分大胆的小说，其主人公蔑视犹太传统家庭和宗教的束缚，具有强烈的反叛色彩。罗思塑造了一个漫画式的、专制、对子女过多干涉、过度保护的犹太母亲以及放浪形骸的犹太少年形象，其中一些大胆的色情描写也引起了很大的争议。欧文·豪认为罗思的作品虽然着眼于犹太背景，但几乎找不到关于犹太特性的实质性内容。他认为罗思对犹太传统一无所知，因此也无法像辛格或马拉默德一样对犹太民族的生存和命运进行反思。在欧文·豪看来，罗思代表着完全脱离犹太传统规范和价值观的新一代犹太裔作家。事实上，《波特诺的诉怨》中的主人公阿历克斯·波特诺就像是年轻时的欧文·豪和其他犹太裔知识分子一样，身上虽然带着犹太传统的烙印，但是他们需要面对的是肤浅、纵欲、享乐的现代美国社会，他们被迫在两者之间的夹缝中挣扎。罗思力图表现的是现代犹太人所面临的特殊困境和他们应对环境的特殊方式。而罗思后来发表的作品，如《鬼作家》、《美国牧歌》等也体现了他对现代社会中世俗犹太身份乃至普遍人性的深刻思考。虽然欧文·豪后来对罗思的看法有所改观，但他没有对罗思的作品进行重新评价。索林认为这是作为文学批评家的欧文·豪为数不多的重大失误之一。[28]

2 欧文·豪所关注的文学主题

20世纪30、40年代欧文·豪一心要走出狭隘的种族天地，用激进的政治热情拥抱外面的大世界，这时的他在文学作品中读到的是对传统的反思，对理想的追求。随着岁月的流逝、阅历的丰富，欧文·豪带着对现实的失望，越来越醉心于文学这个“更诱人的世界”，他对文学世界的探寻也越来越深入。从传统与现代的矛盾，到文学与政治的关系，再到文学的真正内涵和意义，欧文·豪一步一步地接近着更为本质的文学问题。他的文学观的形成与他的思想历程紧密相关，他终其一生地追求着种族感情与世界公民态度的融合、一个更为公正的社会秩序，他对文学的最终理念可以总结为摆脱传统的二元对立思维模式，超越传统与现代、文学与社会这两对时空概念上的矛盾，品位文学的真谛，从文学中探询真正的自我。

2.1. 超越传统与现代的对立

欧文•豪曾被人们称为文学历史学家，因为他在文学批评中流露出深厚的历史感。他的政治抱负使他质疑现在，憧憬未来，而他的种族背景又令他不可避免地追思着过去。他一生对社会历史充满了责任感和使命感，正是这种强烈的历史感使得欧文•豪在面对文学作品时能超越时间的限制，透过现代看到历史发展的轨迹，在审视过去的过程中领悟现在。欧文•豪在他的一系列文集和文学批评专著中所关注的主要矛盾之一是传统与现代之间的矛盾，他借助对作家作品和文化现象的评论，对现代性的问题作出了较为深刻的阐释。在《一个更诱人的世界——关于现代文学与政治》（1963）一书的引言中欧文•豪说："贯穿书中几乎所有文章的是一种稳定的价值观和信念，关注的问题和观点都与所谓'现代'的经验和理解模式相关。"[29]他对于这个问题的思考主要分两个层面：一是文学作品中所反映的主题；二是文学自身所经历的变革。传统与现代之间的矛盾是现代文学所不能逃避的一个主题，也是文学发展到了20世纪以后所体现出来的主要问题。从欧文•豪所选择的评论对象我们可以看出，他所关注的作家不论是从作家自身的思想背景来看还是从他们作品的主题来看都能突出地反映这对矛盾。欧文•豪对他们的评论也往往从这个角度展开。

欧文•豪在《舍伍德•安德森评传》这本书里充分表现出了他对文学现代性的敏感。当时特里林等批评家对安德森已形成一定成见，认为他沉溺于虚无缥缈的感伤情绪和模糊的情感游历，认为他的故事缺乏社会意义和思想深度。欧文•豪对这种观点不置可否，但他试图从一个新的角度、以他更具历史感和现代感的眼光来重新审视安德森作品的精髓所在。他对安德森的短篇小说集《俄亥俄州的温斯伯格》和《鸡蛋》、《变成女人的男人》等几部短篇小说加以肯定，说这些作品是珍贵的历史遗迹，对我们了解今天和自己所处的境况都很有价值。

在《俄亥俄州的温斯伯格》刚出版时，批评界为它安上了几个标签：反抗乡村，拥护性自由，对美国现实主义的深化。欧文·豪认为这些评论已经过时。反抗乡村的主题已经随时间的流逝成为历史；而在拥护性自由上后来的作家有过之而无不及；至于作品对美国现实主义传统的贡献在欧文·豪看来是值得怀疑的。欧文·豪甚至认为安德森在《俄亥俄州的温斯伯格》中有着反现实主义的倾向，也就是说这本书具有一定的现代性，因为它的意义不在于对社会细节的精确描摹，而在于展现对美国生活独特的个人感受。它呈现的是一种极端的生存状态，描写一群男男女女在失去心理依托之后的精神崩溃。欧文·豪认为不应该用现实主义的眼光，把俄亥俄州的温斯伯格看作典型小镇的社会图景，他所品位到的是作品中传达出来的狭隘、强烈和近乎幽闭恐怖的感觉。作品中的人物也表现出反现实主义的特点，他们不是传统作品中那种完整全面的人物，他们只是一些“碎片”，反射出生活中的挫败和苦痛。他们承载着无以言表的饥渴，对生命意义的饥渴，彼此之间毫无关联，心灵迷失、孤寂，而这正是安德森作品的主旋律。误解、孤独和无法交流，在安德森的眼里是人类本性中的因素，是根深蒂固的传统。安德森在他的故事中触及19世纪末、20世纪初美国文学的一个伟大主题，即人与人之间语言交流的不畅，但是人们渴望表达，因为它意味着对自我的探寻和肯定。欧文·豪认为安德森的理想主义和敏感，以及他对不善辞令的普通民众的关切，是理想幻灭之后的大彻大悟，对于冷战早期受挫的激进主义有着一定的启发意义。欧文·豪还肯定了安德森对美国文学发展的贡献，认为他为短篇小说创作引入了“内省”的新感觉，这也是现代主义文学区别于传统现实主义文学的主要特征之一。

欧文·豪选择福克纳作为另一个评论对象，在一定程度上也是因为他对福克纳作品所产生的认同感，那就是植根于一个传统的世界，同时又身处现代社会，在传统与现代之间矛盾着、徘徊着、思索着。这当然和欧文·豪自己的犹太身份有关。他曾经在给朋友的一封信中谈到，犹太传统和保守主义者有一个共同点，便是对过去和所继承的传统心怀尊重。欧文·豪认为福克纳作品中的约克纳帕塔法表现出美国文学中罕见的内容，那就是历史曾经的辉煌和历史对于现在所意味的重负。在《阶级与氏族》那一章中，欧文·豪写道："在福克纳的世界里构成基本社会单位的是家族，而不是阶级。家族的骄傲以及对祖先的敬畏是人物行为更有力的动机。这样的动机当然滋生于一个这样的社会：过去象恋人一样依附于现在，既没被抛弃，也不受宠爱。"[30]福克纳在1949年诺贝尔颁奖典礼上被称为"一个寻根问底的心理学家，不可逾越的大师"。他的作品虽然描写一个区域、一个家族的兴衰，但他所刻画的心灵的寂寞和痛苦已经超越时空的界限，触及人性最深处的弱点。

欧文·豪对托马斯·哈代的研究也彰显了他对于"现代对传统的传承与超越"主题的强烈关注。在《托马斯·哈代》一书的前言中有这样一句话："评论哈代意味着直面疑惑、尴尬、挑战和不断修正。……正因为他的不确定性，我们几乎可以把他当成一个同时代的研究对象来讨论，而这样的认识又是他同时代的批评家们所无法做到的。"[31]哈代的小说充满着对早期英格兰的浪漫追忆，以及对现代工业化、商业化社会中人性的泯灭、人的异化以及社会碎片化的质疑，这使欧文·豪在阅读哈代的作品时与作家产生了强烈的共鸣，因为他跟哈代一样，来自传统文化，却又被抛入了问题重重、令人无所适从的现代社会。因此，欧文·豪认为哈代与意第绪语经典作家，如I.L.佩雷兹之间有着许多共性：比如，在哈代的作品中，基督教占有十分重要的地位，就如哈西德派犹太教对于佩雷兹十分重要一样；佩雷兹作品中采用了许多犹太民间传说，而哈代的作品中则采用了大量威塞克斯民间传说。在欧文·豪看来，哈代的作品既扎根于乡土，又着眼于世界，在追求永恒和跟随时代步伐之间找到了平衡点，是传统和现代交织而成的产物。

无论是传统文学还是现代文学，都蕴涵着人们对过去的厌倦或依恋，也寄托着人们对现在的怀疑或满足。但是将传统与现在对立起来只能使人们缺乏历史发展的眼光，对文学和现实的认识都过于狭隘。年轻时的欧文·豪将他挣脱过去、改良社会的希望寄托在了对现代主义文学的兴趣中，当他对现实的认识更为清醒和成熟之后，他对现代主义文学的态度也变得冷静、客观。传统在他的心目中日益重要，对现代主义的质疑则帮助他找回了传统对他的深刻意义。因此，欧文·豪在他的文学批评中十分关注文学作品如何记载从某种传统生活模式到现代性危机的过渡，着力分析小说人物在从乡村传统步入城市现代的转型期所经历的挣扎，而这种挣扎和危机在现代主义文学中尤为突出，因为这个问题触及了人生存的终极意义和文学的核心。欧文·豪是一个无法忘记过去的人，他也是一个对未来永远充满希望的人，他的“一线希望”从某种意义上说存在于他视野和胸怀的广阔之中。他看待文学的历史眼光，使他超越了传统与现代的对立，更为准确地把握文学的脉络。

2.2. 文学与社会的关系

欧文·豪在文学批评生涯中自始至终关注的另一个主题是文学与社会（尤其是政治）之间的关系。作为一个充满社会关怀的文学批评家，欧文·豪把文学看作一种社会现象。他认为文学植根于历史学、社会学和心理学，文学与意识形态紧密相关而且一直为意识形态所左右。因此他对文学的关注与他的政治抱负从没有彼此隔绝过。这一方面意味着他的政治信仰影响着他的文学批评，另一方面也意味着当他从事文学批评时，他更多地从作家思想背景和作品思想性的角度展开，更加看重文学如何反应个体以及社会经验，带给读者怎样的阅读体验。

欧文·豪坚持认为文学应该描写和反映人生经验。他自己曾经谈到，他在衡量一部小说时必然会问的一个问题是：“对我们的生活，它反映了多少？”[32]在欧文·豪看来，文学应该充满丰富的生活素材，不应过于主观地彰显主题。文学不应凌驾于生活之上，不用刻意回答那些连政治、哲学或是宗教都无法解答的关于人类出路的问题。文学是比政治更广泛的东西，是“镜和灯”，反映人类的经历，照亮他们的路程。阅读和研究文学的目的是为了更清楚地了解人的处境，对人生起一定的启迪作用。文学的宗旨应该是培养大度的精神、开放的思想，修养和提升自我。“文学作品之所以吸引读者是由于它们能在个人体验与人类的整体经验之间建立起一种间接而微妙的联系。”[33]欧文·豪提出这一观点作为对新批评派的反驳，因为新批评提倡细读文本，割裂文本与社会、历史之间的联系，把文学批评变成了充斥着“张力”、“谬论”、“反讽”等批评术语、晦涩难懂的文字游戏。

欧文·豪的这个观点在他的主要文集和文学批评专著中都有所体现。文集主要有《政治与小说》、《一个更诱人的世界》、《颂扬与抨击》、《平稳的工作》、《新之衰败》、《批评点》等；专著主要有《舍伍德·安德森评传》、《威廉·福克纳批评研究》、《托马斯·哈代批评研究》等。

《政治与小说》（1957）这本文集的焦点是当小说创作服从于政治意识形态压力时的种种表现。他在书的开篇引用了司汤达的名言：“文学作品中的政治就像音乐会中间响起的枪声。”[34]这句话形象地揭示出文学与政治在审美感觉上的巨大差距。欧文·豪引用它是为了点明自己关心的问题，即“这样的打断什么时候受欢迎、什么时候遭到厌恶？”对欧文·豪来说最关键的是小说家本身的文学敏感性，而不是他们的政治观点。《政治与小说》也体现出欧文·豪不断成熟、宽容大度和充满想象力的文学敏感性。该书论及司汤达、陀思妥耶夫斯基、约瑟夫·康拉德、伊万·屠格涅夫和亨利·詹姆斯，以及后来的马尔罗、西洛内和凯斯特勒。所选的文章讨论了文学想象如何呼应或是抵制意识形态的作用，在所选的作家身上挖掘欧文·豪所景仰的文学品质①，欧文·豪称之为“只要是

① 原文menshlikhkayt为意第绪语缩写，是同情心、正派和仁慈的统称。

人便必须具有的最根本的使命感”[35]。欧文·豪认为左派作家西洛内和乔治·奥威尔是具备这些素质的，对那些在政见上与他差异很大的作家，如亨利·詹姆斯、约瑟夫·康拉德和威廉·福克纳，他也能不存偏见地尊重和欣赏他们的才华。对欧文·豪影响最大的所谓“反动”作家是陀思妥耶夫斯基。他称赞陀思妥耶夫斯基的《白痴》为一部具有深度思想的经典之作，作品虽然嘲讽自由主义，排斥激进主义，但仍不失为一部最伟大的政治小说。欧文·豪说：“陀思妥耶夫斯基在他所有的小说中表现了意识形态是如何抑制人类的冲动，使他们盲目相信简单的事实，将他们变成怪物。……没有其他作家能像他那样如此深刻地表现出体制化思想对人类的价值和危险、益处和腐蚀作用。”[36]

欧文·豪在最后一章里专门论述了乔治·奥威尔的《一九八四》（1949）。他把奥威尔作为一个典范，因为他不仅认同奥威尔的民主社会主义立场，而且崇尚奥威尔的求识为人之道。欧文·豪在《政治与小说》这本书中还以数十页的篇幅评论了19世纪的美国小说，题为“一些美国小说家：孤立的政治”，其中讨论了如霍桑和亨利·亚当斯的作品。在他20世纪50年代的文论作品中，欧文·豪表现出与特里林和梅勒所共有的感觉，即被“幽灵般的极权主义、失落的激进主义和无能的自由主义”所困扰。

后来过了几年，当西奥多·德莱塞的《美国悲剧》问世时，评论界普遍认为这是一部既缺乏思想深度又没有历史意义的小说，一致批评作者粗糙的风格和肤浅的主题。但是欧文·豪坚持认为德莱塞应该是美国文学巨匠，是美国文学史上罕见的大家。那么是什么使得他的小说虽然存在严重的瑕疵，仍然如此地引人入胜呢？欧文·豪强调说，因为德莱塞总是无所保留地反映生活，尤为重要的是，与那些令人生厌的典型的自然主义作家相比，德莱塞时刻准备着超越现实，相信可能有一种神秘的美持久地美化着这个世界。欧文·豪还认为《美国悲剧》中那个命运不济的主人公克莱德，体现着一种非常特别的普遍品质。他代表着人类整体的渺小，表现出人类愚蠢的欲望和低俗的野心。他是人类所不齿、但驱赶不走的那一部分人格。

1963年，欧文•豪出版了《一个更诱人的世界》，汇集了他1950年到1963年间所写的文学评论文章。标题“一个更诱人的世界”似乎辞不达意，因为书中弥漫的是现代人的困惑和孤独，根本看不到所谓的“更诱人的世界”。书中收有一篇题为《大众社会和后现代小说》的文章，非常能够反映出当时文坛的状况。文章批评第二次世界大战后的小说偏离现实主义社会题材的转向，认为小说家应该首先具有鲜明的社会意识以及对政治事件的敏感性，而不应该只关心“纯粹个人的”痛苦。

以欧文•豪对意大利小说家、戏剧家皮兰•德娄的评论为例，他的评论主要针对皮兰•德娄的小说《已故的帕斯卡尔》和戏剧《六个寻找作者的剧中人》，在开篇部分他承认皮兰•德娄没有像卡夫卡、劳伦斯或者普鲁斯特那样对我们的思想产生强烈的震撼，因为在他的作品中没有社会、心理变革之类的宏大主题。接着欧文•豪分析了20世纪严肃的文学读者对文学下意识的期待，他说，读者似乎觉得伟大的现代作家不仅仅要描写生活，而且要对现实做出预示，他们必须是道德的革新家，是超越现实的理想载体。皮兰•德娄拒绝在他的作品中传达这样的信息。他拒绝原则，因为他不相信它的存在，而且即使存在，他也不认为作家有义务来显现它。欧文•豪认为皮兰•德娄的精彩在于他作品中体现的疑问。文学最基本的功能是反映对现实的疑问，而不是提供出路。他是这样评价皮兰•德娄的：

> 皮兰•德娄是一位具有明显时代特征的作家，这个特征就是19世纪末、20世纪初弥漫于欧洲文化之中的灰暗基调。过去的力量和信心开始衰退；未来的力量和大胆创新的时刻还未到来。这种类似黎明前的黑暗的情绪、心理上的失落非常普遍。皮兰•德娄、契诃夫、哈代等作家在他们的作品中都表现出了一种共同的情绪：一个充满希望、努力

和进步的世纪已经结束，而精神的迷失正在笼罩整个欧州。[37]

从文学和社会的关系这一问题衍生出来的是文学中美学和伦理、想象和历史之间的关系。对于这一问题，欧文•豪也有自己深刻的思考，1986年发表的文章《写作和大屠杀》集中阐述了他的观点。文章简要地追溯了大屠杀形成的历史原因，概述了大屠杀小说和回忆录中作家的心理因素、写作动机等。欧文•豪对大屠杀文学的相关评论也进行了介绍，认为其中最具影响力的是西奥多•阿多诺的观点。阿多诺反对将大屠杀作为文学题材，他认为，在奥斯维辛之后，创作关于大屠杀的诗歌即意味着通过“艺术地再现身体所遭受的痛楚”以获取“美学快感”，这种做法在一定程度上改变或削弱了大屠杀的惨状，对受害者是不公平、不道德的。[38]除此之外阿多诺还强调，在用大屠杀作为素材进行创作时，作家很难找到能真实反映真相的“客观对应物”（objective correlative）。因此，阿多诺认为在大屠杀这个问题上诗人和小说家们最好保持沉默。

在这一点上，欧文•豪赞同阿多诺的立场，认为虽然文学是社会经验和个人经验的再现，但是并非人类的所有经验都适合作为虚构文学的对象。记录这场人类历史上最大的灾难可以使人们了解过去、了解真相，但是欧文•豪认为这应该属于历史学范畴，可以由大屠杀幸存者以回忆录的形式记录。作家在创作关于这一题材的小说时出于道义很难恰如其分地运用他们的想象力、写作技巧或者创作理论进行虚构，因此最多只可能写出“虚构的回忆录”，很难超越幸存者们的真实记忆。除此之外，欧文•豪认为大屠杀这个题材既不是个具有戏剧性冲突的话题，也不具备悲剧因素。戏剧性一般都涉及意志的考验、信仰的冲突、欲望的挣扎等等，但作家却很难让即将被集体屠杀的受害者经历这些戏剧性冲突。至于悲剧因素一般来自于人们对上帝的旨意或者自己的本性进行英勇抗争而遭到失败，但在抗争的过程中主人公的人格得到磨练和提升，从而得以更好地领悟人生，获得智慧。而大屠杀受害者们所遭受的只是无从抗争、毫无意义的摧残和毁灭。另外，小说人物一般都享有选择的自由，而这恰恰是大屠杀受害者被剥夺的东西。除此之外，几乎所有的大屠杀小说和回忆录都试图通过叙述寻求一种救赎和超越，而这也恰恰是大屠杀文学的弊端所在。综上所述，欧文•豪认为文学可以反映社会，想象可以基于历史，但是有一些话题不可言说，文学想象也有禁区，有不可逾越的界限，在有些话题上语言是苍白无力的。这并非出于怯懦而回避历史，欧文•豪是在强调不能为了美学上的追求而忽视伦理上的责任，更不能将美学追求和伦理责任混为一谈。

一个作家的文学创作必然会受到他的社会文化观念影响，这是毋庸置疑的事实，也是为什么意识形态批评始终是批评家解读文学的主要方法之一的原因。但是作家在创作的时候如何处理文学与社会的关系？我们在阅读和评论文学作品时，对文学中的社会思想因素应该抱有怎样的期待？欧文•豪的批评著作在这些方面进行了长期而深入的思考，为后人正确把握文学与社会的关系提供了颇有价值的借鉴。

2.3. 文学：人类对“自我”的探询

经过几十年对传统与现代、文学与生活之间关系的思索之后，欧文•豪发现文学的恒久主题其实是人类的自我意识，也就是说，文学记录了人类对自己的认识。自古以来，人类最想了解但又最难了解的就是自己。人类文明的发展见证了人类对自我的问询与探索，文学创作和文学阅读都是人类探寻自我的主要方式之一。作家为何会产生创作冲动？因为他发现了人类自我的一些普遍状况，并希望将它表述出来。读者在阅读文学作品时为何会产生感动或悲伤？因为文学作品中蕴涵着对普遍自我的认识，从阅读中他能体会到比现实生活中更深刻、更隐秘的自我。欧文•豪认为很久以来“自我”的概念已经被赋予了深厚的社会和道德内涵，成为对空间、话语权和身份的追求。人类拒绝成为君王或政府的财产，渴望思想的权利，希望能自由地抗拒外界对其的定义，反对势利的地位观念。在道德的层面上这是一场旷日持久的革命，一场真正意义上的革命，而且永无止境。从“自我”这个概念出发去解读文学作品以及文学史上的一些特殊现象，是欧文·豪透视文学的一个重要角度。

诺思罗普·弗莱曾在他的《批评的解剖》里这样剖析悲剧文学的特性：“悲怆哀怨的文学作品的基本观念，是说明一个与我们相似的人虽竭力成为某个社会群体的一员，最终仍被社会抛弃。因此，成熟复杂的哀怨文学的主要传统，在于研究孤苦伶仃的人物的心灵，讲述如下的故事，即某个明明和我们一样的人，却由于内心与外在世界的冲突、其想象的现实与由社会舆论一直确立的现实之间的矛盾而沦于绝境。”[39]展示人类痛苦的自我世界，是现代文学的最明显特征。埃德蒙·富勒在1958年的一篇论文《现代小说中的人》中认为，在战后一代重要作家诸如诺曼·梅勒、索尔·贝娄、伯纳德·马拉默德的小说中，突出的人物形象就是在大众社会中个人在哲学和社会的异化中瓦解的形象。这一点也是欧文·豪在评论现代文学作品时的重要感悟。1990年，欧文·豪在普林斯顿大学的演讲中指出：“任何人都没有看见过自我。自我没有什么清晰的形状，也不占据可测量的空间。它只是一个抽象的概念，同其他抽象概念一样难以解释，比如个人、思想和社会。然而它有着自己的历史，影响和依靠着近二百年来人类的大历史。在这段历史时期里，自我的观念已经成为政治和文化的巨大能量源泉。”[40]人类一直试图了解自我的真相，于是文学作品中也不断地表现出人们对这一抽象概念的思索和理解，只不过不同时代的作家对它的感悟有所不同。欧文·豪在评论文学作品时也不断地对这个问题进行着思考。

欧文·豪在他的文学评论中非常关注作家如何表达对“自我”的探寻，他们如何昭示人类的“自我”是怎样遭到自己所设的规则以及所处的自然和社会的禁锢，他们如何因此而困惑等问题。卢梭是欧文·豪追溯文学中的“自我”概念时所关注的重要作家之一。在《忏悔录》的开始，卢梭声明决心进行一场“史无前例的事业”，将“刻画一个无论哪一方面都无比真实的形象，而那个形象就是我自己。”文中有一个醒目的关键词，即“真诚”。卢梭的确想要真诚地剖析自己，他要剥去一切虚伪的外衣，袒露一个真正的自我。卢梭越暴露自己的痛苦、矛盾、不良行为和内心的混乱，读者就越体会到这个独特个体与自身的相似之处。他们自然而然地接受了他的自相矛盾，甚至感到这种反应几近真实。

在普鲁斯特、卡夫卡和贝克特等现代派大家的作品中关于自我的种种再现，其实在卢梭的作品中早已存在。许多的文学作品都在发出这样的疑问：我只想听从于内心真正的自我而生活，为什么就这么难呢？事实上，文学作品中的自我已经随着时间而瓦解。一个声称自己完全真诚、要发出人类历史上第一个真实声音的作家，最后还是以玩弄文字结束。为什么卢梭追求绝对真诚的努力结果却以一个摇摆不定的历史性“演员”的“表演”而告终？因为他的努力表达出一种傲慢的态度，认为一个人有完全自知的能力。真实的自我到底是我们寻而不见的那个内在的自我，还是在此类“表演”中展现出来的自我？卢梭在追求“真诚”时的确是非常有诚意的，然而他周围的一切，包括他精心塑造的那个公共形象，都与他的努力相悖。他心目中的自然人，只不过是一个文明人的幻想，是他无法逃避文明所带来的不快而幻想的一种补偿。卢梭在文学的天地里找到了自己的位置。他的思想已经被时间和评论家们拆解得支离破碎，但是他的形象仍然熠熠生辉。他堪称自我分裂的祖先，将自我缔造成一个文学意识的神话，正如以后的拜伦和莱蒙托夫。

卢梭在《第二次对话》中写道：“只要他自愿地干，而不是因为别人的意愿而干，工作其实并不痛苦。当他摆脱了手表，抛弃了那些想变得富有的想法，不再日复一日地为此劳作，那么生活就变得非常甜蜜。到那时他会欣喜若狂地叫出来，谢天谢地，我终于不用再知道现在是什么时间了！”对钟表时间的抗拒是自我的一种反叛，是人类心底里永不停息的呼喊——对规则的反抗。然而事与愿违，卢梭所带来的是一个男女老少都需要知道几点钟的世界。

欧文·豪将文学作品中"自我"观念的发展与自由主义精神的来源紧密相连。他认为当"自我"的观念被付诸实践的时候，无论政治上还是精神上的自由主义也就得以发展，这种追求到了18世纪达到高峰。"自我"概念作为现代文学中的一个中心主题，依附于自由主义的发展而得到彰显。在启蒙主义运动中，自我、自由主义和浪漫主义融合成一股伟大的创新力量，试图摆脱难以容忍的限制，争取前所未有的权利，重新定义真诚和坦率的标准。自由主义思想使人们释放出自信的力量，而这股力量在很多时候则表现为与传统的对立。

英国浪漫主义诗人华兹华斯在他那首未完成的长诗《隐士》中声明，他作为一个诗人掌握着无比伟大的自我，这个自我甚至比耶和华的还要伟大。在他的笔下，人类应该自我颂扬，超越变成了臣服的一个方面。在自传体长诗《序曲》中，华兹华斯塑造了一个划时代的、全新的自我——初露锋芒、内心分裂、常常游走于失足的边缘，然而终于保持住暂时的稳定，于是诗人得以代表人类，回顾他的人生，将自己的生命历程放入历史进程中加以审视。如果说卢梭的"自我"是一场精湛的演出，那么华兹华斯的"自我"则是冷静的叙述。欧文·豪认为在《序曲》中所发现的"自我"似乎比卢梭的要朦胧，不那么善变；但是从两位作家的笔下都可以看出，无论作为心理事实，还是欲望的影子，自我决不固定于不变的本性或是历史环境中。它是人们创造、培养出来的，是自由的象征。自我是它自己的产物。

华兹华斯的创作从某种程度上说是对想象力的一种证明。他的思想可以整体解读为想象力与意志力的内在关系，这种关系有时相互掩饰、令人迷惑。想象一个无法触及的自我，是为了促使我们的意志力行动起来，从过去的混沌意识中清醒过来，掀开新的历史。那么，在华兹华斯的脑海中是否存在一个上天赐予的"原初的自我"呢？

欧文·豪认为对华兹华斯的《序曲》主要有两种解读，一是诗人对"自我"意识的感知，二是诗人政治抱负幻灭后的一种内省。对华兹华斯自我之旅的这两种理解可以融合成一种观点，即自我认识是诗人思想之旅的彼岸，无论他的思想之旅是向着革命的巴黎还是朝着田园诗意的家乡。华兹华斯的主题是内在的存在，虽然没有刀光剑影，也可以成为英雄主义的一种模式，而且只有我们自己可以成就这样的英雄主义。

18世纪的“抽象个体”到了乔治•艾略特的小说中则演变成了社会的自我，依靠他人的存在而存在。她的早期作品《米德尔马奇》中的人物，如多罗西、李德盖特和卡索波恩，是自我意识的中心，但结果却成了它的牺牲品。到了创作《丹尼尔•德朗达》的时候，乔治•艾略特开始表现意识与价值、自我与道德之间的矛盾。通过戈兰德科特这个傲慢的贵族形象，乔治•艾略特触及了使文明和有修养的“自我”黯然失色的野蛮主义。戈兰德科特并不缺乏“自我”意识，相反他有着极其充分的意识，但他却以将“自我”用于义无反顾的野蛮而窃喜。

欧文•豪认为惠特曼的诗歌，尤其是《自我之歌》，最为善意而充分地表现了“自我”的观念。惠特曼以舒展、放松的笔调，试着展现“自我”之中隐秘和超脱的结合。追求民主的普通人在他的笔下成为了民主英雄，集个人和群体于一身，体现着美国式的洒脱，即使戴上再多的面具、尝试再多种的角色，也依然能自如地回归那个孤独的自我。惠特曼的“自我”与卢梭的“自我”不同，因为他无意启示或展现什么；惠特曼的“自我”与华兹华斯的“自我”也不同，因为他对具有连贯性和影响作用的历史的兴趣远远不如心血来潮的行动和角色的变换。

现代派文学排斥将“自我”仅仅理解成精神意识的观点，而这一点在劳伦斯的小说中表现得极为明显。他笔下的人物如《虹》中的厄秀拉以其独特的形象和生活方式吸引着读者，“她不能理解，但似乎能感知到很久远的东西。”劳伦斯说他想抛弃那种旧式的稳固的自我，也就是世人所熟知的那个合乎逻辑的自我，转向刻画更深层次的自我，这样的深度是以前的小说所从未达到过的。在《虹》中，劳伦斯竭力表现某种生存状态，小说中的人物能感觉到它强大的力量，但却无法表述。欧文•豪强调劳伦斯的一个特殊观点，即认为除了脑部和神经系统，还存在着另一个意识中心，那是血液意识，性的联系像视觉一样与精神意识相通。那么，劳伦斯所说的“血液意识”跟“无意识”是不是一回事呢？欧文·豪认为不是，因为劳伦斯所讲的是意识的一种变体，这种深层次的意识与无意识完全不同，人们能不时地感觉到它的存在。欧文·豪提出了一个关键的问题：对于习惯了19世纪小说的读者来说，当小说人物退缩到自己的精神世界、沉浸于孤独时，就意味着他的自我正在形成。那么，这种人物退缩到自我“黑暗”空间的阶段能否被看作更新自我的另一种方式呢？我们是否能将劳伦斯的创作理解为激发一系列尝试性的、有联系的、来去自如的自我呢？这一切是否可能就发生在像“血液意识”或者“无意识”这样的深层精神领域呢？劳伦斯意在探索比精神意识更深、更隐秘的自我，同时他又渴望发现一个处于更高水平的自我。所以在他的笔下，自我没有被销毁，也许它一度被丢失过，但它可能转化或者隐匿在集体意识的流动中，而且最终仍会再现。

欧文·豪认为塞缪尔·贝克特是一个极为典型的例子，在他的作品中作为“自我”象征的人物被剥夺或者清除。在他著名的剧作《残局》中，感觉的世界与被掏空的现实并存，人物在这样的临界状态下痛苦着。然而，在贝克特的作品中自我仍然存在着，而且具有非常强大的力量，我们可以听到他的声音、他明晰的语言和尖刻的讥讽：“你必须坚持下去，我坚持不下去了，我会坚持下去的。”

欧文·豪系统地思考了几个世纪以来文学创作中“自我”这个概念所经历的变迁，人物形象从极度膨胀到急剧收缩，作者的意识在作品中从居高临下走向瓦解，最后悄无声息。从卢梭到贝克特，文学中的“自我”意识经历了从积极探询到消极瓦解的过程，虽然这是一个很难用语言表述的问题，欧文·豪还是试图提炼出导致这一变化的主要原因。

第一，有人认为“自我”是男性中心的，是男性主导世界这一传统的表现。虽然这一看法也许有失偏颇，但欧文·豪认为他们考虑问题的角度值得肯定。“自我”可以被看作一个具有自己历史的概念，在大的历史框架下形成一定的叙述话语。如果能认识到这种思考角度的价值，那么也就无须追究“自我”概念是不是男性中心的问题，也许我们同样可以将它视为建立两性平等的基础。

第二，“自我”的观念虽然给孤独的现代人带来了精神上的慰藉，但是这个概念是现在的后象征语言观，即认为语言自持自主的观念所不能认同的。自尼采以来，哲学领域就有排斥“自我”的倾向。可是，纵观近两百年的世界文学，在许多著名作家的笔下，“自我”的观念是作品的核心内容。就连尼采自己，虽然有时是那么地蔑视“自我”，但是在另外一些时候却又试图弥补。“自我”这一概念是无法摈弃的，除非真正放逐了自我。欧文•豪认为至少在文学领域，这一历史见证有着举足轻重的意义。

第三，理查德•波里尔曾用类似爱默生的风格写道：“自我”观念，既然被定义了，也就被固定了，从而阻挡了自我之外的更多可能性，它关闭了一系列“循环”当中的一个，而那些“循环”是爱默生主义的纲领性内容。欧文•豪对此提出了疑问，坚守“自我”的观念难道真的排除了爱默生所谓无尽“循环”的可能性吗？难道“自我”不会随着那些“循环”的延伸而扩展，从而实现超越个体的广博的“自我”意识吗？

第四，对“自我”观念最有力的打击来自于人文自由主义的历史缺陷。欧文•豪引用了福柯的两段话：

> 我认为人文主义指的是一套完整的话语，通过它西方人被告知：“即使你不行使权力，你仍然可能是一个统治者。更妙的是，你越拒绝行使权力，你就越容易服从那些当权者，如此以来反而越发独立。简而言之，人文主义是西方文明中限制人们权力欲望的一切内容。[41]

> 如果能认为“人”是近年来的一个发明，只有不到两百年的历史，是我们知识中新的一页，而且一旦我们的认知能力又捕捉到一种新的

形式，“人”的概念就将消失，那么实在将令人如释重负。[42]

欧文•豪认为福柯的第一段话与“资本主义民主只不过是阶级统治的伪装”的观点不谋而合。第二段话则听起来有些玄乎，我们只能拭目以待，看看什么样的“新形式”会取代“人”的概念。但是欧文•豪觉得福柯为什么提出这些问题并不那么重要，关键是为什么在这个历史时刻他的这些话听起来那么令人信服。难道我们已经来到了一个历史临界点？我们有可能解决关于“自我”的问题吗？我们是不是只能坐观两套完全不同的话语就“现代经验”的问题争论不休，等待新的启迪呢？

的确，对“自我”观念的认识一直是人类走向解放和革命的关键步伐，“自我”的问题也是每一个作家都在积极、或者下意识地思考和表现的问题。第二次世界大战以后，萨特的存在主义传到了北美，使美国作家开始认真思考“自我”、“自我”与宇宙、“自我”与上帝的关系。萨特宣布存在先于本质，没有上帝，也没有固定的一成不变的人性；人是完全自由的，完全可以自我设计。正是这种自我设计的责任感使人感到焦虑和恐惧。这也正是福柯认为人类如果摆脱“人”的问题将如释重负的原因。第二次世界大战以后的美国小说主要探索个人的存在在一个后现代社会中的意义。美国战后的一代作家，特别是诺曼•梅勒，发展了一种包含存在主义和荒诞色彩的新现实主义。欧文•豪带着强烈的历史意识对文学中“自我”这一命题进行了系统的思考和梳理，从这一角度去研究文学是永远不会过时的，因为人类对这一问题的思索将会永远继续下去，文学作品中对“自我”的探究也将永远地继续下去。反之亦然，人类对于探索“自我”的兴趣也使得文学在任何时代都具有鲜活的生命力。

欧文·豪的历史文学批评

1 欧文·豪的批评风格

与欧文·豪激进、凌厉、立场坚定、毫不容情的政治评论相比，他的文学批评有着完全不同的风格，可以用保守、平和、灵活、宽容等词来概括，不拘泥于任何的理论和流派，同时不失批评的深度和敏锐性。这当然和欧文·豪的学术背景有关。他既非受过正规学术训练、拥有博士学位的学院派，又非仅仅是个专职报刊撰稿人。因此，他的评论介乎两者之间，取长补短。他的批评有着严肃学者的深度和学识，但不会过于迂腐、墨守成规；同时他拥有独立撰稿人那样吸引读者注意的能力，但又不沾染肤浅之气。欧文·豪在撰写文学批评时自始至终都坚持用平易的语言，而不去套用各种各样的批评理论。他曾在一次访谈中称他和其他纽约知识分子认为知识分子应该是反专业化的（anti-specialist），作家（广义上的作家，包括为报刊杂志等撰文的文学评论家等）应该自由穿梭在各种理论之间，做个浅尝辄止的鉴赏家[1]。他称自己文学评论的风格属于“纽约巴洛克”——高雅文字和街头俚语的混合体[2]，而他最为得意的是别人称赞他的评论“直接、简洁”[3]。也正因为如此，欧文·豪的文学批评语言生动，富有感染力。

在欧文·豪看来，批评的任务就是要仔细阅读，认真做笔记，勾勒小说或诗歌的格调，发现文本与众不同的特点，以个人的观点对作品进行解读，不需要借助深奥的理论或特定的批评方法。欧文·豪一直认为，“T. S.艾略特的话‘批评唯一的方法是悟性和慧眼’道出了批评的真谛[4]。而他自己的批评也一向遵循这一原则，因此罗登称他为“敏锐的、非常具有洞察力的读者”[5]。

在批评的原则方面，欧文·豪赞同马修·阿诺德（1822—1888）提出的批评的公正性原则（disinterestedness）。阿诺德在1865年的文章《当前批评的功能》中将批评的公正性定义为一种能克制冲动，通过审视和思考逐步进行更为合理的转变的客观性。他认为批评要本着公正的态度，不带任何派别偏见，注重研究对象本身，而不带任何功利的色彩。但是，令人遗憾的是，在工业社会以及后工业社会中，批评家已经不再是纯粹的批评家，而成了文化的代言人、道德的预言家及政治上的反对党。[6]欧文·豪早期潜心研究现代主义文学，后来他的文学批评原则逐渐演变、扩大，重视文学的人文关怀和伦理价值。不过，可以肯定的是，欧文·豪绝不会因为作者的政治立场不同而断然否认其作品的美学价值，也不会信奉艺术至上的原则而忽视艺术的社会功能。因此欧文·豪的批评汲取了美学批评、社会意识形态批评和伦理批评之中值得肯定的优点，又避免了过于狭隘的派别论，是一种开放的批评模式。

作为一个评论家，欧文·豪的优点在于他从不轻易盲从任何的批评流派。如果真要探究他的批评方法，那便是T.S.艾略特所说的依靠“智慧和悟性”，毫不装腔作势，不拘泥于理论的桎梏，用心地去探究小说的本质。正如索林指出，欧文·豪始终坚持认为生活是小说的主题，而文学是文学批评的对象。因此他的文学批评总是表现出对美的尊重，对历史的忠诚，对于20世纪60年代以来西方文论中炙手可热的后现代主义文论及其深奥的术语从不理会，也反对将文学批评变成探讨性别、种族和阶级问题的社会学研究。此外，欧文·豪坚持认为批评是一种道德的学科，反对将文学批评与党派纷争混为一谈。[7]

欧文·豪在文学批评方面的反理论性早在20世纪50年代就已初露端倪。在他那篇著名的文章《这个顺从的年代》中，欧文·豪对于文学批评领域中越来越普遍的傲慢、无知和狭隘深感不满。他认为大学文学系很多研究生学习文学的目的不是为了帮助他们更好地创作诗歌、改变世界或者研究人和上帝，而是一心想做个批评家，“就好像批评可以作为一门学科，就好像人没有其他选择就可以成为批评家，就好像光凭批评‘本身’就能足以让成年人在醒着的时候有一小部分时间有事可做似的”[8]。许多从事批评的人对弗洛伊德、马克思、尼采、杜威等人的思想毫不关心，而只是把他们的理论作为“批评的方法”，熟谙“兰塞姆对于温特斯关于艾略特的批评如何评论”[9]。欧文·豪认为从这种套用理论、掉书袋式的批评中人们读不到任何新的观点，读到的只是对特里林、温特斯、利维斯、布鲁克斯等人的学徒式的重复，体现了观点和品位的官僚化。文学归根到底反映的是人和人的经历，可是从事批评的人却对此毫无兴趣，把它视为过时的观点。他们不是对文本进行研读，而是通过文学批评间接地来了解文学作品，还自认为是在对文学这一领域进行进一步开拓。文学被纳入结构和象征的体系。结构、象征之类的阅读技巧确实在一定程度上可以帮助读者更好地理解文本，但现在却成了教条。欧文·豪对此深表担忧。他认为某一篇文学评论反映的只是某一批评家对于特定文本所持的个人观点，因此是不完整的，带有主观性，现在却像在百货公司打折出售的商品，可供人选购、使用。

更令人担忧的是，文学批评已经成为一种产业，炮制出一大堆评论家本人不想写、读者们不愿意读，对文学、批评及研究毫无益处的著作。这种批评方法官僚化趋势还存在着另一个弊端，即批评的学术化和对文学批评标准的垄断，导致那些不属于任何理论派别、为普通读者写书评的文人越来越少。就这样，文学批评更加囿限于此消彼长的理论，而逐步将普通读者拒之门外。除此之外，在20世纪80年代，许多文论家们开始通过质疑和解构文学创作本身，以使自己和作家们平起平坐，使文论获得一种可以脱离文学而自给自足的地位，甚至试图凌驾于文学创作之上。对于批评和文学之间的关系问题，欧文·豪和他的导师马修·阿诺德一样，认为虽然文学批评在某些特定的历史关头比文学创作更为迫切，但是从长远来看，文学创作是两者中的本源，绝对占有更为重要的地位，而欧文·豪本人也更看重针对文本的实践性的文学评论，而始终对文学批评理论抱怀疑的态度。在教学中，他也坚持自己一贯的批评原则，鼓励学生不拘泥于方法和理论，用个人的感悟去解读作品。而在欧文·豪步入晚年之际，他仍然不忘记自己文学批评家的职责，不遗余力地投身于拯救文学、号召文学批评回归文学本身的战斗。

2 欧文·豪的批评理念

2.1. 批评的出路：超越流派、兼收并蓄

20世纪是一个新思潮、新理论空前活跃的时代。20世纪上中叶新批评派文论、结构主义诗学理论的盛行将文学批评推向形式主义的高潮，而到了下半叶马克思主义文论、解构主义和后现代主义的影响又使得越来越多的批评家们重新将文学放入意识形态的大框架下加以审视。这两股批评思潮的交锋曾经大大丰富了文学批评的学术气息，但同时也渐渐地将文学批评引入困境，淹没了许多不属于任何流派的真知灼见。

英美新批评派在世界文论界产生过相当大的影响。我们甚至将20世纪的美国文论等同于新批评派。在科学主义和形式主义占主流的那个时代，欧文·豪的批评观显得相对保守，属于非主流的一派。欧文·豪以及其他的纽约公共知识分子坚持从社会文化和思想观念的角度出发解读和审视文学作品，他们的批评方法往往被界定为意识形态批评、社会批评或是文化批评，也就是与形式主义批评相对立的一派。然而，欧文·豪的批评思想其实并不能如此简单地归类，确切地说，他是一位试图另辟蹊径的探索者。欧文·豪在他的《一线希望：思想的自传》中表达了他迷茫的情绪，处于动荡时期的他似乎无所适从，眼前希望渺茫；然而欧文·豪通过梳理自己的思想历程，又似乎让读者看到了如题所示的“一线希

望”。他在文学批评理念和模式上的探索更是具有深远的意义，为批评界带来一抹亮光。

欧文•豪认为美国现代批评始于1915年范•怀克•布鲁克斯发表的《美国的成年》（*America's Coming-of-Age*），因为该作品激发了美国文学批评对严肃性的追求，导致美国批评界摈弃温文尔雅的传统，呈现严肃批评的氛围。20世纪上半叶的美国批评界主要受到两股思潮的影响：心理分析的文学批评和马克思主义的文学批评。在欧文•豪看来，这两股批评思潮虽各有长处，但都具有一定的局限性。心理分析批评的积极意义在于捕捉和研究人类想象力如何为语言所表现或扭曲，它能突破性格的表象，探究潜在的行为模式，从而揭示人类隐藏在社会面具下的真正自我。这一流派的致命弱点则在于将文学与历史剥离，忽略文学中的社会经济因素，回避道德问题，将文本局限于狭隘的心理学范畴，从而破坏了艺术作品的完整意义。马克思主义批评在揭示文学作品潜在的社会意识形态含义方面具有明显的优势，然而当涉及具体的文学问题、涉及文学自身的美学价值时，则显得有些僵化和不足。

继心理分析批评和马克思主义批评消沉之后，美国批评界愈唱愈响的是新批评派的声音。欧文•豪对于新批评的肯定主要有两点：该流派强调文学作品内在的统一连贯性；他们努力将批评家的目光引向作品本身。他认为新批评派的不足之处主要在于实践者们似乎有意将一切文学作品都当成抒情诗般推敲，简化了文学体裁的意义，并且因为过于看重诗歌的隐喻性，对其兼有的模拟性或者现实性评价不足。同时他还意识到了新批评最尴尬的一面，即理论上提倡批评家像技师一样对文本形式作出客观的分析，但在批评实践中无法摆脱个人经验的影响，不自觉地介入道德哲学的层面。他们的批评路径无可厚非，问题在于他们常常不由自主地游离于既定的界限之外，这正好体现了他们所选路径的局限性。

欧文•豪还认为“新批评”的成功导致了批评界的“步调一致”，认为大学教育的建制化和“新批评”的那种文学教育体系只会导致文学世界的意见和趣味日渐官僚化。他说，在这个步调一致的时代，文学本身变成了批评家组织其结构和符号图式的材料；谁要是认定文学关涉的不过是人类经验这类粗俗的东西或人类存在这种再平凡不过的东西，就有被指斥为异端的危险。随着批评越来越关注诗歌结构，甚于关注人类经验，批评已成为一种以工具、方法、秘诀来完成的机械操作。

欧文·豪认为批评流派之间的理论相争使得现代批评缺乏普遍的标准和观念。他对以上批评主流的优劣加以冷静的思考，尔后致力于探索一条更趋合理的批评之路。欧文·豪在1958年出版的《现代文学批评文集》中极力推崇对当代各家流派取其所长、兼收并蓄的观念。他甚至预言："如果在今后几年里我们的批评的确呈现出我现在所设想的局面，即打破批评流派的界限，趋向于多元共生，巩固最新的成就，不刻意追求文风和腔调的话，那么美国最好的批评家们便能更贴近美国文学本身。"[10]

事实证明欧文·豪的预言是正确的。20世纪50年代以后批评界纷争迭起的激烈氛围有所缓和，有相当一部分的批评家不再像他们的前辈那样争当先锋，力创全新的理论流派，他们温和包容地吸收各家的长处、从中受益，然后发出自己的声音。欧文·豪对这一批评个人化的现象予以肯定，他认为批评应该是个人的艺术，是个人面对文学作品时激情和洞察力的迸发，它绝不应该是群体或是流派发出的声音。很多现代批评家为了彰显自己的观点而淡化了作家的声音，人们读到了批评家的智慧，可是领略不了他所论及的诗歌或小说的价值。这些批评家显然忽视了一个不容质疑的事实：读者之所以接近批评作品是因为他们对批评家所评论的文学作品感兴趣。因此当代批评家只有摈弃功利思想、对既有的批评理论兼收并蓄、表达自己真诚的观点才能使批评之路越走越宽。

欧文·豪的这一批评理念与他的种族观念和政治态度是相一致的。虽然他一生中对犹太性和社会主义的态度都显现出起伏变化的轨迹，但是自从他脱离了托洛茨基的派别政治以后，他思想观念中对派性的排斥就始终未变，因为他越来越感觉到派系争斗给人类带来的矛盾和灾难，认识到只有人与人之间的亲善才能使人类真正地认识自我，从而与恶劣的现代社会环境相抗争。在世人眼中，欧文·豪是极端激进的，因为在他那一代美国人当中，很少有人像他那样执著于社会主义理想，然而，很多人没有意识到的是欧文·豪激进的外表下跳动的是一颗追求和谐和真理的心。这种对和谐和真理的追求在文学批评上的反映就是对流派之争的排斥，对“兼收并蓄”的提倡。

虽然欧文·豪在《现代文学批评文集》中多次强调“兼收并蓄”，但他并不是简单地糅合前人的成果，他对文学批评其实有着自己一贯坚持的独到见解。欧文·豪认为在批评界争创流派、标新立异的氛围中，批评正背离它最根本的宗旨，即文学批评应该针对文学本身。欧文·豪认为批评是写给文学读者看的，文学批评应该回归文学作品本身，就文学的思想内涵及其真正的文学性而谈。他强调无论采取何种批评手法，文学批评最重要的是对作家精神世界的领略，与读者分享对作品的见解和感受，批评者和阅读者均能从中获得满足。他反对后现代主义的繁复晦涩的理论化倾向，同时他又想弥补马克思主义批评将文学性局限在意识形态领域的不足。

生活是文学的灵魂，文学的思想性和文学性本来就是相互交融、不可分割的。而文学批评应该针对文学本身，也就是说文学批评既要挖掘作品中的社会、政治和文化内涵，也要探究该内涵的表现形式。欧文·豪的文学观和他所倡导的批评精神似乎是极其普通的，但形式主义和马克思主义批评家们的确在不同程度上对这一点有所忽略。“众里寻他千百度，那人却在灯火阑珊处。”正是这显而易见的朴实理念使欧文·豪的批评作品具有经久不衰的艺术生命力。欧文·豪的贡献除了他活跃的思想、生动的文字和独到的见解给读者带来的享受和启发外，更大程度上在于他在理念和方向上对文学批评的探索，引导当代文学批评走出形式和内容二元对立的误区，返璞归真，发挥文学批评最大、最本真的价值。

2.2. 批评：个人的艺术

在《威廉·福克纳批评研究》一书的序言中，欧文·豪曾经明确地表达了自己的批评观："我认为文学批评最终必须建立在个人的判断和表述上；一本评论专著的价值，多半取决于它是不是有始有终地呈现出一位读者的思想。"[11]欧文·豪的这一批评理念在一定程度上是受到19世纪英国批评家黑兹利特的影响。黑兹利特特别提倡从印象出发的评论，认为评论就是传递评论家的个人情感。欧文·豪强调批评家首先必须是一个充满热情和智慧的读者，他有一定的思想境界，又有相当的文学素养，这样他的批评才能有感而发，有的放矢，也才能拥有真正的读者，发挥一定的社会影响力。虽然这个观点并不是欧文·豪的全新创造，但是他对这一观点的捍卫和实践对于当时批评界理论迭起、难断优劣的局面具有一定的扭转作用。他自己首先恰恰就是一个十分真诚的读者、一个享受阅读过程的读者。他的文学批评不是为了树立一个新的流派或者提出一个新的理论，而是为了表达文学所赋予他个人的对社会和人生的洞察力和判断力。他个人的批评虽然没有在理论界掀起像"新批评"那么大的波澜，但却如涓涓细流润泽了文学读者的心田。

从欧文·豪批评文集里所选择的批评对象上我们就可以领略他较为个人的视角和评判文学的标准。他所评论的作家当中有相当一部分已经或从来不被批评界所青睐，但是他却能以真诚的语言和敏锐的分析使读者对他们另眼相看，改变以往对他们的忽视或偏见。欧文·豪曾以他典型的个人视角，试图为美国诗人埃德温·阿灵顿·罗宾逊重新树立在文学史上的地位。在美国文学史上罗宾逊虽然远没有罗伯特·弗罗斯特那么举足轻重，但是欧文·豪觉得他的作品里包含着丰富的人生内容和动人的悲剧意识，这一点是弗罗斯特所不能比拟的。弗罗斯特的作品体现了语言的凝练，但罗宾逊在道德细节和洞察力上则更为出色，而这正是欧文·豪所崇尚的文学价值，他总是尽其所能地在文学评论中体现和彰显这样的价值。他对罗宾逊的评价正是基于他的个人感受而不是所谓郑重其事的“批评”，他认为真正的文学批评要发出个人真诚的声音。作家并不只是依靠理论界的重视才能发挥其影响力，“像罗宾逊这样的作家活在他们的作品中，被那些手捧一卷老书却不觉寂寞的读者所不断回味着。”[12]

欧文·豪早期的论著如《舍伍德·安德森评传》、《威廉·福克纳批评研究》、《政治与小说》和《托马斯·哈代批评研究》虽然在批评模式、批评话语等方面也都可以归入某些学术传统内，但是他的批评始终与周围正在崛起的职业化话语模式保持着距离。欧文·豪谨慎地注意着新批评的势头以及后来的神话批评理论，他也看到了以“原罪”的概念来阐释文本的时尚。所有这些批评流派在欧文·豪看来只不过是一时的潮流，一旦走出学术圈的围墙，就会被外界的冷空气无情地吹散。欧文·豪的批评始终是他极富个性的思想的自由表达，不管是文章还是专著，欧文·豪都无意做出具有结论性、定义性或者全方位的判断，他只是发表着个人清晰、尖锐甚至带有偏见的观点。也正因为如此，欧文·豪的批评虽然在当时的学术圈内显得有些老套、落伍，却能得到普通读者们的喜爱，而且随着时间的推移和批评界理论热的冷却，他的批评思想在学术界也正得到越来越多的肯定和重视。

在后来的岁月里，欧文·豪也曾评论过几代美国犹太小说家，因为他们的根基和观念与他自己血脉相连。他写过爱默生、霍桑和惠特曼，觉得他们的超验主义理想虽然遥不可及，但是总能对他产生影响。他还以个人敏锐的文学经验，评论那些曾经知名但逐渐淡出人们视线的19世纪英国小说家，如沃尔特·司各特和安托尼·特罗洛普。文学批评是个人的艺术，这也就意味着批评不应约定俗成，不应老调重谈，而应该表达个人真实的鉴赏力。批评家的个人经验和情感就象新鲜的血液一样，不断将它注入对文学的理解中才能使文学的生命力永远旺盛。在谈论自然主义的一篇文章中，欧文·豪对人们惯常使用的、通过研究和应用与自然主义文学密切相关的思想理论来理解这一流派的做法提出了质疑，他觉得批评家更应该把注意力放在对文学兴味的品评上。当美国小说家史蒂芬·克莱恩说"环境是了不起的东西，它常常无所顾忌地塑造生活"时，他其实是在根据自己的经历和观察表达强烈的个人印象，而不是在阐述所谓的环境决定论。

2.3. 批评的目的：与普通读者的交流

欧文·豪对文学批评界的一大忧虑是近年来批评界耽于高深的理论、忽视普通读者的趋势。早在1958年，欧文·豪就曾感叹批评家因为脱离大众而导致文化的衰退。后来，他在多次访谈中都谈到这个问题，还曾在《新共和》上专门撰文《批评家的叛变：有谁看到普通读者了吗？》（1989）探讨这一现象（这篇文章后来被更名为《普通读者》，收录在1994年出版的《批评家笔记》一书中）。欧文·豪认为，大多数文学人士目前都在大学的围墙内工作和生活，他们对普通读者丧失了信心，甚至毫无兴趣，以至于鲜有评论家还在为普通读者写作。在文学评论的学术圈里，理论意识空前强大，文论家们都热衷于批判已有的批评理论或者创立新的批评流派，大家在意的是自己的言论是否能引起理论界、学术界的注意。还在乎普通读者的人被视为老古董，因为他们跟普通读者一样，还老套地把故事当成纯粹的故事来享受，甚至还天真地认为故事中的人物与现实生活中的人有着紧密的联系。但是对欧文·豪来说，普通读者比那些学术圈内的读者更重要，因为普通读者的阅读更多是出于个人兴趣，因此批评家的评论对这样的普通读者来说更为重要，批评家甚至有义务去引导、塑造这样的普通读者。此外，欧文·豪还认为一个评论家首先就是一个普通读者，而且他把对普通读者的态度问题与民主主义思想联系在一起，认为对普通读者的忽略是丧失民主精神的一种体现。

欧文·豪从约翰逊博士那里找到了对他这一观点的支持。约翰逊在关于诗人格雷的文章中曾说过，他从与普通读者的相通中感到快乐。因为普通读者的常识没有受到文学偏见的腐蚀，文学创作的成就和优劣要依据普通读者的感受来决定，那些微妙的语言形式和教条主义的学识应退居其后。但是，所谓的普通读者到底指的是哪些读者呢？18世纪英国文人詹姆斯·巴斯克认为约翰逊博士所称的普通读者不应被理解为一种单一的人群，他的脑海中其实想象着许多不同类型的读者，在某一部作品中他可能指这群人，在另一部作品中他可能指另一群人，而有时也可能是指他们全体。另一位学者克莱伦斯·特雷西则相信约翰逊博士所谓的普通读者是指"基本的人"，是17和18世纪的思想家们所苦思冥想的隐藏于现实人深处的普遍品质，虽然实际上约翰逊博士常常将普通读者与中下层阶级相提并论。而在其他一些学者的眼里，约翰逊博士的普通读者其实指的是那些以阅读为乐的人，那些不是为了向朋友吹嘘或者出于某种功利目的而阅读的人。欧文·豪认为虽然大家对约翰逊博士提出的普通读者的含义有不同的理解，但是有一点是可以明确的，即普通读者不是职业化的，不是大学教授，通常不懂什么拉丁文。也许这样的普通读者只是一个假设的人群，实际上并不存在，但他们身上具有一种原始的阅读欲望，能代表大众的普遍文化兴趣。弗吉尼亚·伍尔夫在她的散文中也曾对20世纪的普通读者进行过讨论，并将其定义为不同于批评家和学者的人。这样的普通读者纯粹出于兴趣而阅读，而不是为了传授知识或是修正别人的意见。其实，伍尔夫在表达如此看法时，她和她的那些"布鲁姆斯伯里团体"的人恐怕已经感觉到了一种危机，觉得这样的普通读者正在从视野中消失，他们在第一次世界大战以来日趋职业化的文学生活中越来越无法立足，而排斥他们的一股强大的力量来自现代主义文学。现代主义文学以其颠覆传统的特点吸引了一个特有的读者群，一群专门以现代主义为研究对象的职业化读者，形成一个封闭、排外的文学批评圈，并认为正是普通读者和爱好阅读的文人对文学所进行的未经专业训练的评论使文学评论沦为"印象主义式的喋喋不休"[13]，而普通读者则很难将他们毕生的精力都投入到研究《追忆似水年华》这类晦涩难懂的现代派小说中去。

欧文·豪认为在两次世界大战之间的那些年里，文学读者的队伍呈现出分裂式的增长，出现了较前种类更为复杂的读者群，有文学季刊的忠实读者，也有《哈泼斯》、《星期六评论》之类期刊的读者，另外介乎两者之间的《纽约客》至少也拥有一小部分对文化批评感兴趣的读者。第二次世界大战以后，像埃德蒙·威尔逊、W.H.奥登、德怀特·麦克唐纳和玛丽·麦卡锡等资深作家的文字开始出现在《纽约客》上，于是要想为普通读者划上清晰的界限就变得更加困难了。唯一的区别在于文学季刊和政论周刊还以思想交流和辩论吸引着读者，而《纽约客》的编辑则向来视他们所刊登的文章为毋庸置疑、不可辩驳的定论，对反对的意见置若罔闻。1963年欧文·豪曾因《纽约客》发表阿伦特关于艾西曼审判的文章而致信进行质疑，但《纽约客》断然拒绝刊登他的读者来信。因此，《纽约客》的读者在编辑的眼里实际上仅仅是消费者和被动的接受者。其他一些刊物，如《党派评论》、《肯尼恩评论》、《民族》、《新共和》和后来的《纽约书评》，则在文化交流的大潮中继续漂流着。20世纪40、50年代在美国涌现的一批批评家们有很多还是相当重视普通读者的观点，因为当时知识界仍然存在着一种反对大学和学术专家的潮流。虽然当时一些重要的批评家并不回避高深的话题，但是他们写评论时还是十分注意可读性，力求观点明确清晰。比如，当时著名的新批评家代表之一艾伦·泰特就曾说过："批评的文体应该像人脸上的鼻子一样让人一目了然。"[14]不过，值得注意的是，普通读者这一模糊、多变的概念已经发生了变化，涵盖的范围也日渐缩小。对《党派评论》和《肯尼恩评论》的批评家们来说，普通读者指的是非文学、文论专业的少数读者，比如社会科学和人文专业的大学教师、对文化感兴趣的科学家、有一定文化素养的左翼政客或者梦想成为作家的学生等等。这些批评家们希望自己仍然拥有除同行以外的读者群，他们是一群为了启迪思想而阅读批评作品、自觉与纷争不断的学术界保持一定距离的读者。

不过，自20世纪50年代开始，美国的自由职业批评家们纷纷收到大学的聘书，从此获得了稳定的地位和收入，成为欧文•豪所称的“拥有终身教授职位的游击队员”（guerrillas with tenure），这是美国现代文化史上的一个重要转折点，也正是这一历史性的变化使得批评家逐渐远离了普通读者。后来的几十年间，学术界不断涌现出一些年轻有为、胸有成竹的文学教授，普通读者在他们的头脑中无足轻重。他们将自己的学术文章发表在那些只有同行才可能阅读的期刊上，并且觉得对这样的现状安之若素。虽然是文学教授，他们更着迷于抽象的文学理论，而对主要的小说家和小说文本毫无兴趣，而他们教出来的学生也对德里达、希苏等人的理论比对狄更斯或乔治•艾略特的作品了解得更多。欧文•豪将这种现状称为“行业精英主义”（craft elitism）。于是，文学评论走上了一条在纯理论层面上挣扎的道路。

欧文•豪分析了导致这一趋势的几个主要原因。首先，近几十年来，所有的学术领域都出现了一股内向化、专业化的趋势，也就是说，每个学术领域沉浸于本行业内部的研究程序、规则和争议。文学批评领域也不例外。其次，在知识分子阶层中存在着信念日渐衰微的现象，更不用说意识形态的退化。文学理论被复杂的怀疑主义、有时甚至是虚无主义所左右。另外，文学理论界某些大家的思想在自然而然地影响着年轻一代的批评者，正如他们年轻时也曾受到老一代权威的影响一样。除此之外，现代大众文化的兴起和发展等社会现象对普通读者的隐身也起到了一定的作用。电视对文学的日益严重的侵害、杂志的粗制滥造、教育体制的弊端、反知识主义的本土传统、反文化潮流对无知的纵容、善始善终的政治文化群体的瓦解，以及受教育阶层坚定信念的丧失，这一切都导致了普通读者的缺失以及学术界对普通读者的漠视。

在这些原因的共同作用下，一个文学理论家无须从事不足挂齿的具体评论，也不必费心考虑纯粹文学的问题，他只需在学术圈内自圆其说，与同行理论家论争，不再需要关注所谓的普通读者。他们心安理得地将理论进行到底。欧文·豪对此现象忧心忡忡，他提出了一个更深层次的问题：如果文学学术圈中的人几乎得不到圈外人的批评质疑，对更广泛的文化领域漠不关心，只在自己的狭小空间生存和研究，那么由爱默生、惠特曼和自他们以后的美国批评家们所提倡推动的民主文化的思想将何去何从呢？

在欧文·豪的心目中，民主文化的思想意味着文化必须从学术圈向社会延伸，并不是靠坚守民主政治就可以实现的。民主文化是爱默生、惠特曼等文化前辈所树立的理念，是美国文化的良好传统，现代人不应抛弃这样的理想。更何况，这一传统在美国文化的土壤中如此根深蒂固，人们并没有那么强大的力量可以轻易将它抛弃。欧文·豪认为民主文化也许可以被理解为一种更加远大、更加困难的理想，那就是在作家与那些没有学术背景、未经专业训练，但却积极、自主、有着阅读热情的大众间建立起紧密的联系。这样的普通读者也许不多，但是却能为作家提供源源不断的创作热情和反馈信息。批评家们也许应该学会再一次面向普通读者说话，就好像他们依然举足轻重，依然随时会做出回应。这些普通读者是诗歌、小说的读者，并非批评文章的读者。如果这样的普通读者难觅其踪，那么批评家的首要任务就应该是设法为他们的涌现而创造条件。

基于这样的理念，欧文·豪的文学批评一向介于学术研究和介绍性评论之间，用直接、简洁的语言与读者分享阅读经验，与读者进行坦诚的对话。也正因为如此，他认为自己只是一个“文人”或者“文学知识分子”，而不是一个“研究者”，也从未在学术性刊物上发表过研究论文。[15]他力图在高雅文化和大众文化之间构建一个既有思想活力又面向大众的“中间文化”（mid-cult）。虽然有评论家认为欧文·豪只是一个天真、缺乏理论深度的读者，但是欧文·豪始终坚持自己的理念，坚持平实的批评路线，以开诚布公的态度保持文学批评的纯粹，表达对读者的尊重。

2.4. 批评的对象：基本文学性

既然欧文•豪认为批评是个人的艺术，应该摆脱理论流派的纠缠，兼收并蓄，返璞归真，与那些真正关心文学和生活、以思考人生为需要和乐趣的普通读者进行精神上的交流，那么欧文•豪必然要考虑的一个问题就是：批评的对象究竟是什么？批评到底如何进行？他的答案是文学批评的真正对象应该是文学本身，是作品中所蕴涵的基本文学属性。批评家不能为批评而批评，不能认为批评可以脱离文学而独立存在，当然更不可以让批评凌驾于文学之上。无论采取何种批评手法，文学批评最重要的是表达对作家精神世界的领略，与普通读者分享对作品的独到见解和感受，与读者分享文学作品的独特魅力，并从中获得满足。许多现代批评家为了彰显自己的观点而淡化了作家的声音，人们读到的是批评家的智慧，可是领略不了他所论及的诗歌或小说所特有的文学价值。基于这样的理念，欧文•豪的文学批评并不追求所谓的理论高度和学术价值，字里行间充满着他阅读文学作品时产生的对如何生活以及如何看待生活的感悟，因为他坚持文学最基本的属性是对生活的表现。

欧文•豪在他那本出版于20世纪50年代的《现代文学批评文集》中选录了自己关于诗人沃尔特•惠特曼的一篇评论文章，以惠特曼批评为例分析了文学批评的一些误区。欧文•豪在文章的开头便指出：批评界对惠特曼的成见使得人们很难再把他当成一个纯粹的诗人来看待，也几乎无法公允地去阅读和评价他的诗歌。所谓成见指的是批评家们对惠特曼的两种基本定位，一种将他标榜为公众代言人，另一种则把他称为性捍卫者或性解放者。欧文•豪清楚地表明这样的定位因树立了惠特曼的公众形象而模糊了他诗歌当中的真正精彩之处，结果只能使诗人远离了他的读者。他还犀利地指出这两种观点相互之间的排斥性正有力说明了这样的批评方法存在很大的局限性：将惠特曼看作民族诗人的一派对他那些关于性的诗歌嗤之以鼻，而将惠特曼看作性解放者的一派则好像对他的社会角色置若罔闻。片面的意识形态批评容易使人们走入误区，戴着有色眼镜浮于惠特曼诗歌的表面，因此欧文·豪感叹道："很少有伟大的诗人像惠特曼那样连人带诗遭到如此简单化的定位。也很少有人像他那样在露骨的狂热崇拜声中由先知沦为牺牲品。其实惠特曼本人到了年迈之际也对他的崇拜者们心生厌倦，在作品中不动声色地暗暗嘲弄他们。"[16]

作为对比，欧文·豪也肯定了两篇他称之为"一流"的评论惠特曼的文章，作者分别为莱斯利·菲德勒和理查德·蔡斯。菲德勒在欧文·豪眼中的可取之处在于他没有主观片面地将惠特曼认定为一个先知或是一个性解放者，而是客观、睿智地梳理了以往对诗人的批评。他的文章能在读者心中重新唤起对惠特曼的兴趣。欧文·豪最欣赏的佳作是蔡斯的文章，因为蔡斯笔下的惠特曼与以往批评家们所树立的惠特曼形象大相径庭，他有着"分裂的、多重的人格，是一个游离于逢迎和怠惰、惟妙惟肖的模仿和热情狂热的灵感、审慎的常识和思辨的洞察力之间的复杂混合体。……"[17]欧文·豪认为虽然我们无从证实蔡斯对惠特曼的剖析精确与否，但他的评论至少已接近于我们从诗歌当中所感受到的那个真实的诗人。所以欧文·豪在文章中呼吁："别再提什么预言和哲理了，读读这些诗行吧，它们那么优美，多值得一读，它们就是诗歌，不是什么别的！"[18]

超越流派的想法在欧文·豪对惠特曼的评论中已经有所体现，只不过在如何使批评返璞归真的方法上仍然处于探索阶段。惠特曼暮年曾用"诡秘"这个词来描述自己，他的传记作者们大都认为他指的是自己的性史，但欧文·豪却敏锐地感觉到这个词既概括了他的生活也概括了他的作品，认为在诗歌中惠特曼不断将隐秘而矛盾的自我悄悄流露于字里行间，文学是他"诡秘"地表露自我的主要方式。欧文·豪的这一批评角度顿时使对惠特曼的整体把握成为可能。读者不再需要从惠特曼到底是坦荡的公众代言人还是诡秘的性捍卫者这两个观点中选择一个立场，他们顿时理解了这两种观点共存的原因，也理解了惠特曼人格的矛盾性。欧文·豪的批评理念在当时是明确的，但是在阐释惠特曼的诗歌形式与他的人格、思想的内在联系时还显得有些粗糙和牵强。当时在欧文•豪的眼中，批评家最重要的素质是学识渊博、富有洞察力、公正不倚和充满爱心。方法和技巧在他看来是次要的、不必刻意追求的东西。批评的目的不是显示剖析文学的技巧，批评家首先是一个读者，他将自己对文学作品以及社会人生的感悟悉心传达给其他的读者，寻求共鸣。对于思想和技巧孰轻孰重的问题欧文•豪有过这样形象的断言："要说人类永远不可能发明出文学批评的机器可能过于武断，但我们至少可以自信地说，倘若真有这样的机器，它断然不能取代那些思想深刻、反应灵敏的批评家面对艺术作品时的激情和睿智。"[19]

欧文•豪用了三十多年的时间来探讨文学作品的复杂性和微妙韵味。这一点在他的大部分批评作品中都表现得很明显。到了晚年，心态日渐平和、生活的重心不再围绕追求明确的目的之后，欧文•豪开始享受一种不带任何功利性、纯粹的阅读乐趣。他在这个时期所写的文学评论更加随性、选题略显零散，有的文章甚至只表达了思想片段。不过也正因为如此，这些评论和随笔也更加真切地展示出欧文•豪作为纯粹的批评家、纯粹的读者的文学喜好。从这些评论中，我们可以看出他开始把注意力转向对小说艺术基本原理的探索，思考文学作品中的基本文学性的问题，产生了一些精辟的认识。他发现一些经典作家晚期的创作虽然不如他们鼎盛时期的代表作那么具有影响力，但是这些作品中却包含着一些更为本真的文学特质。一个作家如何能在宏扬善德的同时避免矫情和造作？为什么小说的"语调"，那种难以言表的表达方式，比真实的事件和人物更能打动读者？为什么那些对小说结构无足轻重的细节在读者的记忆中会那么鲜活？这些问题都是欧文•豪在晚年所写的一些短篇评论文章中所涉及到的。他的儿子尼古拉斯于1994年将这些文章整理出版，书名为《批评家笔记》。在回答这些问题的时候，欧文•豪展现出他早年所没有的批评人格的另一面，轻松、多思、谦虚和好奇。他在一些作家晚年所创作的作品中发现了特殊的智慧和趣味，比如契诃夫晚年作品中的

“简单”、“透明”和“直白”。

如果我们用“简单”两个字来评价文学作品的价值，一定会引起现代批评家们的怀疑，他们更醉心的是复杂的概念和结构，甚至批评家的看家本领就是把看似简单的东西复杂化。但是欧文·豪却愿意相信文学中的确存在着一种无法再增减的简单，它足以将文学与人类的生存经验相联系起来。对文学作品中这种简单因素的认识与评价才是现代批评家们所面临的最大挑战。欧文·豪在《批评家笔记》的《关于小说批评》一文中以契诃夫的短篇小说《马车上》为例，为现代批评的转向和发展提供了一定的启示。

《马车上》是契诃夫创作晚期的一部作品，很少受到评论家们的注意，因为这部作品太不起眼，情节平淡，语言毫无惊人之处，也没什么值得推敲的人物形象。这个八页篇幅的故事讲述的是一个叫玛娅的乡村女教师搭乘一个老农民的马车去城里领取薪水的故事。路上玛娅遇到一个叫卡诺夫的年轻乡绅，脑子里浮想联翩。归途中经过一段火车轨道时，玛娅产生了一些幻觉，似乎看见了自己在莫斯科的家人，回到了从前舒适、温馨的生活。当她再次遇到卡诺夫，用平静的口气与他打招呼时，一切幻觉都消失了，好像刚从一场噩梦中醒来。马车载着她回到那个穷困的村子。欧文·豪在阅读这部作品时与许多普通读者一样深受感动，同时他也意识到评论家们之所以对这部作品反应冷淡，是因为他们除了能肯定这个故事算是一部杰作之外，没有什么可细细评价的地方。故事中没有陀思妥耶夫斯基般的意识形态内容可阐明，也没有乔伊斯式的成堆典故可解释，也没有梅尔维尔的象征主义可探究，那么到底是什么因素赋予了如此简单的一个故事强烈的艺术感染力呢？评论家面对这样的作品时到底该关注什么呢？

欧文·豪认为契诃夫在这部作品中表现出来的“简单”是一种特殊的、含义丰富的简单。这种简单来自他对于这个虚构故事的全心全意的投入。“平稳坚定的目光将所观察到的点点滴滴凝聚成了真实，小说因此而成为了一种模糊的寓言。”[20]这样的艺术成就可能得益于某些技巧，但是敏感的读者都会感觉到在技巧的下面，在作品的核心，还有一种东西至关重要，那就是作家的精神（spirit）。是契诃夫的精神，他的诚实，使得他没有凌驾于作品之上，从而写出如此动人心弦的故事。

欧文·豪不是第一个提出这个问题的人。茨维坦·托多洛夫曾经写道："文学中存在着无法理论化的因素……如果理论以科学的语言为前提的话。文学的功能之一其实就是对科学语言的颠覆。"欧文·豪与托多洛夫有同感，但他觉得文学中的这类因素应被描述为"无法解读的"，甚至是"无法捕捉的"。所以批评家们无论用哪个流派的理论来分析作品，无论他们分析了作品中的多少技巧，常常还会有种莫名的遗憾，觉得没有触及或解释作品最根本的特质。《马车上》这样的作品使我们对这一点更加确定，因为这篇故事除了所谓最根本的特质以外似乎没什么可议论的了。

从目前批评家们所发现和评论的文学因素到文学中的根本特质，似乎还有很长的一段距离。而有些批评家也可能会固执地认为不存在所谓的"故事本身"，即故事的根本特质，只有人物、对话、心理描写等组成故事的那些成分。欧文·豪认为对这样的人来说文学是无法发挥出完全的魅力。他坚持在现代批评和文学性之间有着一道鸿沟，承认这一点至少能够使人们面对文学的神秘魅力时保持谦卑的态度，而不是居高临下地对待它。

在《批评家笔记》中，欧文·豪对文学和文学评论的最根本问题进行探讨，直接或者间接地质疑当时最新的文学理论。比如，当时批评界还有一种非常时髦的观念，认为读者绝对不应该指望文学人物与现实生活中的人物有什么类似之处。这些批评家认为读者一般都会有一种自然的欲望，想要用他们自己的语言来描述文学作品中人物的行为和动机，而在这些批评家看来，这样的读者都是"天真的读者"。他们坚决要求读者克制自己的这种欲望，而将人物看做是文学叙述活动的一种元素或者功能。

比如，威廉·加斯就在《小说人物的概念》一文中指出，我们不能用描述人的语言去描述小说人物，小说人物只是"语言的中心"、"虚假的指涉模式"和"语言能量的源泉"[21]。有批评家甚至写道："艾玛·伍德豪斯不是个女人，也不需要将它像女人一样描写。"欧文·豪在《人的因素：小说人物形象是否逼真？》一文中辛辣地指出，"将艾玛称之为'它'倒确实是批评上的一大成就。"[22]在欧文·豪看来，伟大的小说家在创作时最关注的恰恰就是使人物栩栩如生。安娜·卡列琳娜的激情、吕西安的野心、亚伯船长的狂热、盖茨比的幻灭，正是这些栩栩如生、接近生活的人物给读者留下深刻的印象，带来道德上的震撼或心理上的认同，使他们感受到阅读的乐趣，而这也正是文学的真谛所在。可是在那些批评家的眼里，这些却都已变得不再重要。

欧文·豪还对法国文论家希苏和巴尔特的观点进行了反驳。希苏认为一部具有逼真人物的小说将历史所造成的结果作为一种自然、永恒的现象来呈现，让人们失去超越、改变这一现象的希望，因此这样的小说实质上也就成为资产阶级实施压迫的机器。这和巴尔特关于小说叙事中过去时用法的理论颇有相同之处。巴尔特曾经指出，过去时的使用是一种保障机制，是作者和资本主义社会之间所缔结的一系列形式上的契约之一，让人们误认为小说是资本主义社会所特有、最典型的产物，同时也使在上个世纪大获全胜的资产阶级认为他们的价值观具有普适性。换言之，希苏和巴尔特认为小说家在刻画逼真的人物或者用过去时讲述故事其实是和资产阶级达成了共谋，帮助资产阶级进行压迫、维护现状，并保全自身的地位。在欧文·豪看来，这样的观点纯属无稽之谈。在提及希苏时，欧文·豪没忘记加上一句：她的评论"复杂但几乎无法阅读"[23]。他认为正是那些伟大的小说家们通过想象力对人类的本质加以刻画，从而对社会进行最为深刻的批评，而这种批评甚至比包括马克思、尼采等在内的社会批评家所作的批评来得更精彩、更充分。社会批评家们意识形态式的理论会因为历史的变迁而销声匿迹，但是伟大的小说中所蕴含的社会批评却能够得以保存下来。

《批评家笔记》中欧文•豪的评论范围很广，涉及欧美多国的文学作品，他对这些原先用不同语言写成的作品非常熟悉。他对陀思妥耶夫斯基和契诃夫进行了深入的剖析，对托尔斯泰也极其关注，同时他也能得心应手地评价屠格涅夫、莱蒙托夫、狄德罗、司汤达、巴尔扎克、狄更斯、吉辛、哈代、劳伦斯、亨利•詹姆斯、福克纳、纳博科夫和昆德拉。在评析这些作家时，欧文•豪大多都在探讨文学和文学评论的最根本问题，什么是对文学的细读？什么是对文学的深思？在回答这些问题的时候他抓住了文学的几个基本要素进行反思，比如文学中人物塑造的问题。欧文•豪反复追问："文学人物是不是像生活中的人？""怎样理解文学作品中的人物？"欧文•豪从现代文学理论对这些问题的轻视出发，就特殊的文本进行了精辟的分析。一部"人物逼真、栩栩如生"的小说是否如某些大家所说的那样令人压抑呢？欧文•豪没有直接反驳，而是就鲁宾逊•克鲁索、弗莱姆•斯诺普斯、苔丝•德伯菲尔德和莫莉•布鲁姆这些经典文学形象提出质疑：为什么批评家们喜欢将他们提升成具有普遍性的人物，而不是我们在日常生活中所遇到的那些特殊个体呢？新批评派似乎认为这样的联系根本不存在，而且读者不可能从这样的联系中获得乐趣或者教益。但是大量的事实表明这是一种理论偏见。文学作品对读者产生的吸引力在很大程度上来源于读者对人物的认同，以及他们下意识中将人物与现实相联系而产生的同感。

也许直到离开这个世界，欧文•豪的心中还带着许多类似的疑问，但是他对文学严肃认真的热爱、对文学批评所做过的思索和实践已经给世间的人们留下了宝贵的遗产，也给文学批评在新世纪的发展指出了一条希望之路。

③ 欧文·豪的批评方法

3.1. 文学的历史批评

虽然欧文·豪在批评观念上是反理论、反流派的，但如果我们系统地研究他的批评著作，会发现有一种独特的方法贯穿着他的批评历程，那就是他评论文学时强烈的历史意识。欧文·豪走进文学批评的天地，在很大程度上是受到他的种族情结和政治抱负的驱使，因此他的批评思想受到他的传统意识和社会主义理想的影响，他对传统的依恋和强烈的政治关怀是他面对现实的动力源泉，也是他诠释文学的根本依据。所以文学在他的眼里不仅仅是一些静态的文本，而是反映人生体验的一条绵延不绝的历史长河。他善于用历史的眼光来看待文学、领悟文学的内涵，他的文学评论因此而透露出厚重的历史感，给人以深刻而隽永的感觉。

早在20世纪40年代，欧文·豪在一篇评论托洛茨基《新方向》的文章中就显示出了他作为批评者的与众不同的历史感。"一本关于政治的书其实是一种行动。如果这本书像托洛茨基的《新方向》那样，出现在历史举步维艰的关键时刻，要理解它则需要尝试将自己置于书里的情境中。从这个意义上来说，理解是一个让时间倒流的过程。但是这并不是理解该书的唯一途径。理解也可能是跳出特定历史情境所作出的评判，是让时间向前流动，离开创作的那个环境，去推测它可能与任何新的环境所发生的联系。"欧文·豪所说的既让时间倒流，又让时间前进的双向批评途径非常形象地勾勒出了他对历史这一概念的理解。在许多人的眼中，历史仅仅意味着过去，但是欧文·豪心目中的历史不仅仅是已经停顿的过去，更是一条流向现在和未来的经验之河。带着这样的历史意识去领悟文学作品，那些作品会表现出非同寻常的活力和更加深远的意义。欧文·豪在他批评生涯的初始阶段就显露出了强烈的历史意识，而且，这一意识在他后来数十年的批评之路上一直伴随着他，给了他超乎常人的洞察力和判断力。

欧文·豪20世纪50年代写过一篇评论法国作家塞利纳的文章。文章的开头便使读者感受到了他深远的历史眼光。"'地下人'既是文学形象，也是一种社会类型，最早出现在19世纪欧洲人的思想中。作为对先前已经深入人心的启蒙主义运动的反抗，他抵制科学，排斥理性主义者有序的世界观和激进派的乐观态度。他用浪漫主义者的腔调说话，但吐出的是变了味的浪漫主义。他既不像浮士德那样受到知识的感召，也不像索列尔那样为荣耀所诱惑。他不受任何东西的诱惑。他视野心为自我的精神错乱，把理想主义看作最荒唐的虚荣之心。他相信——这是他唯一还能完全相信的事情——这个世界要把他摧毁，他居心叵测地以延缓那一天的到来为乐；但他毫不怀疑这个世界终将把他摧毁。"[24]在他具体分析塞利纳的小说之前，他用了整整一个部分来开启读者的思路，使他们跟上他在文学中追踪历史的目光。塞利纳小说中颓废的人物在欧文·豪的笔下不再是简单的文学形象，而是人类历史某个特定阶段的精神体现。"当这个'地下人'出现的时候，西方社会相信'人是理性的'这一理念，以及西方文学中承认'人的性格是可以界定的'这一观念都受到了威胁。他的出现标志着一种信念的结束，那就是透析人物静态的心理可以理解人类。与现代主义精神相一致，他并不是被看成一个由各种特质组成的独一无二的整体，而是被看成一系列经验的历史痕迹，而这样的历史是人们无法真正理解的。"[25]这段话比较典型地反映出欧文·豪独特的文学研究方法。他的视角不同于马克思主义批评的意识形态中心论，也不像心理分析学派那样以解剖人物的无意识精神领域为出发点，更不同于新批评将文学作品当作一个静止不动的现象加以剖析，他总是不自觉地将作品中的人物和情节放入人类思想发展的历史长河中去考量，从文学中看历史，同时又透过历史来领悟文学，在他的批评作品中文学与历史你中有我，我中有你，几乎无法剥离。

欧文·豪的历史文学批评观在他1990年发表的《历史与小说》一文

中有较成熟的阐释。他认为小说中的环境常常是以历史流程中的一个时间横断面的形式表现出来，因为要想达到许多小说所追求的规模上的厚度，幻想历史的停止是十分重要的：比如嘉丽妹妹到来的那个时刻的芝加哥，或者斯万恩眼中的巴黎。“但是对历史停顿的想象必须与联想历史的流动相联系。……一个小说中的‘世界’，比如说福克纳所刻画的约克纳帕塔法郡，多多少少都是静止在某些时间点上，但是形成这一想法的同时也促使我们想象着动态的历史，就像一组静止的图片可以放映成动态的影像那样。社会环境融汇成了历史的进程。”[26]我们可以将欧文·豪的这段话理解为，文学创作往往选取了某个或一系列的历史时刻来表现一个整体的环境，而文学批评则应该将这些停顿的时刻还原为流动的历史，换句话说，只有以历史的眼光来审视文学中的特定时刻才能深刻、全面地把握作品的精髓。

作家的想象力是在具体认识并表现历史材料的过程中，而不是在超越历史的过程中发挥出来的。匈牙利文学评论家乔治·卢卡契曾说过，小说的历史真实性是通过表现人物因他们所处时代的历史特点而衍生出个性所体现出来的。不同的道德观、性行为模式、心理焦虑的表现，所有这些塑造人物的基本因素都是取决于小说中的那个时刻，同时也取决于个人情感对那个时刻的依从或反抗。乔治·艾略特笔下的多萝茜为了实现征服环境的壮举而苦恼，但是环境不仅限制了她对职业的选择，而且摧毁了她内心的理想。屠格涅夫笔下的巴扎洛夫现在也许代表着“受挫的叛逆者”形象的典型，但是要达到这样的地位，他得首先被刻画成19世纪中期俄罗斯普遍存在的头脑狭隘的实证主义者。他们都不是某个特定历史背景下的现成人物，他们出自作家的历史意识。人物来源于沉浸在历史之中的作家。

既然人物是由沉浸于历史中的作家所创作出来的，批评家自然也必须将自己沉浸到历史中，将他的批评对象置于历史进程中来加以理解和剖析。西班牙哲学家奥尔特加·加塞特有一句名言，即“人没有天性；人只有历史。”欧文·豪认为加塞特的话有些夸张，因为即使人只有历史，在那个历史当中必然有些永恒、持久的，可以积累成固定特性的东西。所以他将加塞特的话改成了“人没有一成不变的天性，他的天性中唯一确定的是历史。”当作家试图通过创作探究人的本性时，历史渗透进了作品，并被转化成别的形式，欧文·豪称之为“小说中的历史”[27]。

欧文·豪的历史批评观使得他在评价文学作品时与其他批评家在批评的深度上有很大的不同。在评价陀思妥耶夫斯基的《群魔》时，欧文·豪与约瑟夫·弗兰克曾有过分歧。欧文·豪和菲利普·拉夫等批评家对陀思妥耶夫斯基的这部小说赞誉有加，认为他的作品以反对左派教条主义见长，同时相信他对俄罗斯激进主义的攻击是与历史的背离。但是约瑟夫·弗兰克却认为陀思妥耶夫斯基在《群魔》中并没有违背逼真的限度，小说较真实地再现了发生在莫斯科的臭名昭著的涅恰耶夫案件①，表现了19世纪俄罗斯由钢铁般的意志和恐怖主义的欺骗铸就的革命冒险家形象。欧文·豪认为如果弗兰克所写的是真的，陀思妥耶夫斯基真的承认以彼得为核心的秘密小组只是19世纪60年代俄罗斯那些激进组织中的一个孤立的现象，如果这一点的确是小说情节的主要特征，那么小说不仅失去了它的典型性，而且只能被当作对一个狂热事件的报道。但是任何严肃的批评家都不能否认，《群魔》确实具有一定程度的典型性，欧文·豪把它叫做“潜在的典型性”，这样的典型性使小说中的故事对后来发生的事情有着预示的作用。某些批评家可能对此不感兴趣，因为他们认为“逼真”对于小说的批评并不重要。但是弗兰克和欧文·豪对陀思妥耶夫斯基作品中浓重的历史气息都十分敏感，他们的分歧在于对历史事件与陀思妥耶夫斯基的创作之间关系的估量上。虽然欧文·豪意识到文学与历史所因循的规律是不同的，但是他坚持在阅读像《群魔》这样的小说时必须要将自己陷入文学与历史的纠缠之中，并且唯有如此，才能达

① 涅恰耶夫为俄国无政府主义者和恐怖主义者，曾因大学生伊万诺夫不服从自己的领导而将其谋杀，参与谋杀者都被捕审判，涅恰耶夫本人逃亡至瑞士，因得到巴枯宁的庇护而免于被引渡回国。

到真实可信的阅读体验。

从欧文·豪对《群魔》的评论视角可以看出，他的历史批评不仅仅是在文学作品中看出历史的痕迹，他的历史眼光更意味着对作家创作意图的深层次把握，也就是说，作家在创作文学作品时，有对历史的再现，更有对历史发展的认识。他们会将自己对历史发展的感悟通过刻画某个特定历史时刻的综合环境来表达出来。如果批评者仅仅能够捕捉到作品中静止的事实，而不能把握作家对历史流程的观点，那么批评难免会流于肤浅。

欧文·豪的历史批评观是对以往的西方批评理念的一种超越。无论是传统批评还是现代批评，似乎都旨在探询文学的一些永恒主题，即对人类循环往复的生命体验的认识，也就是柯林伍德所说的能告诉读者“他们内心隐秘”的那些高屋建瓴的神话，比如爱和死亡、无知与经验、善与恶。如果将文学中的这些终极关怀下降到反映历史变迁的层面，是否会使文学价值变得片面而肤浅了呢？欧文·豪打了个比喻，历史是附着在那些永恒主题上面的“血肉”。没有了这些“血肉”，空洞的“骨架”虽然永恒，但会显得平庸。这些“血肉”终将腐烂，才是打动读者的力量所在。历史又像承载那些永恒主题的“房子”，“房子”有朝一日的轰然倒塌才能震撼读者的心灵。永恒是由片段的时间凝聚而成的。威廉·托利对左拉的《萌芽》中主人公艾蒂安与凯瑟琳被困井下的场景有过这样精辟的评论：它把我们带入了一种气氛和意义中，古老得如同希腊神话中奥菲士[1]和欧律狄刻[2]的故事。如果不把矿井看成冥王地府的新的象征体，矿井本身又能有什么意义呢？一个特定、即时的社会场景存在于普遍、周而复始的更大的模式中。

这个模式就是历史。就连那些牢不可破的原型也会在时间的运作下

---

① 希腊神话中的诗人和歌手，善弹竖琴，弹奏时猛兽俯首，顽石低头。

② 奥菲士之妻，新婚夜被蟒蛇杀死，其夫以歌喉打动冥王，冥王准她回生，但要求其夫在引她返回阳世的路上不得回头看她，其夫未能做到，结果她仍被抓回阴间。

瓦解。虽然像俄底浦斯、哈姆雷特和浮士德这样的原型似乎跨越了历史而存活至今，但这是因为我们不断赋予他们不同的含义。俄底浦斯也得在弗洛伊德的再创造下保持他原型的地位。更不用说刘易斯笔下的巴比特了，数十年前巴比特曾经是美国人语言中的专有名词，是小资产阶级平庸之辈的典型代表。但是现在刘易斯的小说鲜有人问津，巴比特的名字只有上了年纪的人还记得，几乎已经被人遗忘了。原型也会死去。所以小说从来无法挣脱历史对它的塑造和压铸。对某些小说而言，历史不仅仅存在于其中，它更是主宰的力量。欧文·豪的结论是：历史也许是小说所依靠的岩石，但是时间会把这块岩石碾成粉末。一个好的批评家不仅仅要辩论，而且要解释文学与历史的关系、历史对文学的作用。是什么真正使得西洛内、科斯特勒和奥威尔如此令人激动？莫斯科审判究竟发生了什么？西洛内在《丰塔玛拉》中所提到的法西斯究竟是什么？虽然文学作品在当时历史环境下的地位已尘埃落定，但是如果批评家能立足现在，用历史发展的眼光来分析它，它的人文价值就不会随着时间的流逝而黯淡，它对人类的启迪也会更深刻。

欧文·豪在他后期的评论中仍然用他的历史眼光审视着小说和它的时代背景之间的关系，对一些现象加以思考，如司各特名望的衰落，以及当时的学生不再为海明威的《太阳照样升起》而激动，两代人之间已经出现代沟，历史上曾让我们心潮澎湃的小说现在已沦落为历史的牺牲品。他对于弗吉尼亚·伍尔夫与阿诺德·贝内特之间那场不公平的论战[①]也进行了一番思考和评价，在把握特定历史时期对文学的影响方面，表现出超乎常人的敏感性。

欧文·豪的历史批评观还表现在他对作家创作生涯的纵向整体把握。欧文·豪在考察读者阅读小说时的思想经历时提出了“不必要的细

① 伍尔夫1923年发表文章《贝内特先生和布朗太太》，在文中反驳阿诺德·贝内特关于小说发展的危机是由乔治时代小说家在人物塑造上的缺陷导致的观点，把矛头直接指向包括贝内特、高尔斯华绥和威尔斯在内的爱德华时代的小说家，认为他们因过于迂腐地注重细节而使笔下的人物反而失真。

节”(gratuitous detail)的概念。他说，读者很自然地将所读到的篇章往小说的主题上套。而事实上，在大多数情况下这样是不可行的，除非应用了反直觉的批评技巧。不过这也并不意味着批评需要忽略这些“不必要的细节”。他举了狄更斯的《小杜丽》中的一个例子，当小杜丽被关在马夏尔西监狱门外时，遇到了一个妓女。对这样的细节人们最简单的反应就是认为它反映了小杜丽被赶到了充满羞耻、遗弃和痛苦的大街上。但是欧文·豪认为还有其他不可解释的因素。为什么当这个妓女把小杜丽当成孩子时对小杜丽很友善，而当她意识到小杜丽已经是一个女人而不是孩子时，她便离开了小杜丽，而且在小说中再也不出现了呢？欧文·豪认为这样的细节虽然对那部作品的意义不大，但是对于我们把握作家创作思想的发展走向却有所帮助。这一处的行文已经明显过于累赘，那么狄更斯自己肯定也意识到了这一点，从这里我们是不是能看出来作家正希望能在将来的创作中写出一种不同于之前的效果，临摹出人物更复杂的心态、性格和心理混乱的极端状态，从而成为英国的陀思妥耶夫斯基。妓女这一细节在《小杜丽》中是不需要的，但是在狄更斯脑海中所酝酿但没有成文的后来的作品中是需要的。她更像一个出自《罪与罚》中的人物。通过对某些细节的剖析，欧文·豪向我们展露出狄更斯也许曾经有过、但不为人知的另一面。

欧文·豪的历史文学批评是他的历史眼光和想象力的完美结合。他的历史批评方法与新历史主义批评不同。“新历史主义对文学文本的具体分析大多集中在作为意识形态手段或产品的文本与既有社会秩序或权威的两种根本的关系形态，即‘巩固’和‘破坏’上。”[28]跟传统的历史主义批评相比，新历史主义突破了文学与历史的两极对立，在表现文学与社会结构之间彼此渗透、相互依存的双向建构关系上有所进步，但过分强调权力的政治化批评限制了批评对于文本的关注，忽视了文学的具体性、生动性和复杂性。而欧文·豪对历史的关注并没有影响他的文学敏感性，因为他批评的最终目的还是对作品的领悟，他的注意力还是集中在文学作品的根本特性上。欧文•豪的历史批评方法不但没有使他的批评背离解释文学的初衷，反而令他对评论的作品有了更深、更真的感悟。正如韦勒克•雷内所希望的那样，文学批评应该“继续从事其原来的任务：对文学做出有别于人类其他活动的解释。”[29]文学与人类其他活动的紧密联系已经毋庸置疑，但是当批评在联系的问题上太过下工夫而忽视了批评原来的任务时，文学的价值会因此而遭到忽视。欧文•豪的历史文学批评正是将人类的另一种重要活动——历史的规律应用于对文学的阐释中，是一种对文学做出有别于人类其他活动的解释的有效方法。

3.2. 两对矛盾的平衡：同情与批评、内容与形式

虽然欧文•豪并不刻意地追求批评方法，数十年的批评生涯还是使他在方法和技巧上日趋成熟并形成了一定的特点。其中最值得借鉴的一点是欧文•豪对同情和批评这一对矛盾的平衡关系的把握。

如果说欧文•豪在20世纪50年代评论惠特曼时，还满足于揣摩诗人的心态并极力与他的诗歌创作相联系，那么到了60年代他对德莱塞、弗罗斯特的认识、对文学批评的认识已经不限于此了。他在试图寻找认同和评价之间的最佳距离，也就是说，他试图将读者与批评者的身份糅合到更恰当的程度。

欧文•豪在《德莱塞：欲望之泉》中强调：“小说家会受到某种思想的影响，但是他的作品绝不应该只是对该种思想的阐释。”[30]他认为《美国悲剧》中的主人公克莱德身上代表了美国人潜藏的价值观，他是一个极有影响力的典型形象，而这一形象的震撼力多半来自于德莱塞在同情和批评之间维持的平衡。德莱塞认为克莱德身上体现的是当个人欲望与社会不相容时对生活的怀疑和无能为力，但是他尽量赋予平庸失败的克莱德以更普遍的悲剧意义，因为这个年轻人身上凝聚的是荒废人生的悲剧，一个人荒废了自己的精力、才智和感情，这是那个时代悲剧的主要内涵。作家在创作的过程中需要很好地控制与创作对象之间的距离，而批

评家要想把握作家思想与作品表现之间的距离，也需要既能够与他的批评对象产生同感，走进其内心世界，又能与之保持适当的距离，以达到相对客观的认识。

正因为欧文·豪善于把握同情和批评之间的距离，他对克莱德这个典型形象的理解较他人更为深刻。他将德莱塞对克莱德的刻画分为两个层面。小说的前半部分旨在表现克莱德因为出身卑微而产生的对生活的渴求。为了这个目的，德莱塞必须运用大量的细节描写，表现克莱德如何生长于一个物质和精神上都贫穷的家庭，表现克莱德如何追求那些细微的快乐，他琐碎的欲望，以及如何从环境中了解他所缺失的东西有多么的辉煌。德莱塞必须表现克莱德如何一步一步地走进外面的世界，如何在酒店里识别地位和罪恶的信号，必须表现克莱德既是美国文化的象征，又沦为了它的囚徒。与此同时，德莱塞也准备着将克莱德的故事从简单的典型性中提升出来，因为他要超越自然主义对典型性的狂热追求。小说中的一切都极其普通，尤其是克莱德希望通过婚姻来改变生活状况的想法，但是当他开始将永久摆脱往日情人的想法付诸实践时，小说才开始刻意地与逼真相背离。故事中的克莱德确实杀死了他怀孕的女友，但是德莱塞肯定意识到了大多数人在类似的情况下只会梦想着杀人而最终还是会结婚。德莱塞明白小说在表现普遍经验时，在一两个关键时刻，需要一种提升，也就是夸张的效果。克莱德的处境可能具有代表性，但是他的行为必须是极端的。将一个具有代表性的情景表现到它的极限，这是达到戏剧化效果的一种方式。德莱塞在批评界声望的走低多半是因为批评家们对他的创作思想成见较深，认为他代表的只是过时的科学主义、物质主义和不可知论，他不会思考，只会纠缠于一些思想概念的名字；他也不会写作，只会堆砌辞藻；他不在意文学的艺术性，只把小说当作社会或哲学思想的载体。但是欧文·豪在重新阅读《美国悲剧》时既能作为读者充分领略作品的文学魅力，又能跳出作品，以评论者的眼光审视其中的主题、人物和其他因素，对作品的整体效果作出较客观的评价。

他的一番评论赋予了读者一种新的眼光，也在很大程度上改变了许多人对德莱塞的成见。

到了20世纪70年代，欧文·豪在《左拉：自然主义诗歌》中进一步指出文学作品可能具有自己的生命，意思是在创作过程中作品本身会生发出一定的表现力，在表现广度和深度上可能发生一些根本的变化，而这些变化仅仅通过研究作者的创作原意是不可能预见的。他说："不应将小说所阐明的主题与作者智慧的实际运作混为一谈。"[31]当左拉、哈代和德莱塞这样的作家倾向于达尔文和赫胥黎的思想时，其实他们是在努力思考一些严肃的问题。也许他们太轻而易举地应和了当时的进步思想，而那种思想碰巧又很快过时了；但他们头脑中所思考的是令他们困惑一生的问题，永远无所谓过时。正如半个世纪之后，萨特和加缪为存在主义所引发的问题而苦苦挣扎，结果存在主义也如决定论科学观那样很快便失去了生命力，但是萨特和加缪凭借对存在主义的思考释放出了巨大的创造力。

欧文·豪的批评语言有时也能非常明显地表现出他在这方面的能力。当他评价某个作家时，他显然已经为他着迷，有时竟会与作家的心灵和作品的灵魂合而为一，不由自主地将作家的语调和节奏溶入自己的批评语言中。他在评论索尔·贝娄的《赫索格》时就表现出了这种特别的模仿力。

当代小说都是如何开头的呢？也许千篇一律：潦倒的主人公在纠缠不清的离婚事件中踉踉跄跄，在恶臭扑鼻的房间里呻吟，舔着自己心灵的创伤，就像小男孩撕着膝盖上的创痂；回忆着自己博大而凌乱的野心（"我是如何走出卑微的家庭，结果以灾难告终的"），诅咒着那些伤他心的人，妻子和风尘女郎，用约翰逊式的语言为自己的自怜而愤愤："悲伤，先生，是游手好闲人的专利。"然而，在所有这一切忧伤中，他心里还不时燃起点点希望，想着"还有比我更倒霉的人呢"，以此来聊以自慰。

在以贝娄的口吻描述了作品人物之后，欧文·豪又能抽身回到自己严肃的批评者语气，以冷静的语调评价着作者。

> 贝娄所有的作品，不管是忧郁的现实主义作品，还是道德寓言，亦或流浪汉式的冒险幻想，意味着一种新的变化，一种在形式和内容上的尝试。在当代美国小说家当中，贝娄有着最深刻的头脑，或者至少可以这么说，他是最擅长把他的智慧转化成创作力的美国小说家。这一点在他刚出道时可能就有预示，因为他总能写出一流的天马行空的文章。只不过当时大家没能预见到他后来会成为小说技巧和语言的大师。[32]

欧文·豪后期的批评作品在方法上基本都呈现着两条线索，其一沿袭着他早期的套路，即对作者原意的推敲，其二是对作品中未知的更深层意义的探究。前者属于认同的方向，后者则蕴涵更多批评的主动性。同情之心使得欧文·豪能够对文学产生真挚的感性认识，批评的态度则令他能够理性地分析文学创作的手法。过多的同情或过分的批评都会导致对作品片面的认识和过于主观的判断，而欧文·豪对这对矛盾平衡的把握使他站在了一个较为合适的位置上，在他的批评实践中实现了感性与理性的完美结合。

欧文·豪在批评方法上的另一个追求就是超越单纯的内容批评或者形式批评，将两种方法加以糅合，从对作品的分析中探究作家的思想和心态，又通过对作家思想的理解来把握作品的形式与技巧。这种将思想主题与作品形式相提并论的批评方法并非完全的创新，因为传统的批评家都承认作家思想生平与作品之间的紧密联系，但是在那个形式主义批评横扫全球的年代里，欧文·豪的批评作品虽然被有些学术界人士讥为老套，但对大多数普通读者来说，犹如一股熟悉的清风，令人耳目一新。在笔者看来，欧文·豪的这一批评思路为20世纪后半期文学批评走出形式主义的误区提供了一种很有价值的借鉴模式。

在《德莱塞：欲望之泉》的第三部分，欧文·豪试图通过分析《美国悲剧》中形式与内容的和谐呼应来改变人们对德莱塞、对自然主义作品的成见。如何用清晰的情节轮廓来呈现对现实的全景式把握一直是自然主义小说的一个难题，也是该流派小说在许多批评家心目中的弱点所在。欧文·豪正是抓住这一点来肯定德莱塞的文学造诣，提升人们对他的认识。欧文·豪将《美国悲剧》中情节发展的节奏形象地描述为一波又一波向前翻滚的海浪，每一波都掀起一个高潮，之后归于沉寂，然后再次翻滚，比前一次更复杂、更凶险。堪萨斯市的克莱德、芝加哥的克莱德、在莱克格斯与罗伯塔单独相处的克莱德、在莱克格斯接近财富边缘的克莱德，所有这些分支在罗伯塔被淹死之前共同搭建成了小说的情节，其中每一支都是其他分支的反映，为中心主题不断埋下伏笔，形成曲折回旋的结构。克莱德早期与堪萨斯市女店员的调情预示了后来他与桑德拉的关系；克莱德度过童年的贫穷的城市与罗伯塔家穷苦的乡村形成呼应；克莱德的未婚姐姐遭引诱又被抛弃则预示了克莱德对罗伯塔的引诱和抛弃；克莱德在他当搬运工的那家酒店里所接受的预备教育是他后来要一头扎进去的那个社会的缩影；克莱德与罗伯塔的第一次亲昵发生在小船上，而后来的“谋杀”也发生在小船上；克莱德的贪心不足先是由一系列酒店里的小人物衬托出来，后来又通过吉尔伯特和桑德拉的对照加以映射，而他身上仍然保留着一些由衷而发的情感，那一部分则被罗伯塔所加强。欧文·豪对《美国悲剧》的评价将人们所公认的主题与小说情节结构的安排紧密地联系了起来。

欧文·豪的另一篇关于戴尔默·施瓦茨的文章也较为典型地体现出他兼顾内容和形式的批评特点。他总结出了施瓦茨作品中的典型主题，即犹太移民家庭和他们知识型的孩子之间的冲突，以及冲突所给人造成的悲悯之情和令人哑然失笑的绝望感。随即欧文·豪便将施瓦茨故事的惯用形式进行了概括：长度介于短篇小说和中篇小说之间，少有明显可辨的情节，多为人物间关系的纠缠不休，代替了情节和戏剧性的独具一格的对话，还有对评述性篇章、讽刺性谚语、缩略的警句和小心翼翼运用道德辞藻的依赖。欧文·豪对形式的把握总是与他对内容的理解紧密相关，当他试图阐明《责任从梦想中开始》的基调时，他很自然地将它与故事的主题联系在一起。他说，故事的调子"平板、灰暗，有点滞缓，但突然会夹杂流畅生动的语句和忸怩的书卷气。这是城市所特有的调子。它讲述的是布鲁克林、科尼岛，犹太移民笨手笨脚地摸索进这个新世界，而他们的儿子，骄傲地靠近着美国文化，在那里找到一种令他们父辈悲伤的语言"。"施瓦茨为我们与世隔绝但不乏热情的体验找到了合适的语言和隐喻，相对于任何关于他技巧的客观评价来说，这更能令我们对他的作品产生强烈的共鸣。我们听到的似乎是自己发出的声音，在施瓦茨发明它之前，好像从未存在过，这种声音熟悉那些对英语总不太适应的人的话语。"[33]

在这样的批评话语里，我们几乎分不清这是在解释内容还是在分析形式，因为欧文·豪已经使这两者你中有我，我中有你。而对于读者来说，重要的不是在内容阐释和形式分析之间分出个优劣，重要的是批评者能否将他所领悟到的一切整合成具有感染力的话语，传递给读者，将他们引入同样的欣赏境界。

五 欧文·豪的难题：政治信仰和文学品位的矛盾

如前文所言，作为文学批评家的欧文·豪十分关注文学的艺术性和本质，但他同样关注文学的社会性，尤其是文学和政治的关系。本着批评公正的原则，欧文·豪一生致力于维护批评的独立性和纯粹性，极力主张在批评中将文学和政治分离，并尽量在进行文学批评时不受政治观点的影响，不为理论派别所左右。欧文·豪在政治上有着自己所属的党派和坚定的政治立场，一生也撰写过许多政治评论。难能可贵的是他的政论性文章和文学批评之间泾渭分明，拒绝把文学评论沦为传递政治信仰和政治观点的工具。正如罗登曾经指出，欧文·豪一直试图在美学和伦理之间维持一个稳固的批评立场。[1]

然而，值得注意的是，虽然欧文·豪维护文学艺术的独立性，但是文学作为社会文化的载体、作为面向公众的介质，不可避免地会受到意识形态的影响，而文学批评家们作为有着主观立场、甚至带着偏见的人，在对文学作品进行评判时也难免会受到这些主观偏见的影响。因此文学和政治之间必然存在着千丝万缕的联系，以至于在很大程度上，文学批评是时代政治的反映。而在欧文·豪本人的职业生涯中，政治信仰和文学品位之间的关系也十分复杂。首先，由于他所处的时代以及自身的经历，这个问题在他的许多论著中体现为现代主义文学与激进的政治信仰之间的矛盾关系。早期的欧文·豪虽然受《党派评论》的影响，试图将社会主义信仰和现代主义的文学品位结合起来，但是由于两者的内在矛盾，要做到这一点十分不易。虽然如罗登所言，欧文·豪绝不会仅仅因为一部作品的政治立场而对其进行颂扬或批评[2]，但在他的政治激进主义和文学喜好之间始终存在着一种矛盾，而作为文学批评家的他一生都在试图调和这一矛盾。因此，这一对矛盾是欧文·豪文学批评的中轴线。其次，作为一个坚定的社会主义分子，政治上的信仰要求欧文·豪积极参与、热切入世、能维护既定立场。可是作为文学批评家的欧文·豪却要求自己思想开放、不抱任何主观偏见、能与所批评的对象保持一定的距离、注重思考、不带过多的主观色彩和主观意愿。这显然是两种极为不同的思维和话语模式。这使欧文·豪始终处于“内在的分歧”之中。欧文·豪在社会主义信仰方面的演变受到文学修养的影响，而他自己在1952年退出国际社会主义联盟（前身为工人党）的原因之一也是他认为该组织在一定程度上阻碍了自己在文学批评方面的发展。欧文·豪在20世纪40年代末至50年代初撰写关于安德森和福克纳的文学评论时常常会觉得内疚，觉得自己“应该写政治方面的文章”，而当他在写政治文章时，却又会责备自己“不在写文学评论”[3]。后来与新左派、激进女性主义者的辩论以及经典之争等更是在一定程度上体现了欧文·豪文学批评家和政治活动家两重身份之间的取舍。虽然欧文·豪在托洛茨基身上看到了政治革命和文学活动完美结合的典范，但是究竟如何能够在文学批评中平衡政治立场和艺术性，如何在社会活动家和文学评论家这两重身份间达成平衡，如何在政治的激进主义和文学人文传统的保守主义间保持平衡，这些都是令欧文·豪一生纠结的难题。

1 欧文·豪早期文学批评：政治性和艺术性的交锋

1.1. 以政治性为衡量标准

从1937年《党派评论》改版后的第一期开始，欧文·豪就坚持阅读该刊物，并于20世纪40年代初开始向《党派评论》投稿。《党派评论》创建的宗旨是反对斯大林主义将文学作为政治斗争的工具，是现代主义文学和反斯大林马克思主义的结合。正如索林指出的，以艾略特、庞德和劳伦斯等为代表的现代主义作家在政治上是保守、甚至是反动的，以贝克特、塞利纳和海明威等为代表的现代主义作家则更多是主观内省、精英主义、碎片化、悲观虚无主义的，而马克思主义则崇尚理性，有着积极的政治主张，面向大众，力图寻求社会变革，并对前途充满希望。简而言之，现代主义和马克思主义两者的基调和原则完全不同。要说它们之间有什么共同之处的话，恐怕就在于两者都关注工业化社会中的道德沦丧，并且都不见容于主流的中产阶级价值观。欧文·豪在后来的访谈中称《党派评论》建立在一个"美好、辉煌的误解"之上[4]，以为可以将反斯大林主义的左派思想和高雅的文学生活结合起来。

欧文·豪认为当年他和其他纽约知识分子没有认识到现代主义文学中的保守反动因素，或者隐约地意识到了这一点，却对其可能带来的影响没有形成足够的重视。在欧文·豪看来，只有在美国才可能出现左派思想和现代主义文学的结合，因为美国的左派在知识界非常具有影响力，但是在社会其他领域却无足轻重。这一结合体现了左派在特定领域的极度自信（或者可以称之为过于自信）。不管如何，在20世纪30、40年代这些左派知识分子认为他们有能力将政治激进主义和文学保守主义完美结合。欧文·豪和其他的纽约知识分子之所以被马克思主义和现代主义所吸引，是因为这两者对他们来说既意味着一条出路，能引领他们走出压抑、狭隘的生长环境，又代表着他们追求独立的一种渠道。20世纪上半叶，也许因为经历过法西斯主义和共产主义的狂热，呈现出信仰与想象之间的断然分裂。有时候，这种分裂太过极端，以至于严肃的作家们以为要维持他们的想象和创作，必须拒绝一切的信仰。虽然欧文·豪也认为文学与思想从来没有合二为一，也很少达到简单的和谐状态，但是他从来没有抛弃过他的信仰。他一直努力调和自己的政治信仰和文学兴趣之间的矛盾，在政治与文学之间建立一种合理的联系。

《党派评论》的宗旨之一就是作者和艺术家需要在艺术和思想上

具有完全的自由，尤其不应受党派思想的限制。虽然欧文·豪赞同这一理念，但是他也同样受托洛茨基观点的影响，认为“作家和艺术家必须和革命的无产阶级站在同一立场上”[5]，并且将作家的政治立场作为衡量一部作品成功与否的重要依据。当时的他年轻、激进、思想单纯，充满政治热情，没有经过生活的历练，对政治以外的世界知之甚少。因此，欧文·豪早期的文学评论和政治信仰密不可分。比如，1941年欧文·豪发表第一篇文学评论，对弗朗茨·霍勒林的小说《保卫者》进行评述。在欧文·豪看来，这部小说虽然有许多技术上的问题，但正因为它叙述了奥地利无产阶级的英勇斗争，因此值得称道。欧文·豪还对约翰·多斯·帕索斯进行了严厉的批判。帕索斯曾是激进的左派作家，但是在20世纪30年代末期开始脱离共产主义，回归美国民主传统。欧文·豪对此十分不满，对帕索斯的小说《我们的立场》大加讽刺，认为这部小说不谈阶级和经济秩序，因此是一部彻底失败的作品。欧文·豪也曾用同样的方式对约翰·斯坦贝克的《月亮下去了》进行批评，认为这部作品充斥着空想和抽象的东西，丝毫不能激起人们反对纳粹主义的战斗激情，表现出政治上的幼稚。这样的文学评论显然是将小说的政治性摆在了比文学性更重要的位置，是属于意识形态范畴的文学评论。欧文·豪后期的文学评论以艺术性和人文主义思想为原则，显得成熟、温和、宽容。两者有着质的区别。

其实，在向《党派评论》投稿之初，欧文·豪对于自己作为文学评论家和政治活动家这两重身份之间的矛盾就已经隐约有所察觉。正如他在自传中谈到，在《党派评论》上发表文章使他内心十分骄傲，感觉自己已经被美国顶级文学杂志所认可。“我似乎正在踏入‘另外一个世界’，一个聪明、自由、雄心勃勃、关系密切①的群体。但是同时我也害怕这个世界，担心它会进一步削弱我已经被削弱的政治信仰。”[6]或许，使欧文·豪感到

① “关系密切”只是这个群体给欧文·豪的最初印象。他很快就发现，这个团体事实上关系松散、意见各不相同，甚至不停地相互攻击。

不安的不见得是《党派评论》周围的知识分子群体，而是他们所代表的一种生活方式及对文学的追求。他担心的是文学追求和政治追求之间的矛盾。事实上，欧文·豪在文学和政治之间的关系这一问题上经历了一系列的发展，最终才在文学和政治之间找到了一个平衡的支点。

1.2. 现代主义文学：从艺术至上到人文关怀

欧文·豪最早的文学体验开始于现代主义文学，这应该是受到威尔逊的影响。欧文·豪在16岁时第一次阅读威尔逊在《艾克赛尔城堡》中评论T.S.艾略特的诗歌，这对欧文·豪曾有过十分重要的意义。尽管艾略特在政治上属于保守派，并且在诗歌中有着明显的反犹主义倾向，但是他诗歌的韵律和音乐性还是让年轻的欧文·豪狂热不已。正如欧文·豪在1968年的一篇文章中承认："即使是在我信仰正统马克思主义的时期，我仍然认为一位圣路易斯的作者写的一首名叫《荒原》的诗是那个时代最重要的文学作品。"[7]艾略特诗中有一种"内在的颤动"[8]，在欧文·豪的心中引起了共鸣。或许对于作为文学批评家的欧文·豪来讲，文学作品中这种能引起读者共鸣的"内在的颤动"才是其对文学不变的衡量标准。

奥斯卡·王尔德在《道连·格雷的画像》的序中曾说过："书没有道德或不道德之分。书唯一的区别在于有些写得好，有些写得糟，仅此而已。"这句话体现了现代主义作家的创作立场，即文学文本及美学标准的独立性。然而，如果信奉艺术至上，只强调文学文本及美学标准的独立性，而忽视了与文学相关的其他因素，评论家会陷入两难的境地。这一点在欧文·豪的文学批评生涯中也有所体现。这最早体现在对艾略特作品中反犹主义的矛盾态度上。前文谈到，欧文·豪和其他犹太裔知识分子对艾略特作品中的反犹主义曾保持缄默。他后来在1991年的文章《做些回忆：艾略特和犹太人》一文中指出，他当时的沉默是因为"对美学和伦理之间的脱离带着一种困惑和不安"。[9]

对于艾略特的反动立场，欧文·豪和其他纽约知识分子采取了隐忍和缄默的态度，但是他们对庞德的态度却远没有那么客气。1949年，庞德以作品《比萨诗章》（*Pisan Cantas*）获得享有声誉的博林根奖之后，纽约知识分子与以南方派为首的新批评两派评论家之间发生了激烈的争辩，争辩的核心当然在于作品的文学价值和伦理价值孰重孰轻，而纽约知识分子对庞德本人也是穷追猛打，毫不容情。庞德事件所引发的争议对美国知识界有着深远的影响，也修正了欧文·豪自己早期对文学意识形态方面的忽视。

欧文·豪对庞德的评价典型地体现出他对于文学与政治之间关系的理解。当年博林根奖颁发给庞德，在很大程度上是由新批评派的代表人物阿伦·泰特促成的。那些支持向庞德颁奖的人认为庞德是一位伟大的诗人，即使他的政治观点应该受到谴责，也不应与他的文学成就混为一谈。这事实上和欧文·豪坚持的原则是一致的。然而，此时的欧文·豪已经认识到，文学的自主地位并不能完全脱离政治和客观现实世界。诚然，庞德是一个才华横溢、富有灵感的诗人，也曾无私地大力推介过像乔伊斯、艾略特等人的现代主义作品。可是，欧文·豪还是坚持认为庞德诗歌中明显的反犹太倾向、关于犹太人不负责任的言论以及对法西斯主义的宣扬玷污了他的诗歌，损害了作品的文学价值。这一次，欧文·豪和许多纽约知识分子都对庞德获奖背后隐含的反犹主义公开表示不满。正如欧文·豪在他的自传《一线希望》中所言："我们被迫重新审视艺术在美学方面的自主地位到底意味着什么。我们原本坚持文学作品有自己的特点，因此我们必须根据其特点用相应的标准进行评判。…… 然而，有着自主地位的文学作品必然与外在的世界存在联系，当我们试着对这一关系——即文学和历史的关系——进行界定时，困难便出现了。文学的自主地位并不意味着可以完全舍弃批评的道德伦理原则，也不意味着可以完全割舍普通人的日常经历，尽管运用这些原则的方式有所不同。"[10]

换言之，欧文·豪认为审美因素固然重要，但不能成为评判文学作品价值的唯一标准。正如格林伯格指出，现代社会似乎存在着一种痼疾，即只要是以文化的名义，人们可以为自己最可怕的行为、最邪恶的观点作辩护，而这恰恰辱没了文学的社会功能。如果审美观和道德规范相冲突时，人们应以道德规范为重。文学需要独立性，但文学的独立性也是有界限的，因为文学终究还是生活的一个组成部分，艺术与艺术家的关联是无法剥离的。欧文•豪开始认同威廉•巴瑞特的观点，即“美学范畴在人类生活中并非是第一位的。”[11]欧文•豪从早期对艾略特诗歌中反犹主义的隐忍到公开抗议庞德获博林根诗歌奖这一历程可以说体现了政治性和艺术性在他的文学批评中的交锋，让他清楚地看到自己的政治/伦理价值观和现代主义文学之间的冲突，并认识到现代主义的局限性。当然，欧文•豪并没有因此而完全摒弃现代主义。他只是开始质疑现代主义文学中的“异化”——似乎人可以割裂一切联系而独立存在。对现代主义的质疑标志着他的批评思想开始从狭隘的艺术论演变为更为宽广的人文关怀和伦理关怀。

② 文学品位和政治立场分离的批评原则

虽然欧文•豪早期的文学批评在很大程度上受到他政治信仰的影响，不过，早在1942年，欧文•豪的文学批评就已经开始不再以政治性作为唯一的标准了。比如，1942年10月，欧文•豪在评论意大利小说家西洛内的小说《冰雪下的种子》时就开始有意将文学批评与“政治的完整性”相分离。他没有因作者脱离马克思主义转向基督教而完全否定这部作品，仍然称它为“我们时代的文学杰作”。他提出应该“以读者所感受到的阅读乐趣和触动”为标准对西洛内的小说进行评判，而不应该把它“作为政治文件”进行分析。[12]同样，欧文•豪强调说世界两大文学巨著，陀斯妥耶夫斯基的《罪与罚》和托尔斯泰的《战争与和平》中都表现出反动的意识形态，但是任何有头脑的读者都不会因此而抗拒它们的魅力。几个月之后，在评价艾尔弗雷德•卡津的文学评论著作《扎根本土》时，虽然欧文·豪不赞同卡津自由主义、民族主义的政治立场，但是他仍然对卡津在文学评论中所展现的才华做出了极高的评价，表现出越来越愿意欣赏和评论那些虽然政治意识相左但极具文学价值的好作品的意愿。这一特点在欧文·豪对约瑟夫·康拉德、詹姆斯·乔伊斯以及犹太作家辛格的评价中也得到了体现。

2.1. 初探马克思主义文学批评理论的局限性

1946年至1947年间，欧文·豪和其他信仰社会主义的知识分子之间进行的论战是作为文学批评家的欧文·豪形成自己批评观最关键的阶段。工人党评论家彼得·卢莫斯曾在《新国际》上评论过阿瑟·凯斯特勒的四部作品，而另一工人党评论家奈尔·威斯则认为卢莫斯出于政治偏见，未能对凯斯特勒的作品作出公平的评价，指责《新国际》的编辑们显然对卢莫斯这种充满教条主义、慷慨激昂的空话的文学评论过于纵容。在这一问题上，欧文·豪是支持威斯的观点的，并指出“批评家仅仅根据政治标准对小说进行评判的做法是极大的错误……因为在人类的生存中不仅仅只有一种话语，政治不是生活的全部。”[13]欧文·豪承认，凯斯特勒的作品在讨论政治时用文学印象主义手法代替了严密的分析，因此毫无价值，他称之为“比喻中的政治”。但是他注意到，凯斯特勒作品“触及了现代问题的本质”，而这才是其价值所在。欧文·豪的这一观点又引起了艾尔伯特·盖茨的震惊和强烈不满。从政治立场上来看，盖茨和欧文·豪是同道中人：盖茨曾任《劳工行动》和《新国际》的编辑。可是盖茨却视凯斯特勒作品为政治异端，批判欧文·豪的文学批评观是资产阶级文学批评观，他甚至认为文学不该拥有独立性。欧文·豪认为盖茨的批评观没有将小说和政治分析区分开，而是简单地将小说当作是政治内容的载体，没有意识到批评家的任务不是对小说家所选择的对象进行批判。欧文·豪认为即便小说中包含了政治的内容，批评家也不应该将小说作为政治纲领来判断。批评家的任务是“评判小说是否能够激发读者的感受力”[14]。

从上述纷争可以看出，当时许多马克思主义批评家对凯斯特勒作品的评价都是基于政治立场，对其作品中的政治内容进行评判，而没有把小说作为一种有着独立地位、特定价值的艺术来对待。至此，欧文•豪开始意识到狭隘的教条主义并不仅仅是斯大林主义所特有的。欧文•豪当初选择反斯大林主义的原因之一就是因为斯大林主义将文学作为政治斗争的附属品和工具，极大地限制了创作的自由和思想的自由。现在，他认识到马克思主义文学批评家或多或少也试图将意识形态的标准强加到艺术评论之中，而这对文学批评有着一定的负面影响。欧文•豪认为，马克思主义批评理论虽然可以解释文学作品和其社会背景之间的联系，但是它归根到底是“一种关于历史分析和社会行为的理论”，尽管有助于理清文学或艺术与其社会环境之间的联系，但“对于评价一部艺术作品实在没有什么贡献”[15]。而这一认识标志着欧文•豪在文学批评上进一步脱离狭隘的党派观念，开始逐渐明确自己今后文学批评的方法，即将政治意识形态和文学作品区分开，关注小说的本源问题，寻找一种合适的批评话语。索林认为欧文•豪的批评方法属于一种相当复杂的文学社会批评，既能巧妙地运用马克思主义，又认识到其局限性。[16]

2.2. 文学保守主义：新批评和南方文学传统

欧文•豪在《这个顺从的年代》中除了从社会历史和政治领域对顺从这一现象进行探究之外，也同样对文学中的意识形态问题进行了探讨。欧文•豪对当时还处于鼎盛时期、颇具影响力的新批评提出了批评。与欧文•豪同时期的意识形态批评家，如马克思主义批评家，认为新批评派是一种曲高和寡的唯美主义，对人类意义、文学的社会功能和效果没有兴趣。而欧文•豪对新批评的意见倒不在于新批评运用形式主义批评，只关心文本，不关心文本之外的现实。恰恰相反，欧文•豪认为新批评将读者的注意力从作品的历史背景和作者的生平等方面转向从文本、语言的运用和细微差别、作品的形式、修辞、写作的技巧等方面进行批评，极大地促进了文学研究的变革。他对新批评提出批判，是因为有些批评家没有自始至终严格遵守形式主义批评的原则，而是在不知不觉之中将意识形态观点和政治观点融入他们的批评之中①。表面上看来，新批评声称自己在意识形态上保持中立，但事实上他们始终处于保守主义立场，通过文学传统挽救传统的道德和意识形态，反对实验和新兴事物，以至于他们的批评政治倾向性过于外露，功利性过于突出。欧文·豪对新批评家们过于信奉“正统”和“传统”的做法颇有微词。他认为文学的传统其实就是一系列的反叛构成的，是各个时代对前一时代的否定和修正。

不过，虽然欧文·豪和新批评家们在许多原则问题上意见不一，比如新批评家们反对社会主义和自由主义；在批评方法上也不尽相同，新批评家们对形式、修辞和语调过于关注，却对作品的历史背景和作家生平全然忽视，这种态度和欧文·豪注重历史的批评方法也相去甚远。但是新批评家们对文学的热爱和投入、肯定文学本身价值的态度在欧文·豪那里得到了共鸣。欧文·豪尽管和新批评家之间曾经发生过激烈的论战，但是他认为在20世纪50年代期间他所认识的新批评家们几乎都拥有着博大的精神，身上有着一种其他知识分子所缺乏的“仁爱之心”[17]。也正因为如此，欧文·豪发现自己在华盛顿大学教书期间，与那些遵循新批评理念的教授们的交流比跟坚持左派批评路线的教授们在一起更自在，更有共同语言。这也恰恰反映了欧文·豪所坚持的公正原则，拒绝将政治和文学混为一谈的立场。

尽管欧文·豪并不十分崇尚美国文学经典作家，如爱默生、梭罗及惠特曼等，但却对南方文学传统情有独钟。可以说，南方文学对欧文·豪政治观、文学观的形成有着很大的影响。欧文·豪早期对社会贫困和不公

① 事实上，后来批评界确实逐渐认识到，新批评派和早期俄苏形式主义一样，既致力于维护文学的自足性和批评的单纯性，又怀有某种政治抱负，想要赋予兰瑟姆所称的“形体世界”(the world's body)中的文学以某种更大的社会责任。

的认识并不完全来自于他对自己在布朗克斯区贫困生活状况的反思，更多是阅读了关于北卡罗来纳州纺织工人悲惨生活的小说。而索林更是认为，南方文学传统对于欧文·豪后来政治信仰的演变也起着至关重要的作用。南方文学传统通过缅怀逝去的田园诗般的南方，达到批判社会现实、表达自己欲望的目的。索林认为欧文·豪后来将社会主义称为“我们欲望的名称”，用“神话”、“象征”等词汇来描述他的社会主义信仰，并逐渐将社会主义幻化为个人信仰而非政治纲领，在很大程度上与他在华盛顿大学与新批评家们共事的经历以及他本人对南方作家的研究是分不开的。[18]

欧文·豪认为南方文学和犹太文学一样，都属于20世纪得以进入美国意识的最重要的地方文学代表。欧文·豪1952年出版的《威廉·福克纳批评研究》集中体现了欧文·豪对南方文学传统的兴趣。欧文·豪认为南方文学和犹太文学之间有着许多惊人的相似之处。首先，两者反映的都是濒临解体的亚文化。或许是由于欧文·豪强烈的社会责任感以及危机感，他倾向于认为只有濒临解体的文学传统才会汇集具有高度使命感的作家，也因此而具有更高的价值，而欧文·豪自己对于承担拯救者这个角色似乎也乐此不疲（比如他先前对于意第绪语文学的态度，以及后来对于名不见经传的作者的发现和挖掘）。其次，南方作家和犹太作家都被美国主流文化排除在外，却都对其非主流地位持比较肯定的态度，反对主流的自由主义（当然，南方作家和犹太作家反对自由主义的出发点不同，前者出于保守立场，而后者则被社会主义信仰所驱使）。思想激进的欧文·豪对于各种形式的保守主义都进行过批判，唯有文学上的保守主义却赢得了他的尊重。在后来和新左派的论战中，欧文·豪甚至援引新批评为例子，驳斥新左派将文学服务于政治目的的立场。

当然，这一时期欧文·豪关于安德森和福克纳的文学评论也还没有完全摆脱政治的维度。比如，欧文·豪1951年曾经发表过一篇评论安德森的文章，认为虽然在有些作品中安德森不愧是为民主而战的平民作家，但是更多的时候他的作品在为“政治无知”进行辩护，在平民反抗的表面之下潜藏着带有极权主义因素的“强烈的权力欲”[19]。不过，在《舍伍德·安德森评传》一书中，欧文·豪肯定了安德森在《小镇畸人》中对没有话语权的普通大众的关注。此外，不管是安德森还是福克纳的作品都着力表现劳苦大众之间的团结和关爱或者对这种关爱的渴求，这也是两位作家之所以吸引欧文·豪的原因之一。在欧文·豪看来，现代社会的一大弊病是对社会个体的漠视，以至于消除了人们的个性特征，因而这种人与人之间的关爱之情比社会平等更为重要，因为它凸显了个体的存在和意义，“从根本上对现代生活进行抗争”[20]。

无论是对早期马克思主义文学批评的思考、对南方文学传统和新批评的态度，还是对舍伍德·安德森和威廉·福克纳的兴趣，都说明欧文·豪已经开始摆脱狭隘意识形态批评，能够客观而公正地对待与自己政治立场不同的作家和流派。正如索林指出，从欧文·豪对“失落的文学”（the literature of loss）的关注，尤其是他对安德森和福克纳的评论中，欧文·豪似乎开始认同这样的观点：在政治活动和文学生涯之间并非只存在不和谐，两者之间也有着十分重要的联系。[21]欧文·豪虽然从少年时期便迸发出激进的政治激情，但他性格中还是有着同情和包容的良好素质，这也是他之所以能从政治活动家演变成文学批评家和公共知识分子的一个重要基础。到了20世纪40年代后期，随着对文学与政治关系的态度的转变，欧文·豪的批评风格也渐渐摆脱了早期激进主义的偏执和狭隘。在随后几十年文学批评生涯中，欧文·豪这一文学品位和政治立场相分离的批评原则逐渐得到强化和完善，并且成为他协调文学评论家和社会活动家两重身份的出发点。

3 《政治与小说》

政治判断力和文学敏感性之间的分歧和融合在欧文·豪的《政治与

小说》（1957）中体现得最为清晰。欧文·豪一向反对20世纪30年代所盛行的社会主义现实主义批评，因为这一批评流派过于强调政治立场的正确；同样，他也对40、50年代那种无关政治的新批评带有保留意见。因此，在索林看来，《政治与小说》标志着欧文·豪找到了“介于两者之间的灵活的批评立场”[22]。欧文·豪在创作《政治与小说》时自称“一心想让自己的政治热情挣扎着释放出创造力”。《政治与小说》一书虽然没有完整统一的论点，但自始至终透露出一种孤独和迷失的感觉，而这种孤独与迷失在很大程度上是源于一个政治上的激进分子在理想无法实现时所感受的幻灭。不过，更重要的是，在《政治与小说》一书中，欧文·豪集中思考了政治意识形态对小说各因素的影响。他认为，没有作家能够在一个不带价值观和信仰的真空地带写作，人类生活、人际关系、社会机制都受到政治和社会结构的影响。因此，文学和社会、政治之间存在着必然联系。也正因为如此，批评家进行文学批评时不能过于强调其中的任何一点。欧文·豪在书中系统地讨论了政治和小说的关系，确立了自己批评的公正原则，并在此基础上将政治上和文学上的感悟有机地融合到批评之中。

在《政治与小说》一书中，欧文·豪重点对政治小说进行了分析。欧文·豪认为当小说家不再将注意力局限于社会内部存在的阶级差异以及社会风俗，而是开始关注社会本身的命运时，也就是政治小说缘起之时。他指出，政治小说的本质在于抽象的意识形态和个人具体的感官经验之间的矛盾关系。虽然欧文·豪反对将文学沦为政治目的和意识形态的工具，但是这并不等于说，欧文·豪简单地断定带有政治倾向和意识形态特点的文学作品在艺术性方面就没有价值。事实上，欧文·豪认为作者很难回避意识形态问题，而抽象的观点对于严肃小说来说也是不可或缺的。但是小说家必须将抽象的观点渗透到小说的情节发展之中去，和小说人物的感情、经历有机地融合起来，使人物更加鲜活，而不是将其作为机械的政治纲领在小说中进行宣讲。因此，对欧文·豪来说，小说中最重要的不是小说家的政治观点，而是他/她的感受力，而批评家在分析政治小说时，所运用的评判标准应该是对小说的评判标准，而不是根据政治标准对小说的政治立场和政治内容进行评判。但是，由于政治小说评论家对于小说的政治性问题，特别是对小说中与自己对立的政治立场，相对会更敏感一些，因此批评的公正原则在这里就显得尤为重要。

如前文所言，欧文·豪始终坚持认为文学和政治不应该混为一谈。《政治与小说》的一个显著特点是欧文·豪所选的小说在思想上都具有一定的挑战性，情节都以重大历史运动为背景，其中有些小说在政治立场上与欧文·豪的政治信仰相左，可说是保守的或是反动的，就如陀思妥耶夫斯基的《白痴》、康拉德的《在西方的眼睛下》和詹姆斯的《卡萨玛西玛公主》。然而即使是在评论这些具有政治背景的小说时，欧文·豪所关注的也不是小说中的政治立场，而是注意评判政治观点是如何融入小说、影响小说的。欧文·豪对陀思妥耶夫斯基的评论可以说是文学批评公正原则的一个极好的例子。如果从政治立场上来看，陀思妥耶夫斯基代表着欧文·豪所谴责的一切。陀思妥耶夫斯基自己曾承认他写《群魔》有着明确的目的，就是为了批判除基督教之外其他任何形式的救赎，而为了明确传达自己的这一观点，他甚至可以不惜牺牲作品的艺术性。这样的创作原则显然是欧文·豪极力反对的。但是，欧文·豪并没有因为陀思妥耶夫斯基的写作目的和政治立场而将《群魔》批得一无是处。他认为事实上，陀思妥耶夫斯基在创作《群魔》时并没有像自己声称的那样为宣传特定的观点而忽略其艺术性的一面。恰恰相反，作者在创作过程中并没有完全按照原定的计划，而是被自己的想象力和同情心所控制，充分地刻画了人的思想和情感，将理论和经验、政治意识形态和个体情感以及社会关系丝丝入扣地紧密结合起来，使小说超越了起初狭隘的目的。此外，陀思妥耶夫斯基比其他任何作家都深刻、形象地揭示了意识形态机器对人们的巨大影响：扭曲他们的思想，让他们看不清基本的事实，甚至使他们成为魔鬼。基于这一点，欧文·豪将《群魔》列为“最了不起的政治小说”之一。

《政治与小说》标志着欧文·豪从一个对文学着迷的政治人向专业文人的转变，他在布兰代斯大学、斯坦福大学和纽约城市大学教授英语文学近四十年，并且业余撰写和编辑政论文章。欧文·豪发现他所选择的十一位小说家，从陀思妥耶夫斯基、霍桑到马尔罗、奥威尔，都在道德、性格和动机的层面上提出了发人深省的问题。当时欧文·豪一定很想依据自己的社会主义信仰作出判断，但是他有意避免以前政论文章的那种振振有辞的口气。《政治与小说》中的文章表现出对不同思想的宽容，对性格弱点的同情，以及对不同品位的欣赏。在总结屠格涅夫《父与子》和其他小说中的政治智慧时，欧文·豪已成熟许多，不再像青年时期那样教条笃定。

他向我们讲述优柔寡断的权利，它几乎和否定的权利一样伟大。他向我们讲述犹豫不决的政治，这种政治永远无法拯救世界，但是没有它世界便永远不值得拯救。他用失败的权威向我们讲述。[23]

4 与极端主义意识形态批评的抗争

文学和意识形态之间存在着不可割裂的联系。按照特里·伊格尔顿的说法，作家作为社会人，必然进入到现实的意识形态符号秩序中去，文学通过特定语言与意识形态连结在一起，但文学本身又通过语言源源不断地产生新的意识形态。因此，文学活动本身具有意识形态性质，同时又反过来作用于意识形态。意识形态的运作目标是隐藏资本主义制度下阶级结构和社会关系的真正实质，使之神秘化，所以意识形态批评担负了一种去神秘化的解蔽功能。由此可见，意识形态批评是文学研究的一个重要方法。

文学的意识形态批评历经了一系列的发展过程。早期的意识形态批评，如马克思主义文学批评常常关注文学的社会政治内容，或者说，关注文学与社会意识之间的关系。其后的意识形态批评还致力于勘察和辨析文学的意识形态意义与其实现之间的关系。作品建构的是一个充满张力的文本空间，作者的意识形态立场与作品的实际表达效果有可能出现差异，这个时期的意识形态批评致力于剖析这种不一致性。而此后的文学意识形态批评对文体和叙事中的意识形态问题投入了更多的注意力。[24]

意识形态是一个偏于社会政治的认识论和社会学范畴，而艺术却主要与审美化的情感和直觉有关，也就是说，意识形态范畴不能完全涵盖艺术概念。此外，正如汪正龙所言，作为精神个体交往活动的形式，文学活动固然以一定的物质条件为前提，受到统治阶级思想的影响，但文学在一定程度上又是超乎一般物质交往的，是作家自由的创造，因此包含着人们对超越性精神境界的追求，又常常超越了当下的意识形态。作为一个社会主义者兼文学批评家，欧文•豪显然对于文学和意识形态之间的关系有着深刻的理解。否则，他也不会如此关注文学的艺术性和政治性之间的关系。然而，极端主义意识形态批评却将文学批评作为达到自己政治目的的工具，看不到或者完全漠视文学内在的价值。欧文•豪十分反对这样的文学批评，并始终与这样的潮流进行抗争。也正是在与这些文学激进主义的抗衡中，欧文•豪再一次显现出他在文学上的“保守主义”。

4.1. 对激进女性主义的批判

20世纪60年代的政治运动促使左倾学术思潮在欧美势头强劲，而女性主义作为一种主要的左倾文艺批评理论也得以蓬勃发展。1970年，凯特•米利特发表《性政治》，此书被誉为当代美国女性主义批评理论两部标志性著作之一（另一部为吉尔波特和姑芭1985年编辑出版的《诺顿女性文学选集》），米利特也被称为“美国女性主义批评最著名的母亲”[25]。虽然有评论家认为米利特的著作算不上学术论著，但其创新之处在于以激烈的言辞向男权社会进行不留情面的批判，涉及从文学到社会思潮乃至西方文化的方方面面，明确地把性别问题和政治斗争联系起来，矛头直指主流文化所公认的文学大家，如劳伦斯、亨利·米勒、诺曼·迈耶等，并对以弗洛伊德心理学为代表的男性理论权威和“主导叙事”（master narrative）提出挑战。[26]虽然欧文·豪基本赞同女性主义运动的章程，但认为这一运动具有一定的缺陷，并对其中过于极端的“激进女性主义”在态度上有所保留。他认为以凯特·米利特等为代表的激进女性主义对具体的、可付诸实践的社会经济要求不屑一顾，而只是在意识形态上作文章，纠缠于各种人类学、历史及形而上学，将目光投向史前或乌托邦社会中女性的地位，试图寻求如何彻底改造整个人类社会的答案。这种不切实际的做法和目标使她们不可能得到广大妇女的共鸣，因此也就失去了最有力的支持者。此外，这样的运动对占统治地位的阶级和机构毫无威胁，充其量不过是给他们提供一些解闷、娱乐的谈资。而米利特本人则在此过程中名利双收。

欧文·豪称米利特等人为“新一代好斗的女性主义者”。他在《凯特·米利特的中产阶级思想》中指出，米利特的《性政治》称不上理论，充其量是在控诉女性在男权社会所受的无尽的压迫和苦难，米利特所代表的女性主义视野过于狭隘，完全出于中产阶级知识女性的立场，不顾历史上经济、种族、阶级及宗教等因素的作用，将一切社会现象的根源归结为“性压迫”，而忽视了人际关系中“权力”一词的复杂性和含混性，是一种“庸俗马克思主义”。此外，米利特极力颠覆家庭这一社会基本组成单位，认为女性在家庭中的地位形同奴隶及性对象，倡导以犯罪、同性恋作为反抗男权压迫的途径，通过挣脱家庭义务、在商业社会中取得成功来实现自己的社会价值。欧文·豪对米利特的这一做法极为反感，这和他身后犹太传统中强烈的家庭观念有着很大的关系。在欧文·豪看来，家庭自人类文化开始就已存在，存在自有其合理性。另外，家庭虽然是人类社会体制中最为保守的单位，但其模式一直都随社会变化以及人们的思想观念变化而不断变化，是一种开放的体制，而并非如米利特所言一贯作为男性压迫女性的手段。弗洛伊德提出的男女性别差异更是米利特批判的对象。米利特坚持认为除最基本的生物性差异，其他所有的男女差别都是由文化造成的，而欧文·豪则认为如果这些存在模式经过了长期的历史选择和沉淀得以巩固，那么它们就势必满足了生物性层面的需求，归根到底还是由生物性差异所造成的。此外，欧文·豪认为女性主义运动还存在一个问题，即如何同时在意识形态、政治问题和个人问题这三个不同的层面上达成统一。

欧文·豪在自传《一线希望》中回顾这一阶段，认为以米利特和舒拉米斯·费尔斯通等人为代表的激进女性主义者那些充满意识形态的著作在两性之间挑起了无法平息、无休无止的纷争，令包括他自己在内的许多本来同情、支持女性主义运动的人深为反感。不过，他还是肯定了女性主义运动所取得的成就，即这场运动使女性有机会强烈、真实地表达自己长久以来对所受不公平的愤怒和不满。不可否认，欧文·豪对待激进女性主义者的态度带有性别偏见的成分。在激烈地批判米利特等女性主义者关于家庭的理论时，他确实忽视了社会上、家庭中所存在的不公。因此索林认为当时的欧文·豪还没有真正将女性作为与男性平等的伙伴来看待，而欧文·豪后来也承认自己对待女性确实带着屈尊的态度和偏见。[27]值得注意的是，欧文·豪之所以严厉批判米利特和其他女性主义文论家，主要原因恐怕还是她们对文学的意识形态批评，并以此为基础颠覆以往（以西方白人男性为中心的）文学传统的做法。欧文·豪的这种态度从根本上来说和其后来批判多元文化和政治正确、捍卫西方经典的立场同出一辙。

4.2. 20世纪70年代：激进主义对文学的冲击

如前文所言，在政治运动风起云涌的年代，许多激进分子自然而然希望文学能够成为推进政治思想和社会革命的工具。从20世纪30年代的斯大林主义、托洛茨基主义到60、70年代的新左派、激进女性主义等，无一例外。欧文·豪对于这样的立场始终持反对态度。他在《政治与小说》

中就试图表明，虽然马克思主义是分析社会经济、政治关系的有力工具，但是在文学批评方面却价值不大，因为它无法深刻揭示关于情感、价值观等最基本的文学问题。到了20世纪60年代末期，新左派延续了斯大林主义关于文学是革命手段的观点，提倡“文学法西斯主义”。欧文·豪再次对此提出严厉批判。

欧文·豪在1969年那篇著名的《纽约知识分子》中指出，当下新左派所引领的社会存在着一种风气，在文学领域摈弃现代主义所崇尚的细致入微的描写，对有思想深度、复杂、紧凑的文学结构不感兴趣，而只欣赏直接、绝对、无需争论的文学，欧文·豪甚至认为这样的作品根本不能称之为文学。而到了20世纪70年代，这种风气蔓延到了大学的英语系。这很大程度上是由当时的社会现实所决定的。新左派在政治上逐渐没落后，很大一批新左派知识分子开始进入大学的人文学科，将他们的战斗阵地从政治领域转移到人文教育，继续他们在政治上没有实现的追求。当时现代语言协会（MLA）的主席路易斯·坎普夫是左派英语教授的代言人。他认为文学是阶级压迫的结果和工具。他的这一观点为那些本来就对文学研究毫不在意的英语系教师以及批评家们提供了依据。坎普夫曾经谈起自己在教授普鲁斯特时，全班都觉得十分无聊，直到学生占领了一栋教学大楼。当他们把课堂搬到“解放区”后，阅读普鲁斯特和教室里正在发生的事情紧密联系起来，于是“普鲁斯特的文学感悟对我们来说有了政治意义”[28]。欧文·豪在《文学批评和文学激进分子》一文中对坎普夫的这一观点进行了辛辣的讽刺。欧文·豪指出，第一，那些在教授普鲁斯特时头脑一片混乱的文学教授们都需要考虑一下职业再培训的问题；第二，如果坎普夫未能使普鲁斯特的文学感悟具有政治意义倒是普鲁斯特的一大幸事；第三，如果只能在政治行动中才能对文学产生激情其实是对文学的背叛，对政治运动来说意义也不大。最后，欧文·豪不无揶揄地指出，如果每一堂无聊的课都指望能通过占领大楼来活跃课堂气氛似乎过于奢侈。

欧文·豪几年后回顾激进主义对政治的影响时，认为或许激进主义对文学的危害不如他当时所估计的那么严重，并且对此放松了警惕。文学激进主义者忽略文学内在的价值，一心只想利用文学作为实现政治目标的手段。在不同的时期，文学激进主义者一直都以不同的形式存在着，从20世纪40年代的斯大林主义、庸俗马克思主义，到60、70年代的激进女性主义以及坎普夫为代表的新左派。而到了80年代，激进主义再次回潮，以种种文论的形式对文学发起了更为猛烈的冲击。

5 与埃里森的辩论：文学和政治之间的游移

虽然欧文·豪坚持将文学和政治分离的原则，并试图在文学和政治这两大兴趣点之间寻找一个平衡，但这一探索的道路并非一帆风顺，因为很多时候，文学品位并不可能完全独立于政治潮流之外。这一点对于小说尤为明显。正如欧文·豪在《黑孩子和土生子》一文中指出，“小说这一文类本身具有模棱两可性：它既追求形式上的独立，但又很难避免作为一种公众姿态出现。”[29]换言之，欧文·豪在评判小说时既重视其艺术方面的独立性，同时也意识到小说必然面向公众，具有其特定的社会功能。而这一点，也适用于所有的文学作品。

1963年，欧文·豪满怀激情地讨论“黑人革命”问题，为黑人在争取自由的道路上所取得的胜利欢呼，并分析美国黑人革命的主要原因，对肯尼迪政府在种族问题上缺乏远见提出批评，指出美国社会不仅要为黑人提供平等的机会，还需尽可能在各个领域、各个方面给予他们特殊的帮助和权利。在这一点上欧文·豪比美国正式实施鼓励录用女性和少数族群的《平等权利法》（Affirmative Action）要提早了两年①。在同年发

① 五年之后，欧文·豪在这个问题上又进一步指出，在大学教育中这一措施可能会存在一些弊病。比如黑人学生不知道自己的好成绩究竟是自己应得的还是出于教授们的同情心。他指出，最好的办法是在平时给予处于劣势的学生相应帮助，而在评分的时候一视同仁、完全坦诚。

表的文章《黑男孩和土生子》中，欧文•豪指出了黑人文学中存在的一些问题，由此引发了一场和埃里森之间的激烈争论。

在《黑男孩和土生子》中，欧文•豪以黑人作家詹姆斯•鲍德温早年对理查德•莱特以及其他黑人抗议文学的批判为引子，对莱特的《土生子》进行重新评价，对鲍德温的创作进行简单的概括，指出黑人文学应该自成一体，互为参照，而不应该以梭罗、爱默生、福克纳和海明威等人为标准。鲍德温在1949年发表文章《每个人的抗议小说》，对黑人抗议小说（从《汤姆叔叔的小屋》到《土生子》）以及其他遵循自然主义小说传统的黑人作家进行了批判，认为这一类小说虽然表达了对黑人境遇的同情，但却将黑人刻画为社会的牺牲品、受害者以及性暴力的实施者，而在写作过程中作家势必再现、放大所经历的创伤，事实上只能使黑人更加局限于这一社会角色，在客观上进一步强化了他们想要解构的社会类别，难以摆脱暴力的阴影。鲍德温本人就在努力超越莱特所代表的"黑人作家"这一角色，因为他不想让自己受限于社会分配给黑人的"反叛者"或者"牺牲品"角色，而力争成为自由、自立的"美国作家"，乃至于超越既往任何意识形态立场的限制。但欧文•豪并不赞成鲍德温的这一立场，认为他将文学和社会学割裂开来，以至于忽略了社会经验和文学之间的必然联系。欧文•豪认为理查德•莱特的《土生子》虽然有不少缺点，比如文字粗糙、情节夸张等，但仍不失为黑人文学传统的典范，因为莱特承担起历史和时代赋予他的使命，第一次在小说中向世人宣布黑人没有忘记社会所强加给他们的不公，反映了黑人对压迫者的憎恨，因此使美国文化产生了质的变化。欧文•豪认为不管是出于历史记忆还是社会现状，书写黑人的悲惨经历和不公正的遭遇都是黑人作家理应承担的责任。他认为早期的鲍德温和拉夫•埃里森的作品过于追求"美国化"，从中看不到黑人独特的经历，因而在一定程度上放弃了自己的种族身份，追求的是一种"战后自由主义"[30]，和保守主义没什么两样，事实上是在刻意回避民族身份和痛苦的民族经历。

对于欧文·豪的这一观点，埃里森做出了极为激烈的反应。埃里森指责欧文·豪将黑人作家看作是他们社会政治困境的产物，而不去考虑这些黑人作家个人的意愿以及美国这一更为广阔的文化环境。在这一点上，埃里森对欧文·豪的指责和十五年前欧文·豪和卢森堡对萨特的指责如出一辙，只不过欧文·豪现在的立场似乎和当初截然相反。正如欧文·豪后来在自传中谈到："萨特争议发生十五年之后，当我与拉夫·埃里森关于黑人文学进行激烈的辩论时，我惊讶地发现自己居然站到了一个萨特式的立场上。我曾经写过一篇关于理查德·赖特、詹姆斯·鲍德温和埃里森的小说的文章，强调了他们作品中主导的、事实上是不可避免的'反抗'主题。埃里森抗议说我把黑人作家锁进了一个真空盒当中——即萨特的所谓'处境'。埃里森坚持认为黑人拥有独立的文化，仅仅透过'抗议'的镜片是无法完全领会的。埃里森的观点当然有它的合理性，然而我却无法摆脱这样的想法：黑人的'处境'为他们带来的创伤比他们所愿意承认的要多得多。但是，如果把这个问题放到犹太人身上的话，也许我就不那么容易看得出来了。也许对这样的分歧不可能有什么明确的结论，先是萨特和罗森堡，然后是我和埃里森，因为双方都只是过分强调了他们眼里的真相。"[31]

在埃里森看来，欧文·豪本人对黑人经历一无所知，却坚持认为黑人作家应该反映黑人的愤怒，其实是将政治意识形态凌驾于写作艺术之上，将受马克思主义批评观影响的白人批评家的喜好强加到黑人作家身上，带有种族隔离主义倾向，剥夺了黑人作家想象和创作的自由。埃里森认为只有那些艺术性不强的黑人文学才会借用老套的暴力和抗议主题，欧文·豪对于莱特作品中暴力主题的欣赏体现了他对写作艺术不负责任的态度。在论辩中，埃里森甚至转而攻击欧文·豪没有亮出自己犹太人的身份，而是以"白人知识分子"自居，试图与白人权力机制达成共识，对黑人知识分子进行压制。

纵观欧文·豪的文学观，我们不难发现他在这次论辩中所持的观点似乎与他一贯坚持的文学和政治分离的原则相悖。但事实上，欧文·豪一贯坚持文学作品的艺术性应该是第一位的。尽管他不得不承认，“有时对于一个作家来说，作为人所应承担的责任比作为作家所应承担的责任更重要。”[32]但是他从不认为作者可以放弃在艺术上的标准而去满足政治上的目标。欧文·豪之所以为莱特进行辩护，主要是因为当时评论界普遍认为莱特的《土生子》在情节上冠以党派言论，而欧文·豪则认为这样的观点将问题过于简单化，没有对莱特作品的价值作出公平的评价。在上述埃里森和欧文·豪之间的论辩中，埃里森对欧文·豪的指责过于激烈，有的时候甚至断章取义，曲解了欧文·豪的观点。事实上，欧文·豪从来没有认为黑人的悲惨命运就是黑人经验的全部，他也从未坚持黑人作家只能以此为主题，对社会不公提出抗议，以争取黑人自由为己任，并且可以因此而忽略写作技巧。欧文·豪同意鲍德温在《每个人的抗议小说》中所提出的“文学和社会学不能混为一谈”[33]的观点。他只是进一步指出黑人作家不应把这一观点绝对化，因为社会经历和文学之间的关系是一个十分复杂的问题，作家的个人经验必然会影响到他在小说中所呈现的观点，因此黑人作家的作品也难以完全脱离他们的独特经验。而在这一点上，埃里森和欧文·豪的观点并没有太大的分歧，因为埃里森虽然强调“文学品质”比“族裔政治”更重要，但是他自己就曾对《党派评论》编辑菲利普斯说过，他认为“黑人经历始终与白人经历不同，并且始终影响着黑人的思维方式”[34]。此外，欧文·豪撰文的目的也是为了肯定抗议文学在黑人文学中的地位和存在的必然性，认为像鲍德温和埃里森等黑人作家现在之所以拥有选择作品主题的权利，正是因为莱特已率先为他们开拓了抗议文学这一领域，免除了他们这一社会责任。欧文·豪提出黑人作家应承担一定的社会责任有着特定的历史背景——在20世纪50年代末至60年代初期，保守主义盛行、顺从的风气主宰美国知识界。在这种情况下，欧文·豪认为黑人作家不应只是一心想成为“美国作家”，只看到美国社会的多元性、流动性和自由性，而忽视自己的民族经历，甚至全然否定以莱特为代表的黑人抗议文学的价值，他的观点对新一代黑人作家是一种善意的提醒。在欧文·豪和埃里森进行论辩之初，美国知识界几乎是一边倒地支持埃里森，这也可以从一个侧面反映当时社会的“顺从”大趋势。此外，从文学价值上来说，欧文·豪所提出的关于黑人作家书写自己独特经验的建议本身也无可厚非——早年亨利·詹姆斯曾建议伊迪斯·沃顿写她所熟悉的纽约、福克纳作品中不断出现的南方等等都体现了地方和世界之间的辩证关系。倒是埃里森本人似乎对自己黑人作家的身份怀有一种类似强迫症的敏感态度，断然否认莱特等黑人作家对自己的影响，似乎认为强调书写抗议必须得以牺牲艺术性和文学的独立性为代价，这在一定程度上歪曲了欧文·豪的本义。

欧文·豪在1969年再版《黑男孩和土生子》时，对和埃里森的辩论一事进行了回顾，并试图和埃里森达成和解。他在文中指出，尽管他和埃里森观点不同，但事实上他们之间也存在着许多共同点，如两人都认同个体经验和文化之间的统一，都坚持认为不管是评判黑人作家的作品还是其他作家的作品，需要运用同一美学标准，都反对任何人在社会、文化领域以任何形式实施新的种族隔离主义。[35]当时知识界的潮流已经与1963年完全不同：新左派正志得意满，全然接受并推进所谓的“黑人权力”，强调文学为政治服务。埃里森所强调的艺术的自给自足地位以及自己对西方文学传统（由白人作家引领）的认同显然是他们批判的目标。而欧文·豪虽然强调抗议文学的重要地位，但又试图在历史社会责任和作家的个人情感之间进行调和的做法在新左派看来也有骑墙的嫌疑。在这种情况下，欧文·豪此时的态度无疑是对埃里森的大力支持。

1990 年《黑孩子和土生子》再次出版时，欧文·豪又对这篇文章进行了补充。他指出，1963年以来逐渐发展起来的“黑人美学”运动声称黑人作家应坚持独特的黑人美学，甚至认为黑人作家的作品只有黑人批评家和读者可以理解。欧文·豪对此进行批判。他认为，独特的黑人种族经验并不意味着一定要求有独特的黑人美学，就像独特的犹太民族经验并不见得要求有独特的犹太美学与之呼应。他在文中承认，像美国黑人这样被压迫的民族并不仅仅懂得抗议，完全有能力创造一个生机勃勃的文化，而他当年与埃里森论辩时低估了黑人作家的这一能力。不过，他还是坚持认为抗议主题是黑人作者难以回避的主题之一。

从欧文·豪与埃里森论战的始末，我们可以看出，欧文·豪在文学的政治性和艺术性之间似乎曾经有过游移（至少在埃里森看来，欧文·豪之所以建议黑人作家关注抗议文学是出于政治目的）。索林认为在这一事件中，欧文·豪作为政治活动家的身份占了上风，背离了他在文学方面的感悟。[36]亚历山大也得出类似的结论，认为这次论辩表明，艺术和道德伦理之间可能存在的矛盾始终使欧文·豪处在两难的境地。[37]但是，事实上欧文·豪和埃里森在这一事件上的观点并不像表面看来那样水火不容，只是两人各自所强调的要点有出入。欧文·豪始终相信作家应该通过文学反映个人或者社会经验。不可否认，对于美国黑人和其他少数族裔来说，种族歧视、不公平待遇和抗议显然是他们不可抹杀、不可割裂的经历。因此，在这一点上欧文·豪只是重申了他的文学观，而并非如埃里森所谴责的那样，将意识形态凌驾于艺术性之上。另外，欧文·豪这一时期的立场和当时的社会状况也有着紧密的关系：当时不少黑人作家都注重于成为“美国作家”，追求普世性，这和欧文·豪自己早期背离犹太性、追求现代主义文学、渴望成为世界公民的愿望有着类似之处。欧文·豪以过来人的身份提醒黑人作家不应忘记他们的使命，不要重蹈他和其他一些纽约知识分子当年走过的弯路。在这一点上，欧文·豪的提醒是很有价值的。事实上，后来詹姆斯·鲍德温等黑人作家也认识到这一点，将自己的创作根植于美国黑人独特的历史、传说和现实生活之中，为黑人文学第三次浪潮的到来铺平了道路。

6 经典之争：与多元文化和政治正确的抗衡

正如前文所言，欧文·豪是一个认同自由主义思想、重视西方文化核心观念、捍卫人文主义精神的学者。在美国学界自20世纪70年代开始的经典之争中，欧文·豪也发出了自己的声音。他1991年在《新共和》上发表文章《经典的价值》，对当时盛行于大学人文学科中的政治正确和多元文化主义思潮进行批评，再一次表达了一个激进分子“保守”的观点。

文学经典的形成始于柏拉图和亚里士多德提出的文学原理及对史诗和悲剧的界定。所谓文学经典，一般是指欧洲文学中获得批评家、学者和教师公认的重要作家作品，被批评家和史学家充分研讨，收编在选读本中，并作为文学名著列入学校的课程和教材。在20世纪多元氛围之下，许多理论家和批评家提出，在经典形成的过程中，表面看起来似乎很公正的选择原则中存在着政治因素的干扰、选择机构和成员本身的偏见和局限，因此文学经典化过程中存在种族、阶级和性别的歧视。自20世纪后半叶开始，文学界围绕历代文学的选取和界定标准进行了激烈的争论。女性主义、马克思主义、后殖民主义和新历史主义文论家们认为现有的西方文学经典带有种族歧视、男权压迫和帝国主义色彩，对少数族裔、妇女以及劳动阶级的边缘化起到了推波助澜的不良作用。因此，他们强烈呼吁“打开经典”，废除“欧洲中心主义”和“精英主义”，修改经典的选择标准，在经典中包括更多的女性作家和少数族裔作家，并包容通俗文学，对传统经典文学发起冲击。在这些潮流的推动下，同时迫于政治正确[①]的压力，大学人文学科开始在课程设置和内容等方面做出修正，开设女性研究、少数族裔作家研究的课程。

---

① 政治正确：即所谓的“political correctness”（缩写“PC”），指的是在种族、性别、文化、性取向等方面不得使用带有歧视性的语言或表现出带有侮辱性的举止。虽然该短语在美国18世纪末的政府文件中就已经出现，但是上述意义则是欧美左翼运动的产物，与后现代主义的兴起有直接联系，20世纪60年代之后风光了三十年，在政府法律（“平等权利法案”）的推动下，已经形成了一种大众意识，曾一度非常时髦。90年代之后随着保守势力的反扑，则越来越受到质疑。

针对“打开经典”这一潮流，在学界也出现了以哈罗德·布鲁姆等为代表的捍卫经典派。他们认为伟大的文学作品具有超越阶级、性别和种族的美学标准，作家和作品优秀与否是不争的事实。布鲁姆坚决抵制“打开经典”的做法，并在《西方经典：古往今来的书和学校》（1994）一书中通过对二十六位西方经典作家进行讨论，捍卫传统经典。布鲁姆认为，伟大的经典之所以成为经典，恰恰是因为西方经典有着超越政治、种族和性别的客观美学标准；经典的形成并非某一年代的某个决策机构所能决定的，无论现有的经典在形成过程中是否受到种族、阶级和性别因素的影响，经典毕竟经过长期的历史考验和沉淀，其优秀的品质也不断地得到重新的批判和验证，因此能够代表西方文化、艺术和智慧的结晶，而并非政治或意识形态的简单取舍。布鲁姆对“打开经典”的做法和多元文化主义进行了反击，认为他们反对传统经典的言行实际上是试图利用随时代而变化的政治标准和小群体的功利考虑来取代美学和艺术的永恒尺度。

从实质来看，经典之争是意识形态批评家向文学经典发动的冲击，而这一趋势从20世纪60年代的女性主义和新左派就已经开始。如前文所言，当时的欧文·豪对于激进女性主义和新左派是持批判态度的。他认为女性主义和新左派都将文学和文学批评作为达到自己政治目的的手段，并且有着蔑视传统、批判西方人文主义的倾向。不过，到了20世纪80年代，欧文·豪感觉到用来衡量文学优秀与否的传统标准在某种程度上被滥用，以至于造成对非主流文学的遏制。他于1984年发表文章《迈向开放的文化》，从民主主义精神的角度出发，提倡一种更为开放、更为包容的文化。他在文章的开篇就指出，美国一向有着接纳新事物、新文化的民主传统。豪威尔斯对新兴的以克莱恩的《街头女郎梅姬》等为代表的城市现实主义曾予以大力扶持，而爱默生和惠特曼则给美国文化带来了一场革命。自那以后，美国文化将欧陆文化改头换面，以适应美国本土的特定环境，而对欧陆传统一直在顺从和反抗之间游移，试图找到一个平衡点。也正因为如此，美国文化一向都是不稳定的，不停地在酝酿着变化，而许多原先处于文化边缘的地区、种族等也一直在努力发出自己的声音。美国文化发展的一个主线便是新旧文化的抗争：爱默生思想的追随者与上层贵族阶层、现实主义小说家与"温文尔雅派"作家、移民与本土公民、现代主义先锋派与传统学院派之间的对抗贯穿了美国社会发展和变迁的过程。在此过程中当然需要付出一些代价，比如语言变得粗糙，品位变得不那么高雅，但是在文学中涌现了大批前所未闻的人物、主题和背景等，大大拓宽了文学的视野。欧文·豪指出，美国文化这种在碰撞中发展的进程并不是一帆风顺的，也并不一定总是在进步，20世纪60年代出现的"反文化"、"反智性"潮流就是一个很好的例子。但是他同样指出，"有很多时候人们用'卓越'和'标准'之类的词来维护思想狭隘的文化排他性，似乎他们唯一崇高的目的就是将那些穿着短打、自称会读会写的野蛮人排除在外。"[38]而这种将"标准"与时代和现实割裂的做法只会使标准僵化、失去现实意义。如前文所言，欧文·豪一向重视传统。他认为与传统紧密相连可以让人们更好地对自己所处的社会和文化进行正确的评价并加以扬弃。但是，人们也应该意识到美国这种"欧洲中心主义"传统疏漏了许多别的文化和传统。对于文学经典的问题，欧文·豪谈到，许多被现代读者奉为经典的作家，如笛福、理查逊等，在当时都曾被视为不入流、品位不够高雅的作家。他也注意到，在当前有许多原先被视为经典的作品正在逐渐淡出读者的视野。不过，他认为这是经典扬弃沉淀、自我更新的自然过程。

欧文·豪之所以写这篇文章，是因为他意识到当时美国保守主义的势力占据统治地位，他们敌视任何挑战既定观念和机制的做法，目光停留在过去，而对未来的趋势漠不关心，害怕冲突和激情。这篇文章的目的当然在于提醒美国知识界不要忘记民主的传统，对新兴的文化持一种保护和欢迎的姿态。从这篇文章中我们可以看出，欧文·豪对待传统的态度是理性、全面的。他既肯定世代传承的传统在当今社会和文化中的核心作用，又提醒人们应该对新兴文化持开放和欢迎的态度，避免狭隘的唯传统论，在重视欧洲传统文化的同时，对一些新兴的区域文化、移民文化和原先被压迫阶级的文化敞开胸怀，哪怕因此而付出些代价也在所不惜。

可是，时隔仅六年，欧文·豪却发现社会文化发生了很大的变化，他所欢迎的新兴文化来势凶猛、攻城略地，已然成为当时的主导潮流。在他看来，这是他20世纪60年代曾激烈反对过的反文化、反传统主义又以新的形式再次回潮。他在《新共和》上发表文章《政治正确错在何处：经典的价值》，对于集中在美国大学校园及大学人文学科课程设置的“经典之争”发表自己的看法，反对极端的多元文化主义和政治正确，捍卫文学经典的价值和地位，捍卫传统的人文主义教育理念。

欧文·豪认为时下大学的人文教育已经陷入危机，许多大学的世界通识课程、英语文学课程以及社会思想课程有的被削减，有的被取消，有的面临被取消，取而代之的是介绍第三世界国家文化的多元文化课程或者完全以阶级、族裔、性别研究等为主体的课程。欧文·豪指出，许多人出于无知将这些新兴的“反传统派”和“左派”、“文化左派”混为一谈，但事实上社会主义者和马克思主义者对待文化的态度与传统主义者更为接近：卢卡契曾指出伟大的马克思主义者都十分尊重人类的古典文明，托洛茨基提倡文学的主体性，而葛兰西也倡导传统的教育方式。在欧文·豪看来，当下大学校园盛行的反传统思想是“美国平民主义情结和法国精英主义批评理论的奇特混合体”[39]。平民主义情结一向反对对价值进行区分，可以追溯到20世纪60年代的反文化主义，为80、90年代的反传统主义者提供情感基础；而法国文论则以其元批评、准哲学及语言上的模糊性等特点为他们提供语言上和理论上的支持。对于出生于工人阶层的欧文·豪来说，传统（包括浪漫主义文学和现代主义文学）是人类思想的宝贵遗产，社会主义运动的目的之一就是使普通大众有权利分享这些宝贵的遗产，这也同样是那些不带有政治标签的自由主义者和民主主义者普及教育的目的所在。对于过去的了解可以使人们在一定的距离之外审视自己以及自身一些狭隘的习性，并养成批判性思维方式。虽然他也意识到对传统的这种看法有失天真，但是他还是认为这样的教育理念是民主社会所必不可少的，其中蕴含了自由主义、宽容、受压迫国家和民族的权利、妇女权利等一系列自由主义价值观。

虽然传统十分重要，但这并不意味着传统不可更改。欧文·豪指出，除了传统中屈指可数的几位核心作家和社会思想家之外，传统（经典）本身是开放的、不断变化的。为了给学生提供见识各种文学的机会，大学文学课程确实有必要包括一些原先因为种种偏见而被排除在外的黑人作家和女性作家。这一点欧文·豪并不反对。可是他认为教育最核心的目的是要让学生有机会接触、了解伟大的思想，即便他们今后可能会挑战这些思想，但至少他们知道他们所反对的是什么，而不是像20世纪60年代的反文化主义那样出于无知反对、批判一切。现在的许多文论家以“相关性”（relevance）为理由，出于阶级、性别、种族立场全然否定了西方文明中包括维特根斯坦、弗洛伊德、狄更斯、乔伊斯等在内的许多重要思想家和文学家。许多学生在这样的大环境下对经典当然知之甚少。对于这一点，欧文·豪深表担忧。他认为用“相关性”来要求传统和经典是不合理的，关键是今人用何种态度去对待传统。人们阅读经典并非是为了能将它们运用到自己的政治事业之中，而是“为了学会欣赏活跃的思维、愉悦的形式和优美的语言——简而言之，学会欣赏艺术本身”[40]。

欧文·豪在《经典的价值》中还就学术圈内反对经典的理由一一驳斥。比如，反对经典派认为要求学生阅读所谓的经典事实上是将某种特定的世界观强加给他们，是一种精英主义的做法。欧文·豪指出，在一定的程度上，所有的教育都在“强加”某种世界观，而人类之所以能够延续，很大程度上也得益于一代代人将某些东西“强加”给下一代。这其中最关键的因素在于教师以何种态度教授柏拉图的对话、穆勒的文章或劳伦斯的小说，是把它们当作神圣的文本膜拜，还是以开放的态度鼓励学生独立思考、进行质疑、敢于批评和挑战权威。对于经典基本以男性白人作家为主，鲜有女性或黑人作家，体现了西方文化霸权的这一观点，欧文•豪指出：首先，在18世纪中期之后的经典中有不在少数的女性作家；其次，早期文学史中女性作家的缺失是由于当时社会的不公造成的，这一点毋庸置疑，也无法弥补，但这并不能作为就此否定男性白人作家、思想家所取得成就的理由。也有反对经典派认为将一小部分作品列为经典是基于偏见的等级制度，文学品位受特定的历史条件或个人主观因素影响，带有偶然性。针对这一观点，欧文•豪指出批判分配不公的社会等级制度情有可原，但是文学上的等级制度是经过历史的检验而逐渐形成的，两者不可混为一谈，而关于文学品位，即使一开始形成时带有偶然性，但要能够保留下来必然得经过文化的筛选。另外，反对经典派认为所谓纯客观的教育、不受社会或政治偏见影响的文本只是自由主义者自欺欺人的说法，政治和意识形态无所不在。欧文•豪则争锋相对地指出，或许政治无处不在，但这并不等于政治就是一切。如果将发掘政治性作为阅读文本的唯一目的不仅显示想象力的贫瘠，对政治本身也毫无益处。最后，反对经典派还提出传统的经典建立在以精英主义以及西方帝国主义、种族主义和性别歧视等价值观的基础上，因此需要打开经典，吸纳非西方的声音，并使少数族裔学生了解自己的传统，增强自信心。关于经典中是否蕴含社会偏见的问题，欧文•豪还是坚持认为这更大程度上取决于授课教师的理念；对于“打开经典”的要求，他认为只要不是出于政治目的，这一要求在理论上值得尊敬，但由于通识课程本身课时有限，因此仍然有必要将注意力集中在西方社会的传统。至于学生的自信心问题，欧文•豪认为按照种族界限为少数族裔学生设置专门的课程反倒可能削弱他们的自信心，况且自信心本身并非人文教育关心的首要问题。

综上所述，在“经典之争”中，欧文•豪属于捍卫经典派。他认为传统是当代文明的支柱，反对多元文化主义、解构主义、文化研究等理论以性别、族裔和阶级等因素为理由，用“相关性”和“政治正确”等意识形态问题作为标准全盘否定西方传统文明。在对待经典的态度上，欧文·豪和艾伦·布鲁姆[①]在《美国思想的封闭》（1987）里的观点是一致的。因此，在许多政治激进派眼里，他又一次站在了保守主义者一边，而他自己也并不讳言这一点。他先前的同志和朋友中也很少有人支持他在这一问题上的立场。不过，我们可以看到，欧文·豪的“保守主义”观点显然也不同于那些一味反对“打开经典”的强硬的支持经典派。他认为经典本身不是封闭、一成不变的。他不主张在大学人文教育中将经典奉为至高无上的范本，而是认为应该鼓励学生学会批判和思考。他也承认在经典形成的过程中确实存在过不公和偏见，而像美国这样民主的社会对新兴的文学和文化应予以接纳。他所反对的是将文学经典问题政治化、割裂经典的极端倾向。欧文·豪是较早地认识到多元文化主义所带来的美国大学人文教育危机的知识分子之一，这也体现了他对社会问题的敏锐捕捉能力。他所提出的问题也逐渐引起越来越多的学者的关注，在其后的几年间，由后结构主义建构的“政治正确的庙堂”受到相当程度的奚落，多元文化、解构主义、文化研究、后殖民主义研究、族裔研究等“十字军”受到越来越多的指责。[41]以哈罗德·布鲁姆为首的文论家开始了捍卫经典、重回经典的运动，而艾伦·布鲁姆、西德尼·胡克等学者也始终坚持捍卫传统人文主义教育，并逐渐得到学术界的响应，近年以哈佛大学为代表的高等学府所进行的通识课程改革案在一定程度上体现了对传统人文主义教育的延续和革新。

在不同的阶段，欧文·豪对于文学政治性和艺术性之间的关系有着看似矛盾的观点，而这也的确是欧文·豪一直都在思考的问题。不过，他在经历了矛盾、游移和苦恼之后，最终选定的原则还是在政治性和艺术性之间划出一条分界线。正如欧文·豪所言：“近几十年在争取自由的斗争中，一个重要的方面就是划定了一条政治不应逾越的界限；而文学研

① 美国20世纪著名思想家，反对美国当代高等教育的反传统倾向，提倡维护大学的“经典”教育。

究和文学教学也是一样。”[42]换言之，他认为政治和文学有各自不同的领域，有各自相对独立的运行机制，不管是作家、批评家还是读者都不应将其中任何一方的原则强加于另一方，而他自己的批评也在文学的政治性和艺术性之间达到了某种平衡。在政治活动家和文学批评家这两重身份之间，虽然政治活动一直在欧文·豪的生活中占有非常重要的地位，但是他并没有像他所仰慕的托洛茨基那样为了政治生涯而最终放弃了文学追求。他逐渐发现自己事实上更醉心于文学这个“更为诱人的世界”，与此同时他也始终出于知识分子的责任感而不断就重要事件发表自己的看法，而文学中所包含的种种不确定性、多样性和复杂性使他在政治信仰和社会批评上变得不那么片面。

欧文·豪在文学性和政治性之间的取舍问题上也有代表性的说明。他在许多重要问题上能够保持开放、辩证的立场。欧文·豪是一个好辩的知识分子。他的一生大部分时间都在发出与众不同的声音，难怪索林称他为“充满激情的异议者”。不管是在政治立场还是在文学批评上，欧文·豪向来有自己独立的思考，从不盲从潮流，很多时候甚至是逆潮流而行。由于潮流在不断转向，欧文·豪在许多问题上似乎前后矛盾、立场不清，比如他对于新左派的态度、对于保守主义和激进主义的态度、对于文学中政治性和艺术性的关系、对于美国的自由主义传统、对于美国学术界的经典之争等。然而，如果仔细审视欧文·豪在各个时期的观点和当时的时代背景，我们可以发现，欧文·豪其实是一个非常有原则的人，但是他从不狭隘地固守原则，而是能够密切地关注各个历史时期的特点，并作出相应的选择。至于在具体的时刻如何选择，按照欧文·豪自己的话来说，“这需要相信自己的直觉。”他说他的一个原则就是“不管是在文化观念还是公共决策方面，对占支配、统治地位的那一方观点进行批评，基本都不会出错。”[43]事实上，欧文·豪所谓的“直觉”更多是来自多年的观察和思考，反对的是不经思考的盲从和随大流，不管是在政治思潮还是在文学批评理论方面都是如此。他认识到美国虽然崇尚个人主义，但是当各大理论、各大潮流纷纷来袭之时，很少有人能够保持清醒的头脑，在这样的时刻便需要有人看得更远一些，并出于高度的社会责任心向大众不断地敲响警钟，让他们认识到盲从潮流的危害性。从某种意义上来说，欧文·豪所坚守的正是公共知识分子的这种甘愿冒天下之大不韪的社会责任。

结语

欧文•豪是20世纪美国社会文化批评家中杰出的一员，是“纽约知识分子”群体的重要代表，他的一生不论是在政治理想、民族情感还是学术思想上都是追求真理、追求希望。欧文•豪的社会主义信念经历了从政治抱负到道德理想的提升，民族情感经历了从游离到回归的曲折，而这两方面的变化和追求又都凝聚和体现在了他对文学的感悟中。他的文学批评也经历了由文学的政治历史论到探索文学本质的洗练。总之，在这三个领域，欧文•豪的视野和胸怀都是在不断拓展，不断接近着至真至善的境界。

欧文•豪在文学领域的贡献是他朴素的文学观和富有启发性的批评观。他的文学观在时间维度上超越了对现代与传统的普遍迷惘，在空间维度上对文学与社会关系的梳理也极为清晰。欧文•豪强调文学是对生活的表现，而文学最具有普遍性、亘古不衰的主题就是对人类“自我”的思考，这是所有文学主题的中心。欧文•豪的批评观是对形式批评和内容批评二元对立局面的突破。虽然从表面上来看，他的批评作品中充斥着对社会、文化和历史的思考，采用的无非是最传统的社会历史批评方法，但欧文•豪最基本的批评理念是批评应该针对文学本身，他对文学本质因素的考虑远远多于传统的社会历史批评，他将文学与社会、历史相联的最终目的还是领悟文学本身。笔者将欧文•豪的批评方法归纳为文学的历史批评，因为欧文•豪提倡用历史的眼光去研究文学、作家以及作品中的主要文学因素。与传统的社会历史批评的实证主义研究不同，欧文•豪的历史批评的最终目的不是用文学印证社会历史，而是用历史的眼光去看待文学，让静止的文学作品透射出历史动态的意义。这样的批评观是欧文•豪博采众长、对20世纪纷繁复杂的批评流派和理论兼收并蓄的结果，也是他丰富的生活经验、深厚的文化积淀和长期批评实践最终汇聚而成的思想结晶。

欧文•豪一生中的大部分时间都面临着对抗，他的思想被世人讥为老套过时，但是当我们站在21世纪的今天来重新审视他的批评理念时不难发现，他的文学批评观是使西方文学批评由形式主义批评向社会历史批评回归的主要影响力量之一，更重要的是，欧文•豪在引领西方文论摆脱理论纷争，打破形式与内容二元对立的狭隘局面，走上探究批评真谛的道路上起到了重要的指导作用和示范作用。欧文•豪的文学批评思想对中国的文学批评如何发扬传统，真正做到中西合璧，走上健康发展的道路也有很大的帮助。总而言之，重新审视欧文•豪的文学观和批评观，系统地研究他的批评著作，对于我们把握世界文论发展走向、认识中国文论的发展现状和未来趋势都无疑具有十分重大的意义。

两千多年前，古希腊思想家亚里士多德、柏拉图等提出了艺术与现实世界的关系这一问题，自他们以后，从社会学的角度来研究文学便成为了西方文论的主要模式之一。1800年，法国的斯达尔夫人发表了《从文学与社会制度的关系论文学》，从理论上为文学的社会批评奠定了基础。之后，这一批评模式虽然经历了兴衰起伏，但一直延续到今天，成为一条绵延不绝的文学研究主线，并且在不同的历史阶段呈现出不同的特点。20世纪以来，西方文论界曾经发生了由文学的社会批评向文本内部研究的重大转向。许多文学批评家运用语言学等跨学科理论，从文学作品的形式与结构入手探索文本的意义内涵。这股批评潮流的积极性在于扭转了传统文学批评忽略文本自身特性的局限性，但是因其对文本内在因素的过分强调又使文学批评走入了与社会历史割裂的另一个误区。因为文学与社会的互动关系是不容忽视的事实，要探究文学自身的特点，不能不关注社会历史与文学的相互作用。因此，20世纪下半叶以来，西方文论在经历了从意识形态批评到形式主义批评的转变之后又出现了一些回归迹象。是否如有些学者所总结的，西方文论的发展走向呈现“钟摆”模式，总是在意识形态批评和形式主义批评的两点间来回游荡呢？在这两极之间是否存在着一个更趋合理的批评模式，可以使文学研究在最大程度上体现出它的合理性、发挥它的价值呢？在这个问题上，欧文·豪的历史文学批评观对西方文论的何去何从提供了一个可行的思路。

从20世纪40、50年代开始，欧文·豪在他的批评著作中就一直强调文学艺术与现实的关联，虽然当时将文学孤立于社会环境之外的主流批评家们认为他属于一个已经逝去的时代。当时形式主义、语义学和新批评等重视文学“内在问题”的批评流派的兴起渐渐将社会意识排斥出文学批评的视野，而在这样的大趋势下，欧文·豪坚持自己的信念，几乎用了一生的时间来思考文学与社会的关系问题，调和政治关怀和文学兴趣之间的矛盾。因为他对这两个方面的追求都经历过长期执著的追求，所以他后来所达到的境界、所形成的思想是比较成熟和具有说服力的。事实上，20世纪80年代以来，西方文学研究的兴趣中心已经再次发生了重大的转变，由文本内部研究开始回归到研究文学与外部世界的关系，即文学与社会、历史、政治等意识形态领域的联系。不容置疑，欧文·豪应该是促使文学批评回归性转向的力量之一，当他与主流思想相左时，他为了心目中的“一线希望”而坚持着自己的信念。同时，方向上的回归并不意味着重复以前的套路，新的意识形态批评家们都在八仙过海，各显神通，从女权主义、马克思主义、新历史主义、心理学、社会学等多种角度阐释文学，而欧文·豪的批评方法对于转向后文学批评在模式和方法上的探索具有一定的启发性。

首先，欧文·豪的历史文学批评观虽然在大方向上与现有的意识形态批评各流派相一致，但他并没有模糊文学与其他意识形态领域或其他学科的界限。在关心文学与外部世界的关系的同时，欧文·豪更注重对文学本身问题的思考。因为他强调兼收并蓄，强调内容和形式的兼顾，所以他的批评观不仅仅是对形式主义批评的反驳，而且是对内容批评和形式批评长期以来二元对立、非此即彼的局面的改变。在一定程度上，欧文·豪的批评路线是内容批评和形式批评之间的平衡，在批评潮流转向其中的任何一个极端时都起着一定的制约作用。这可以说是西方文学批评史在思维方式上的转折点，也是西方文论发展的一个可行的方向。

另外，欧文·豪的历史文学批评观较传统的文学社会学研究模式有了很大的进展。传统的文学社会学研究重点还是在对社会现实的认识上，文学实质上成了了解社会的媒介。批评者一般通过对文本的分析来印证社会矛盾和社会问题的存在，或者通过对作者生平的考察推断其创作意图和表现方式，却对文学本身的特质和内在的价值重视不够，使文学批评成为社会学研究的附属品。长期以来，使用文学社会学研究方法的批评者习惯于简单沿用前人的套路，使人们对文学的理解偏于狭隘，对文学发展过程的认识过于片面，文学批评仅仅局限于揭示文学的世界和社会现实之间的一一对应关系。这样的批评模式只是建立了文学与社会的横向联系，趋向于简单和僵化。即使当伊格尔顿坚持从整体文化的角度分析文学与社会的关系时，他也只是拓宽了意识形态批评家的眼界，将文学与社会的关系看得更全面透彻而已。欧文·豪的批评角度虽然与他们有相似之处，但最大的不同是他用历史的眼光看待文学，将文学研究置于历史发展的流动进程中，从而使得静态的文学艺术具有了动态的活力，展现出新的生命力。此外，欧文·豪还将批评的重点落在个体身上，在文学人物、作者、读者、批评家等个体之间建立联系，并将这种联系放在特定的历史背景之下，使个体能够跨越历史进行对话。这样的批评消除了原先社会批评过于宽泛的缺点，增加了亲和力，更加容易为读者所接受。

欧文·豪的历史文学批评观突破了以前对文学作品与社会关系的简单解释，他以一种强烈的历史意识进入文学的内部，使文学所反映的社会现实、作家的思想特征以及作品中的人物等因素具有了历时性的特征，总之从宏观到微观，欧文•豪的历史意识无处不在。如果说伊格尔顿使社会批评向人类整体文化视野迈进了一大步，从广度上改进了社会批评方法，那么欧文•豪则在深度上提供了文学的社会学批评的另一个发展方向。

20世纪是西方文学批评的黄金时代，理论流派层出不穷，批评家的社会影响力不断增强。西方的各种文艺思潮虽然也先后影响了中国的文论，却都如同过眼云烟，风靡一时便悄无声息，始终无法达到与中国文学的真正契合。这样的局面与中国文论界总是被动地接受，甚至盲目地追随西方的流行思潮，缺乏主体意识、内省和内在活力有关。自从20世纪90年代中国进入大众消费社会以来，虽然中国的文学创作呈现出多元发展的势头，所谓“80后”的新一代文人与传统作家争分天下，使中国当代文坛异彩纷呈，但是文学理论的研究和实践却在大众文化的庞杂和商业利益的强势包围下面临着严重的危机。文学批评的声音越来越曲高和寡，文学批评或人云亦云、缺乏创建，或耽于理论，过于脱离社会现实，批评家与作家和读者的距离也越来越远。中国评论界有人曾尖锐地指出中国文论话语表现出“失语症”，王富仁先生对此指出，批评家必须完成的任务是重新激活中国古代和西方批评话语的生命力，并加入新的话语以形成我们独立的批评话语系统。要想使中国的文学批评走出困境，应该从两个方面着手，一是正确认识我国的批评传统并赋予它适应新时代的活力；二是合理地借鉴西方的批评思想，结合中国文学的发展现状加以应用。我们不应把现代西方的批评术语、概念、方法及标准不加分析地套用于中国文论的研究中，也不应该对中国传统文论抱残守缺。正确的做法是努力吸收人类文化和文论的一切优秀成果，结合中国文论研究的现状和读者的实际需要，进行创造性的融合与发展，逐步建构起多元、合理而又富有生命力和发展前景的文艺理论和文学批评方法。从这个意义上讲，欧文•豪所提倡的文学观、批评观对于改善中国文论的发展现状具有很大的启发意义。他反对盲从理论，强调兼收并蓄，超越理论派别之间的界限，致力于对文学评论的根本问题进行探索，这些都给中国文论的发展指明了一条可行的道路。

另外，欧文·豪的批评方法相对于精神分析批评、原型批评、结构主义批评和新批评等其他当代西方批评流派，与中国文论的传统理念和现实需要具有更大的契合性和适用性。中国文学批评有着注重感悟的传统，主张批评家将自己对生活的体验和对文学的感悟直观地表达出来。当批评家盲目套用强调科学性的西方文学理论时，他们枯燥、呆板的文章，使文学丧失了生活气息，使文学批评成了解剖文本的刻板工作，从而导致读者对文学评论丧失了兴趣，也间接地拉大了读者与文学之间的距离。而欧文·豪的文学批评建立在他对社会现实和历史发展的基础之上，他对文学的感悟与他对社会的洞察相互交融，同时他又能坚持探索文学的基本特性，不偏离文学批评的本来目的。因此读者从他的批评作品中既可以对社会、历史产生更深刻的了解，又能更好地领略文学本身的魅力。欧文·豪的文学观和批评观对中国文论发展的启示可以从以下几个方面来说明。

首先，欧文·豪最基本的理念——文学是关于生活的，批评应该针对文学本身——有助于改变20世纪90年代以来中国在大众文化潮流包围下文学和文学批评的迷失，恢复其本来应有的功能和地位。文学批评最基本的功能就是对文学作品的理解、欣赏和诠释，在作家、作品与读者之间建立一个沟通的桥梁，解释文学作品中所提出的各种问题。文学批评要想走出困境，就必须首先尊重文学、尊重读者，回归文学的根本。只有当批评家们意识到这一点，并且像欧文·豪那样拒绝随波逐流，以文学为本发表自己的真知灼见，才能使文学批评获得新生。不可否认，随着大众文化的兴起和消费主义的盛行，大众传媒不断攻城略地，文学领地正变得越来越狭窄，但文学所表现出的内在情感和精神毕竟是其他大众传播媒介所无法表达出的。正如瑞典皇家学院院士、诺贝尔文学奖评奖委员会主席谢尔·埃斯普马克教授所言，真正的文学将会永远存在，只要有人阅读和欣赏文学，文学就永远不会降低其固有的品格。而文学批评只要以文学为本，就能如文学的生命力一样旺盛。欧文·豪关于文学批评的核心理念能够对中国当代文学批评走出低谷起到指引方向的作用。

第二，欧文·豪的历史批评观能帮助中国的文论界认识中国文论传统中的重要内容，对中国文学批评真正实现中西合璧、趋向合理具有一定的启发意义。强调历史意识和历史方法本是新中国文学理论与批评最醒目的主导倾向之一。但是中国的文论界对这一传统缺乏系统的研究，对文学的历史批评和文学的社会学分析之间的差别一直没有明确的描述。欧文·豪对其批评理念的阐述和他大量的批评作品能帮助我们重新认识和梳理我国的批评传统，调整当前的批评方向。

第三，欧文·豪骨子里的犹太传统使得他在文学批评中体现出强烈的道德意识，这一点与中国数千年来重传统、重道德价值观的文化取向是相吻合的。文学艺术本来就是人类对自己生活方式的一种情感表达，是人类对自己同所处世界关系的一种抽象理解。也就是说，文学艺术作品是人类理解自己的生活及所处世界的一种形式，因此文学在本质上就具有一定的道德意义。当我们将文学与生活割裂，忽视文学的道德意义时，我们便忽视了文学的本来意义，而忽略文学本质的文学批评是没有生命力的。

第四，欧文·豪强调批评应该面向普通读者，这对中国的文学批评与读者逐渐剥离的现状有一定的警醒作用。欧文·豪所说的面向普通读者并不是像当前的流行文学那样以庸俗的内容迎合所谓“大众”的口味，他的亲和力来自于他首先将自己作为一个普通读者，然后才是一个批评者。他与其他读者相同的地方就是喜爱文学，热爱生活，希望通过文学了解生活，同时通过生活更懂得文学；所不同的是他有足够的阅历、思想深度和语言表达能力将他的真实感受表述出来，而且他对于如何领悟和表达文学的魅力有过认真的思考。中国目前的文学批评有两种现象，一是过于职业化和深奥化，批评者以时髦的理论、术语装点门面，缺乏真知灼见，作品缺乏可读性和感染力；二是低俗的商业化，为了迎合某个社会群体的趣味和满足自己的实际需要，或盲目吹捧，或不负责任地打击。这样的两种现象导致了当前文学创作、读者和批评三者之间处于一种相互疏离的状态，新时期文学开初时三者之间的那种亲密关系已不复存在。欧文·豪的理念清楚地告诉我们，这样的现状可以是暂时性的，只要批评家端正自己的批评态度，同时改变对普通读者的态度，那么三者之间的关系有可能重新靠近，呈现出合理而和谐的关系。

第五，欧文·豪的批评作品以其独具魅力的语言特色为提高中国文学批评作品的可读性，真正改善文学批评与读者之间的关系提供了一个典范。欧文·豪的批评语言使人读来更像是文学创作，因为他的语言生动流畅，修辞手法运用起来得当自如，同时他善于用比较形象、感性的语言与读者分享自己对文学的体会，这一切使他的批评文章本身读来就是一篇美文，即使对他所评价的对象不甚了解或不感兴趣，我们也能在阅读中得到一种文字享受。中国文论自古代起就重视经验的归纳，认为文学是人类情感的表现，所以传统的文学批评是比较倾向于表达个人的感悟，有成就的文学批评家大都具有独特的文体及个性化的批评语言。然而从整体上来说，当代批评家们由于对传统的遗忘和对潮流的盲目跟从，批评语言枯燥乏味、苍白无力，不是教条化就是庸俗化。要想改变中国文学批评的现状，不仅要从思想意识上加以调整，而且要从语言上真正改进，使文学批评焕发出文学本身的光彩。

注　释

前言

1 John Rodden. *Irving Howe and the Critics: Celebrations and Attacks* [M]. University of Nebraska Press, 2005, p.x.

2 Gerald Sorin. *Irving Howe: A Life of Passionate Dissent* [M]. New York University Press, 2002, p.xi.

3 同上，p.x。

4 同上，p.xiv。

5 John Rodden. *Irving Howe and the Critics: Celebrations and Attacks* [M]. University of Nebraska Press, 2005, p.x.

6 同上，p.1。

第一章

1 Gerald Sorin. *Irving Howe: A Life of Passionate Dissent* [M]. New York University Press, 2002, p.ix.

2 同上，pp.1—2。

3 Irving Howe. *A Margin of Hope* [M]. Harcourt Brace Jovanovich, 1982, p.7.

4 同上，pp.3—4。

5 Irving Howe."imagining Labor" [J]. *New Republic,* 11 (April 1981),p.33.

6 Irving Howe. *A Margin of Hope* [M]. Harcourt Brace Jovanovich, 1982, p.14.

7 同上，pp.95—96。

8 同上，p.110。

9 Irving Howe. *Selective Writings 1950—1990* [M]. Harcourt Brace Jovanovich, Publishers, 1990, p.247.

10 Gerald Sorin. *Irving Howe: A Life of Passionate Dissent* [M]. New York University Press, 2002, p.69.

11 Edward Alexander. *Irving Howe: Socialist, Critic, Jew* [M]. Indiana University Press, 1998, p.67.

12 Irving Howe. *World of Our Fathers* [M]. Harcourt Brace Jovanovich, 1976, p.412.

13 Irving Howe. *A Margin of Hope* [M]. Harcourt Brace Jovanovich, 1982, p.187.

14 Edward Alexander. *Irving Howe: Socialist, Critic, Jew* [M]. Indiana University Press, 1998, p.76.

15 Irving Howe. *Steady Work:Essays in the Politics of Democratic Radicalism* [M]. Harcourt, Brace and World, 1966, p.101.

16 Edward Alexander. *Irving Howe: Socialist, Critic, Jew* [M]. Indiana University Press, 1998, p.93.

17 John Rodden. *Irving Howe and the Critics: Celebrations and Attacks* [M]. University of Nebraska Press, 2005, p.33.
18 同上，p.143。
19 同上，p.56。
20 同上，p.198。
21 Irving Howe. "On Lionel Trilling" [J]. *New Republic*, 13 (March 1976), pp.29—30.
22 John Rodden. "Irving Howe in His Interviews" [J]. *society*, 45(2008), p.357.
23 Edward Alexander. *Irving Howe: Socialist, Critic, Jew* [M]. Indiana University Press, 1998, p.193.
24 Irving Howe. *A Margin of Hope* [M]. Harcourt Brace Jovanovich, 1982, p.264.
25 Irving Howe. *Leon Trotsky*, Viking [M]. 1978, pp.192—193.
26 Irving Howe. *Politics and The Novel* [M]. Horizon Press, 1957, p.196.
27 John Rodden. *Irving Howe and the Critics: Celebrations and Attacks* [M]. University of Nebraska Press, 2005, p.123.
28 Irving Howe. *Decline of the New* [M]. Harcour Brace and World, 1970, pp.285—287.
29 Irving Howe. *Celebrations and Attacks:Thirty Years of Literary and Cultural Commentary* [M]. Harcourt Brace Jovanovich, 1979, p.221.

第二章

1 Irving Howe. *Selective Writings 1950—1990* [M]. Harcourt Brace Jovanovich, Publishers, 1990, p.243.
2 Irving Howe. *A Margin of Hope* [M]. Harcourt Brace Jovanovich, 1982, p.251.
3 同上，p.251。
4 Irving Howe. *Steady Work:Essays in the Politics of Democratic Radicalism* [M]. Harcourt, Brace and World, 1966, p.353.
5 Irving Howe. "An Exercise in Memory—Eliot and the Jews: A personal confession" [J]. *The New Republic*, (March 11, 1991), p.30.
6 Edward Alexander. *Irving Howe: Socialist, Critic, Jew* [M]. Indiana University Press, 1998, p.37.
7 Irving Howe. "An Exercise in Memory—Eliot and the Jews: A personal confession" [J]. *The New Republic*, (March 11, 1991), p.31.
8 Edward Alexander. *Irving Howe: Socialist, Critic, Jew* [M]. Indiana University Press, 1998, p.49.
9 Irving Howe. *A Margin of Hope* [M]. Harcourt Brace Jovanovich, 1982, p.249.
10 Edward Alexander. *Irving Howe: Socialist, Critic, Jew* [M]. Indiana University Press, 1998, p.47.
11 同上，p.46。
12 Irving Howe. *Selective Writings 1950—1990* [M]. Harcourt Brace Jovanovich,

Publishers, 1990, p.264.

13 Irving Howe. *A Margin of Hope* [M]. Harcourt Brace Jovanovich, 1982, p.112.

14 Edward Alexander. *Irving Howe: Socialist, Critic, Jew* [M]. Indiana University Press, 1998, p.61.

15 Irving Howe. *A Margin of Hope* [M]. Harcourt Brace Jovanovich, 1982, p.258.

16 Edward Alexander. *Irving Howe: Socialist, Critic, Jew* [M]. Indiana University Press, 1998, p.140.

17 同上，p.141。

18 Irving Howe. "Warm Friends of Israel and Open Critics of Begin-Sharon" [J]. *New York Times*, (September 23, 1982), p.27.

19 Irving Howe. *A Margin of Hope* [M]. Harcourt Brace Jovanovich, 1982, p.260.

20 同上，p.264。

21 同上，p.264。

22 Kenneth Libo. "My work on World of Our Fathers" [J]. *American Jewish History*, 88-4 (Dec2000), p.439.

23 John Rodden. "Irving Howe in His Interviews" [J]. *society*, 45(2008), p.355.

24 Irving Howe. *A Margin of Hope* [M]. Harcourt Brace Jovanovich, 1982, p.8.

25 同上，p.28。

26 同上，p.10。

27 同上，p.9。

28 同上，p.35。

29 同上，p.26。

30 同上，p.203。

31 Irving Howe. *Selective Writings 1950—1990* [M]. Harcourt Brace Jovanovich, Publishers, 1990, p.196.

32 Irving Howe. *Steady Work:Essays in the Politics of Democratic Radicalism* [M]. Harcourt, Brace and World, 1966, p.102.

33 Irving Howe. *Selective Writings 1950—1990* [M]. Harcourt Brace Jovanovich [M]. Publishers, 1990, p.207.

34 同上，p.196。

35 Gerald Sorin. *Irving Howe: A Life of Passionate Dissent* [M]. New York University Press, 2002, p.206.

36 同上，p.63。

37 同上，p.61。

38 Irving Howe. *Selective Writings 1950—1990* [M]. Harcourt Brace Jovanovich, Publishers, 1990, p.498.

39 John Rodden. *Irving Howe and the Critics: Celebrations and Attacks* [M]. University of Nebraska Press, 2005, p.xxi.

40 Edward Alexander. *Irving Howe: Socialist, Critic, Jew* [M]. Indiana University

Press, 1998, p.15.
41 Irving Howe. *A Margin of Hope* [M]. Harcourt Brace Jovanovich, 1982, p.85.
42 Irving Howe. *Selective Writings 1950—1990* [M]. Harcourt Brace Jovanovich, Publishers, 1990, p.46.
43 Irving Howe. *A Margin of Hope* [M]. Harcourt Brace Jovanovich, 1982, p.120.
44 Irving Howe. *Selective Writings 1950—1990* [M]. Harcourt Brace Jovanovich, Publishers, 1990, p.31.
45 同上，p.32。
46 同上，p.244。
47 Nicholas Howe. *Irving Howe: A Critic's Notebook* [M]. Harcourt Brace & Company, 1994, p.315.
48 Gerald Sorin. *Irving Howe: A Life of Passionate Dissent* [M]. New York University Press, 2002, p.x.
49 同上，p.xi。

第三章

1 Edward Alexander. *Irving Howe: Socialist, Critic, Jew* [M]. Indiana University Press, 1998, p.6.
2 John Rodden. *Irving Howe and the Critics: Celebrations and Attacks* [M]. University of Nebraska Press, 2005, p.xiii.
3 Irving Howe. *Selective Writings 1950—1990* [M]. Harcourt Brace Jovanovich, Publishers, 1990, p.138.
4 Irving Howe. "The Short Poems of Thomas Hardy" [J]. *Southern Review*, (Autumn 1966), p.879.
5 Irving Howe. *Thomas Hardy* [M]. The Macmillan Company, 1967, p.134.
6 同上，p.146。
7 同上，p.135。
8 同上，p.138。
9 同上，p.145。
10 Edward Alexander. *Irving Howe: Socialist, Critic, Jew* [M]. Indiana University Press, 1998, p.35.
11 Irving Howe. *The Idea of the Modern in Literature & the Arts* [M]. Horizon Press, 1967, p.16.
12 同上，p.21。
13 同上，p.24。
14 Irving Howe. *Decline of the New* [M]. Harcourt Brace and World, 1970, p.19.
15 同上，p.20。
16 Irving Howe. *A Margin of Hope* [M]. Harcourt Brace Jovanovich, 1982, p.350.
17 Irving Howe. *The Critical Point: on Literature and Culture* [M]. Dell

Publishing Co., Inc, 1973, p.9.

18 Irving Howe. *William Faulkner: A Critical Study* [M]. The University of Chicago Press, 1952, p.129.

19 Irving Howe. "Minor Faulkner" [J]. *Nation*, (November 12, 1949), p.473.

20 Irving Howe. *William Faulkner: A Critical Study* [M]. The University of Chicago Press, 1952, p.134.

21 Edward Alexander. *Irving Howe: Socialist, Critic, Jew* [M]. Indiana University Press, 1998, p.51.

22 同上，p.52。

23 同上，p.81。

24 同上，pp.81—86。

25 同上，pp.150—154。

26 Irving Howe. *A Margin of Hope* [M]. Harcourt Brace Jovanovich, 1982, pp.261—265.

27 Irving Howe. *Celebrations and Attacks:Thirty Years of Literary and Cultural Commentary* [M]. Harcourt Brace Jovanovich, 1979, pp.36—38.

28 Gerald Sorin. *Irving Howe: A Life of Passionate Dissent* [M]. New York University Press, 2002, p.253.

29 Irving Howe. *A World More Attractive—A View of Modern Literature and Politics* [M]. Horizon Press, 1963, p.ix.

30 Irving Howe. *William Faulkner: A Critical Study* [M]. The University of Chicago Press, 1952, p.8.

31 Irving Howe. *Thomas Hardy* [M]. The Macmillan Company, 1967, p.xi.

32 John Rodden. *Irving Howe and the Critics: Celebrations and Attacks* [M]. University of Nebraska Press, 2005, p.28.

33 Irving Howe. *A World More Attractive—A View of Modern Literature and Politics* [M]. Horizon Press, 1963, p.x.

34 Irving Howe. *Politics and the Novel* [M]. Horizon Press, 1957, p.15.

35 John Rodden. *Irving Howe and the Critics: Celebrations and Attacks* [M]. University of Nebraska Press, 2005, p.13.

36 Irving Howe. *Politics and the Novel* [M]. Horizon Press, 1957, p.57.

37 Irving Howe. *Selective Writings 1950—1990* [M]. Harcourt Brace Jovanovich, Publishers, 1990, p.68.

38 同上，p.427。

39 诺斯罗普•弗莱.批评的解剖[M]. 陈慧等译. 百花文艺出版社，2006，第56页。

40 Nicholas Howe. *Irving Howe: A Critic's Notebook* [M]. Harcourt Brace & Company, 1994, p.264.

41 同上，p.292。

42 同上，p.293。

第四章

1 John Rodden. *Irving Howe and the Critics: Celebrations and Attacks* [M]. University of Nebraska Press, 2005, p.355.

2 Irving Howe. *A Margin of Hope* [M]. Harcourt Brace Jovanovich, 1982, p.144.

3 John Rodden. *Irving Howe and the Critics: Celebrations and Attacks* [M]. University of Nebraska Press, 2005, p.xvii.

4 Irving Howe. "Literary criticism and literary radicals" [J]. *The American Scholar*, 41(winter 1971—1972), p.16.

5 John Rodden. *Irving Howe and the Critics: Celebrations and Attacks* [M]. University of Nebraska Press, 2005, p.70.

6 Irving Howe. *A Margin of Hope* [M]. Harcourt Brace Jovanovich, 1982, p.147.

7 John Rodden. *Irving Howe and the Critics: Celebrations and Attacks* [M]. University of Nebraska Press, 2005, p.52.

8 Irving Howe. *Selective Writings 1950—1990* [M]. Harcourt Brace Jovanovich, Publishers, 1990, p43.

9 同上，p.43。

10 Irving Howe. *Modern Literary Criticism: An Anthology* [M]. Grove Press, Inc, 1958, p.34.

11 Irving Howe. *William Faulkner: A Critical Study* [M]. The University of Chicago Press, 1952, p.8.

12 Irving Howe. *Selective Writings 1950-1990* [M]. Harcourt Brace Jovanovich, Publishers, 1990, p.229.

13 Nicholas Howe. *Irving Howe: A Critic's Notebook* [M]. Harcourt Brace & Company, 1994, p.120.

14 同上，p.122。

15 Gerald Sorin. *Irving Howe: A Life of Passionate Dissent* [M]. New York University Press, 2002, p.101.

16 Irving Howe. *Modern Literary Criticism: An Anthology* [M]. Grove Press, Inc, 1958, p.419.

17 同上，p.422。

18 同上，p.421。

19 Irving Howe. *Modern Literary Criticism: An Anthology* [M]. Grove Press, Inc, 1958, p.37.

20 Nicholas Howe. *Irving Howe: A Critic's Notebook* [M]. Harcourt Brace & Company, 1994, p.135.

21 同上，p.42。

22 同上，p.37。

23 同上，p.37。

24 Irving Howe. *Selective Writings 1950—1990* [M]. Harcourt Brace Jovanovich, Publishers, 1990, p.3.

25 同上，p.3。

26 Nicholas Howe. *Irving Howe: A Critic's Notebook* [M]. Harcourt Brace & Company, 1994, p.185.

27 同上，p.190。

28 张进.新历史主义与历史诗学 [M]. 中国社会科学出版社，2004，第202页。

29 雷内·韦勒克. 批评的概念 [M]. 张金言译. 中国美术学院出版社，1999，第325页。

30 Irving Howe. Selective *Writings 1950-1990* [M]. Harcourt Brace Jovanovich, Publishers, 1990, p.172.

31 同上，p.285。

32 Irving Howe. *Herzog by Saul Bellow: text and criticism* [M]. QViking Press, 1976, p.57.

33 Irving Howe. *Selective Writings 1950—1990* [M]. Harcourt Brace Jovanovich, Publishers, 1990, pp.319—320.

第五章

1 John Rodden. *Irving Howe and the Critics: Celebrations and Attacks* [M]. University of Nebraska Press, 2005, p.14.

2 同上，p.52。

3 Emanuel Geltman. "Remembering Irving Howe" [J]. *Dissent* 40(Fall 1993), p.530.

4 John Rodden. "Irving Howe in His Interviews" [J]. *society*, 45(2008), p.356.

5 Gerald Sorin. *Irving Howe: A Life of Passionate Dissent* [M]. New York University Press, 2002, p.45.

6 Irving Howe. *A Margin of Hope* [M]. Harcourt Brace Jovanovich, 1982, p.119.

7 Irving Howe. *Selective Writings 1950—1990* [M]. Harcourt Brace Jovanovich, Publishers, 1990, p.247.

8 Edward Alexander. *Irving Howe: Socialist, Critic, Jew* [M]. Indiana University Press, 1998, p.37.

9 Irving Howe. "An Exercise in Memory—Eliot and the Jew: a Personal Confession" [J]. *The New Republic,*(March 11, 1991), pp.29—32.

10 Irving Howe. *A Margin of Hope* [M]. Harcourt Brace Jovanovich, 1982, pp.154—155.

11 Edward Alexander. *Irving Howe: Socialist, Critic, Jew* [M]. Indiana University Press, 1998, p.57.

12 Gerald Sorin. *Irving Howe: A Life of Passionate Dissent* [M]. New York University Press, 2002, p.46.

13 Irving Howe. "The Significance of Koestler: An Exchange between Irving

Howe and Neil Weiss," [J]. *New International*, 12 (October 1946), p.252.

14 Edward Alexander. *Irving Howe: Socialist, Critic, Jew* [M]. Indiana University Press, 1998, p.27.

15 同上，p.27。

16 Gerald Sorin. *Irving Howe: A Life of Passionate Dissent* [M]. New York University Press, 2002, p.46.

17 同上，p.93。

18 同上，p.93。

19 Irving Howe, "Sherwood Anderson and the Power Urge: A Note on Populism in American Literature" [J].pp.78—80.（转引自Gerald Sorin. *Irving Howe: A Life of Passionate Dissent* [M]. New York University Press, 2002, p.85）

20 Irving Howe. *William Faulkner: A Critical Study* [M]. The University of Chicago Press, 1952, p.202.

21 Gerald Sorin. *Irving Howe: A Life of Passionate Dissent* [M]. New York University Press, 2002, p.88.

22 同上，p.161。

23 Irving Howe. *Politics and the Nove*l [M]. Horizon Press, 1957, p.137.

24 汪正龙."谈文学与文化研究中的意识形态批评" [J].《文艺理论研究》，2003年第5期，第54—61页。

25 朱刚.二十世纪西方文论 [M]. 北京大学出版社，2006，第343页。

26 同上，第343—344页。

27 Irving Howe. *A Margin of Hope* [M]. Harcourt Brace Jovanovich, 1982, p.334.

28 Edward Alexander. *Irving Howe: Socialist, Critic, Jew* [M]. Indiana University Press, 1998, p.164.

29 Irving Howe. *Selective Writings 1950—199*0 [M]. Harcourt Brace Jovanovich, Publishers, 1990, p.120.

30 Edward Alexander. *Irving Howe: Socialist, Critic, Jew* [M]. Indiana University Press, 1998, p.122.

31 Irving Howe. *A Margin of Hope* [M]. Harcourt Brace Jovanovich, 1982, p.257.

32 Edward Alexander. *Irving Howe: Socialist, Critic, Jew* [M]. Indiana University Press, 1998, p.128.

33 Irving Howe. *Selective Writings 1950—1990* [M]. Harcourt Brace Jovanovich, Publishers, 1990, p.120.

34 William Phillips. *A Partisan View* [M]. Stein and Day, 1983. p.116.

35 Irving Howe. *Selective Writings 1950—1990* [M]. Harcourt Brace Jovanovich, Publishers, 1990, p.138.

36 Gerald Sorin. *Irving Howe: A Life of Passionate Dissent* [M]. New York University Press, 2002, p.192.

37 Edward Alexander. *Irving Howe: Socialist, Critic, Jew* [M]. Indiana University

Press, 1998, p.128.

38 Irving Howe. "The Use and Abuse of Excellence: Towards an Open Culture" [J]. *The New Republic*, March 5, 1984,pp.25—29.

39 Irving Howe. "What' s wrong with p.c.: The Value of the Canon" [J]. *The New Republic,* February 18, 1991, p.42.

40 同上，p.43。

41 朱刚."伊瑟尔的批评之路" [J].《当代外国文学》，2009年第1期，第51页。

42 Irving Howe. "What' s wrong with p.c.: The Value of the Canon" [J]. *The New Republic*, February 18, 1991, p.46.

43 Irving Howe. "Toward an Open Culture" [J]. *The New Republic*, March 5, 1984, p.29.

参考文献

1. Alexander, Edward. *Irving Howe: Socialist, Critic, Jew* [M]. Indiana University Press, 1998.
2. Broom, Alexander. *The New York Intellectuals and Their World* [M]. Oxford University Press, 1986.
3. Cooney, Terry A. *The Rise of the New York Intellectuals: Partisan Review and Its Circle* [M]. The University of Wisconsin Press, 1986.
4. Glotzer, Al. "On Irving Howe" [J]. *Social Democrats Notes*, May 1993.
5. Guildford, Surrey. *Columbia Literary History of the United States* [M]. Columbia University Press, 1988.
6. Howe, Irving. *Irving Howe Selected writings 1950—1990* [M]. Harcourt Brace Jovanovich, Publishers, 1990.
7. Howe, Irving. *A Margin of Hope* [M]. Harcourt Brace Jovanovich, 1982.
8. Howe, Nicholas. *Irving Howe:A Critic's Notebook* [M]. Harcourt Brace & Company, 1994.
9. Howe, Irving. *A World More Attractive—A View of Modern Literature and Politics* [M]. Horizon Press, 1963.
10. Howe, Irving. *Essential works of socialism* editor [M]. Holt, Rinehart and Winston, 1970.
11. Howe, Irving. *The American Communist Party, a critical history, 1919—1957*, with Lewis Coser with the assistance of Julius Jacobson [M]. Boston, Beacon Press, 1957.
12. Howe, Irving. *William Faulkner: A Critical Study* [M]. The University of Chicago Press, 1952.
13. Howe, Irving. *Thomas Hardy* [M]. The Macmillan Company, 1967.
14. Howe, Irving. *The Idea of the Modern in Literature & the Arts* [M]. Horizon Press, 1967.
15. Howe, Irving. *Decline of the New* [M]. Harcourt Brace and World, 1970.
16. Howe, Irving. *The Critical Point: on Literature and Culture* [M]. Dell Publishing Co., Inc, 1973.
17. Howe, Irving. *Politics and the Novel* [M]. Horizon Press, 1957.
18. Howe, Irving. *Modern Literary Criticism: An Anthology* [M]. Grove Press, Inc, 1958.
19. Howe, Irving. *Celebrations and Attacks: Thirty Years of Literary and Cultural Commentary* [M]. Harcourt Brace Jovanovich, 1979.
20. Howe, Irving. *World of Our Fathers* [M]. Harcourt Brace Jovanovich, 1976.
21. Howe, Irving. "Falling Out of the Canon" [J]. *New Republic*, 17 and 24 August

1992.

22. Irving Howe. *Herzog by Saul Bellow: text and criticism* [M]. QViking Press, 1976.
23. Howe, Irving. "The Dilemma of Partisan Review" [J]. *New International*, 8 February 1942 .
24. Howe, Irving. "Literary Criticism and Literary Radicals" [J]. *The American Scholar*, 41 (Winter 1971-72).
25. Howe, Irving. "The Lost Young Intellectual" [J]. *Commentary*, 2 (October 1946).
26. Howe, Irving. "The Intellectuals' Flight from Politics" [J]. *New International*, 13 (October 1947).
27. Howe, Irving. "The Question of the Pound Award" [J]. *Partisan Review*, 16 (May 1949).
28. Howe, Irving. "Radical Questions and the American Intellectual" [J]. *Partisan Review*, 33 (Spring 1966).
29. Howe, Irving. "Toward an Open Culture" [J]. *New Republic, 5* March 1984.
30. Howe, Irving. *New perspectives: the diaspora and Israel* [M]. Harcourt Brace Jovanovich, 1976.
31. Hux, Samuel. "Uncle Irving" [J]. *Modern Age*, 37 (Summer 1995).
32. Hindus, Maurice. "The Jew As Radical" [J]. *Menorah Journal*, 13 (August 1927).
33. Phillips, William. *A Partisan Review: Five Decades of the Literary Life* [M]. Stein and Day, 1983.
34. Kazin, Alfred. *New York Jew* [M]. Alfred A Knopf, 1978.
35. Kessner, Caroles S., ed. *The "Other" New York Jewish Intellectuals* [M]. New York University Press, 1994.
36. Posner, Richard A. *Public Intellectuals: A Study of Decline*[M]. Harvard University press, paperback edition 2003.
37. Prinsker, Sanford. "Lost Causes / Marginal Hopes" [J]. *Virginia Quarterly Review*, 65 (Spring 1989).
38. Rodden, John. *Irving Howe and the Critics: Celebrations and Attacks* [M]. University of Nebraska Press, 2005.
39. Simon, John. "Irving Howe: A Triple Perspective" [J]. *New Leader*, 21 May 1979.
40. Sorin, Gerald. *Irving Howe:A Life of Passionate Dissent* [M]. New York University Press, 2002.
41. Trilling, Lionel. *The Liberal Imagination* [M]. Viking, 1950.
42. Trilling, Lionel. *Beyond Culture* [C]. Viking, 1965.
43. Trilling, Lionel. *Sincerity and Authenticity* [C]. Harvard University Press,

1972.
44. Trilling, Lionel. *Speaking of Literature and Society* [C] (Diana Trilling ed.) Harcourt Brace Jovanovich, 1980.
45. Wieseltier, Leon. "Remembering Irving Howe (1920—1993)" [J]. *New York Times Book Review*, 23 May 1993.
46. Wisse, Ruth R. "The New York (Jewish) Intellectuals" [J]. *Commentary*, 84 (November 1987).
47. 布雷德伯里,马,詹•麦克法兰,编.现代主义[C].胡家峦等译.上海外语教育出版社,1992.
48. 波斯纳,理查德.A.公共知识分子—— 衰落之研究[M].徐昕译.中国政法大学出版社,2002.
49. 弗莱，诺思罗普.批评的解剖[M].陈慧等译.百花文艺出版社,2006.
50. 冯毓云.文艺学与方法论[M].社会科学文献出版社,2002.
51. 戈德法布,J. C..“民主”社会中的知识分子[M].辽宁教育出版社，2002.
52. 耿幼庄.书写的神话:西方文化中的文学[M].中国人民大学出版社,2006.
53. 克里格,莫瑞.批评旅途：六十年代之后[M].李自修等译.中国社会科学出版社, 1998.
54. 韦勒克,雷内.批评的概念[M].张金言译.中国美术学院出版社,1999.
55. 陆建德主编.现代主义之后：写实与实验 [C]. 中国社会科学出版社,1997.
56. 钱满素.“聚焦公共知识分子” [J].《万象》2002年,第8期.
57. 王小波等著,祝勇编.知识分子应该干什么[M].时事出版社,1999.
58. 汪正龙.“谈文学与文化研究中的意识形态批评”[J].《文艺理沦研究》2003年,第5期.
59. 雅各比,拉塞尔.最后的知识分子[M]. 洪洁译. 江苏人民出版社, 2002.
60. 张奎志.文化的审美视野[M].社会科学文献出版社,2005.
61. 张首映.西方二十世纪文论史[M].北京大学出版社,1999.
62. 朱光潜.西方美学史[M].人民文学出版社,1963.
63. 张秉真等著.西方文艺理论史[M].中国人民大学出版社.1994.
64. 张进.新历史主义与历史诗学[M].中国社会科学出版社，2004.
65. 朱刚.“伊瑟尔的批评之路”[J].《当代外国文学》2009年，第1期.
66. 朱刚.二十世纪西方文论[M].北京大学出版社，2006.
67. 朱立元主编.当代西方文艺理论[M].华东师范大学出版社,1997.

主要译名英汉对照表

A Critic's Notebook 《批评家笔记》
Adorno, Theodore 西奥多·阿多诺
Against Interpretation 《反对解读》
Aleichem, Sholom 肖洛姆·阿莱赫姆
Alexander, Edward 爱德华·亚历山大
A Margin of Hope: An Intellectual Autobiography 《一线希望：思想的自传》
American Jewish History 《美国犹太历史》
Anderson, Sherwood 舍伍德·安德森
Arendt, Hannah 汉娜·阿伦特
Arnold, Mathew 马修·阿诺德
Ashes out of Hope: Fiction by Soviet-Yiddish Writers 《希望之灰烬：苏联意第绪语小说》
Atlantic Monthly 《大西洋月刊》
A Treasury of Jewish Stories 《意第绪语故事精选》
A Treasury of Yiddish Poetry 《意第绪语诗歌精选》
A World More Attractive: A View of Modern Literature and Politics 《一个更诱人的世界:关于现代文学与政治》
Axel's Castle 《阿克瑟尔的城堡》

Barrett, William 威廉·巴勒特
Barthes, Roland 罗兰·巴尔特
Bell, Daniel 丹尼尔·贝尔
Bellow, Saul 索尔·贝娄
Bennet, Arnold 阿诺德·贝内特
Berryman, John 约翰·贝里曼
Blackmur, R.P. R.P. 布莱克默
Bloom, Allan 艾伦·布鲁姆
Boston Review 《波士顿评论》
Bread and Wine 《面包和酒》
Brooks, Van Wyck 范·怀克·布鲁克斯

Cahan, Abraham 亚布拉罕·卡翰
Carver, Ramond 雷蒙德·卡弗
Celebrations and Attacks: Thirty Years of Literary and Cultural Commentary 《颂扬与抨击：三十年的文学与文化批评》
Celine, Louis Ferdinand 路易·费迪南德·塞利纳
Chase, Richard 理查德·蔡斯
Cixous, Hélène 埃莱娜·希苏
Clement, Travers 特拉弗斯·克莱门特
Coetzee, J. M. J. M. 库切
Commentary 《评论》
Coser, Lewis 刘易斯·科泽
Cowley, Malcom 马尔科姆·考利

Decline of the New 《新之衰败》
Dissentt 《异议》

Eagleton, Terry 特里·伊格尔顿
Eichmann in Jerusalem: A Report on the Banality of Evil 《艾希曼在耶路撒冷：关于罪恶之平庸的报告》
Eliot, George 乔治·艾略特
Emergency Exit 《紧急出口》

Faulkner, William 威廉·福克纳
Fiedler, Leslie 莱斯利·菲德勒
Firestone, Shulamith 舒拉米斯·费尔斯通
Fischer, Louise 路易斯·费希尔
Frost, Robert 罗伯特·弗罗斯特

Gass, William 威廉·加斯
Glazer, Nathan 内森·格雷泽
Greenberg, Elizer 艾利泽·格林伯格

Hardy, Thomas 托马斯·哈代
Harper's 《哈泼斯》
Hazlitt, William 威廉·黑兹利特
Hook, Sidney 西德尼·胡克
Howe, Irving 欧文·豪

Irving Howe and the Critics: Celebrations and Attacks 《欧文·豪和批评家们：颂扬与攻击》
Irving Howe: A Life of Passionate Dissent 《欧文·豪：一个充满激情的异见者》
Irving Howe: Socialist, Critic, Jew 《欧文·豪：社会主义者、批评家和犹太人》
Jewish American Short Stories 《犹太美国人故事集》
Jewish Daily Forward 《前进报》
Judaism: A Quarterly Journal of Jewish Life and Thought 《犹太文化：关于犹太生活和思想的季刊》

Kazin, Alfred 艾尔弗雷德·卡津
Koestler, Arthur 阿瑟·凯斯特勒
Kramer, Hilton 希尔顿·克雷默

Labor Action 《劳工行动》
Lavine, H. H. 拉维恩
Leavis, Frank Raymond 弗兰克·雷蒙德·里维斯
Leon Trotsky 《莱昂·托洛茨基》
Libo, Kenneth 肯尼斯·立博
Loumos, Peter 彼得·卢莫斯

Mack, Arien 艾丽恩·麦克
Mailer, Norman 诺曼·梅勒
Malamud, Bernard 伯纳德·马拉默德
Midstream 《中流》
Millet, Kate 凯特·米利特

New Criterion 《新标准》
New International 《新国际》
New Republic 《新共和》
New Yorker 《纽约客》
New York Review of Books 《纽约书评》
New York Times 《纽约时报》
New York Times Book Review 《纽约时报书评》
New York Times Magazine 《纽约时报杂志》
Newsweek 《新闻周刊》

Partisan Review 《党派评论》
Phillips, William 威廉·菲利普斯
Podhoretz, Norman 诺曼·波德霍雷茨
Politics and the Novel 《政治与小说》
Poirier, Richard 理查德·波里尔
Politics 《政治》
Pound, Ezra 埃兹拉·庞德

Ralph, Philip 菲利普·拉尔夫
Ransom, J. C. J. C. 兰色姆
Robinson, Edwin Arlington 埃德温·阿灵顿·罗宾逊
Rodden, John 约翰·罗登
Rorty, Richard 理查德·罗蒂
Rosenberg, Harold 哈罗德·罗森堡
Rosenfield, Isaac 伊萨克·罗森菲尔德
Roth, Henry 亨利·罗思
Roth, Philip 菲利普·罗思

Schapiro, Meyer 迈耶·夏皮罗
Schwartz, Delmore 戴尔默·施瓦茨

Scott, Walter 沃尔特·司各特
Sherwood Anderson: A Critical Biography 《舍伍德·安德森评传》
Singer, Issac Bashevis 伊萨克·巴什维斯·辛格
Socialism and America 《社会主义和美国》
Sontag, Susan 苏珊·桑塔格
Sorin, Gerald 杰拉尔德·索林
Steady Work: Essays in the Politics of Democratic Radicalism, 1953-1966 《平稳的工作》
Stegner, Wallace 华莱士·斯特格纳
Stendhal 司汤达

The American Communist Party 《美国共产党：批判的历史》
The American Newness 《美国之新：爱默生时代的文化和政治》
The California Eagle 《加利福尼亚之鹰》
The Critical Point 《批评点：关于文学与文化》
The Idea of the Modern 《现代观》
The Nation 《国家》
The Seed Beneath the Snow 《冰雪下的种子》
The Sexual Politics 《性政治》
Tikkun 《调和》
Time 《时代》
Todorov, Tzvetan 茨维坦·托多洛夫
Thomas Hardy: A Critical Study 《托马斯·哈代批评研究》
Trilling, Leonel 莱昂内尔·特里林
Trollope, Anthony 安托尼·特罗洛普
Trotsky, Leon 莱昂·托洛茨基

Weiss, Neil 奈尔·威斯
Wilde, Oscar 奥斯卡·王尔德
William Faulkner: A Critical Study 《威廉·福克纳批评研究》
Wilson，Edmund 埃德蒙·威尔逊
Winesburg, Ohio 《俄亥俄州的温斯伯格》
Winters，Arthur Yvor 亚瑟·伊沃尔·温特斯
Woolf, Virginia 弗吉尼亚·伍尔夫
World of Our Fathers 《父辈的世界》
Wrong, Dennis 丹尼斯·罗恩

大事年表

1920年	6月11日出生在纽约市的东布朗克斯区。父亲叫大卫·霍伦斯坦，母亲叫内蒂·戈德曼·霍伦斯坦。大卫·霍伦斯坦开过一家食品杂货店，后来成为流动小贩，再后来在一家制衣厂当过熨烫工。内蒂·霍伦斯坦也在制衣厂做工。
1930年	西布朗克斯区的家庭杂货店破产。
1934年	成为左翼、反斯大林政治的积极分子。
1936年	毕业于布朗克斯区西北部的德威特·克林顿中学，进入纽约城市大学学习。开始阅读埃德蒙·威尔逊的文学批评。
1938—1939年	在学校里仍姓霍伦斯坦，开始使用社交名字休·伊凡。因上犬齿突出、热衷于辩论而获绰号“尖牙”。
1940年	以“欧文·霍伦斯坦”的名字毕业于纽约城市大学，在演讲和文章中使用“欧文·豪”的名字。
1941年	与安娜·巴德结婚。在伊曼纽尔·加勒特（又名伊曼纽尔·盖尔特曼）手下任管理总编，后来任《劳工行动》编辑达8个月，直到1942年中期应征入伍。
1942年	在长岛的阿普顿营地参军，开始了三年半的兵役。
1944年	在去阿拉斯加之前的最后一个周末去了舍伍德·安德森小说中瓦恩斯堡的原型地——俄亥俄州的克莱德。11月抵达阿拉斯加，在安克雷奇附近的理查森堡度过兵役的最后16个月。最高军衔为中士。
1946年	从军队复员后，回到布朗克斯，重新开始为《劳工行动》和《新国际》撰稿。正式将姓氏改为“豪”。与第一位妻子安娜离婚。开始在《评论》和《党派评论》上发表文章。在布鲁克林学院攻读硕士学位。母亲去世。
1947年	与塔利亚·菲利亚斯结婚。塔利亚·菲利亚斯是纽约布法罗的考古学家，汉娜·阿伦特和德怀特·麦克唐纳的助手，以“西奥多·德莱顿”为名为《政治》撰稿。
1948年	成为《时代》杂志的书评作者，任职约4年。（其中有一多半的文章从未印刷出版。）因妻子接受在法恩小姐女子学校教授希腊文和拉丁文的工作，移居普林斯顿。在普林斯顿期间结识了理查德·布莱克默尔、戴尔默·施瓦茨、索尔·贝娄和约翰·贝里曼。编辑《犹太教精髓》，作者为利奥·贝克。
1949年	参与对埃兹拉·庞德获博林根奖的争议。与B.J.威迪克合写《联合汽车工会和沃尔特·鲁瑟》。
1951年	12月10日在《新共和》上发表第一篇文章。出版《舍伍德·安德森就评传》。女儿尼娜出生。

1952年　在西雅图的华盛顿大学任夏季学期教职。出版《威廉·福克纳批评研究》。10月推出独立社会主义联盟（工人党的前身）。

1953年　离开普林斯顿，开始在布兰迪斯大学任教，直到1961年。儿子尼古拉斯出生。担任《肯尼恩评论》文学评论员。

1954年　创办《异议》，1月发行第一期。后来的40年里每周花两天时间为杂志工作。担任普林斯顿客座教授。与莱昂内尔·特里林断绝来往，达七八年之久。与埃利泽·格林伯格合编《意第绪语故事精选》。

1957年　出版批评文集《政治与小说》、《美国共产党：批判的研究》（与刘易斯·科泽合写）。

1959年　聘请理查德·赖特为《异议》的投稿编辑。

1961年　离婚，家庭破裂。移居加利福尼亚，在斯坦福大学任教。

1963年　离开加利福尼亚，回到纽约，在纽约城市大学亨特学院和研究生中心任教，直到1986年退休。出版《一个更诱人的世界》。《异议》就阿伦特的《耶路撒冷的艾希曼》主办公共论坛。

1964—1965年　与埃里厄恩·豪斯克内希特结婚。埃里厄恩·豪斯克内希特是新学校心理学教师，后任《社会研究》编辑。

1966年　出版《平稳的工作》。

1967年　出版《托马斯·哈代批评研究》。

1968年　支持尤金·麦卡锡的总统竞选活动。与菲利普·拉尔夫因反共产主义的问题绝交。

1969年　出版《意第绪语诗歌精选》（与埃利泽·格林伯格合编）。

1970年　出版《新之衰败》。被纽约城市大学授予“杰出教授”称号。

1971年　获博林根基金。获古根海姆研究基金。

1972年　出版《来自意第绪的声音》（与埃利泽·格林伯格合编）。在12月的《评论》上批判菲利普·罗思。出版《以色列、阿拉伯人和中东》（与卡尔·格什曼合写）。加入麦克尔·哈林顿的民主社会主义组织委员会，后任副主席。

1973年　出版《批评点：关于文学与文化》。

1976年　出版《父辈的世界》，获美国国家历史类图书奖。任国家人文学科研究所研究员。

1977年　出版《希望之灰烬：苏联意第绪语作家小说》（与埃利泽·格林伯格合编）。

1978年　出版《莱昂·托洛茨基》。

1979年　出版《肖洛姆·阿莱赫姆经典作品》（与鲁思·威西合编）。当选美国艺术与文学学会委员。

1980年　据《名人录》记载，与伊拉娜·威纳结婚。

1982年　出版《一线希望》。

1985年　出版《社会主义与美国》。

1986年　从纽约城市大学退休。出版《美国之新》。

1987年　　获麦克阿瑟基金。

1988年　　出版《意第绪语现代诗歌企鹅丛书》（与鲁思·威西和寇恩·什米鲁克合编）。

1990年　　出版《文集：1950—1990》。

1993年　　5月5日因心血管病在纽约去世。

后　记

本书是在南京师范大学外国语学院张杰教授的悉心指导下完成的，我要衷心地向他表示感谢。张杰教授是我的博士生导师，在我攻读博士学位期间，张杰教授以他渊博的知识积累、富有创造性的思维方式、乐观积极的人生态度、严谨的治学风格和高尚的人格风范，使我得到了非常珍贵的教育和启迪。在他热情的鼓励和细致的指导下，我最终顺利完成了题为《欧文·豪的历史文学批评》的博士论文。后来在将博士论文扩充成书的过程中，张杰教授继续向我提出了宝贵的意见。

本书为南京师范大学外国语学院特聘教授、中国社会科学研究院外国文学研究所研究员钱满素教授主持的研究课题《美国20世纪社会文化批评家研究系列》的一部分。钱满素教授是美国文化和文学研究领域的专家，感谢她发现了“纽约知识分子”这一极有价值的研究课题，更感谢她对本书的写作所给予的指导和帮助。

衷心感谢我的合作者——南京师范大学金陵女子学院的秦海花老师，感谢她在百忙之中不辞辛劳地参与这本书的写作，书稿有一半内容为她所作，正是由于她的鼓励和参加才使书稿最终得以顺利完成。

南京师范大学文学院的汪介之教授、华明教授，外国语学院的傅俊教授、姚君伟教授，南京大学的朱刚教授、杨金才教授都曾在我写作期间给予了我很多鼓励、指导和帮助。在此也向他们表示最衷心的感谢。

感谢南京师范大学金陵女子学院的秦文在国外访学时帮助搜集了许多宝贵资料。感谢英国爱丁堡大学的童慎效教授在资料查找上给予我的热心帮助。

最后，我要感谢我的爱人王中秋和儿子王泽宇，他们对我在学术上的追求非常支持和配合，他们的爱和鼓励是我工作的最大动力。

叶红